佐藤きみよ【著】
Kimiyo Sato

雨にうたれてみたくて

愛しの人工呼吸器をパートナーに自立生活

現代書館

はじめに

一九九〇年、二七歳にしてベンチレーター（人工呼吸器）をつけて退院し、自立生活を始めて二六年がたちます。すでに人生の半分になりました。

よく「そんなに障害が重いのになぜ一人暮らしをしようと思ったのですか？」と質問されます。たしかに病院や施設にいれば安全で、楽に暮らせるのかもしれません。けれども、それが半世紀もの間続いたら、それは一体どんな人生と言えるのでしょう。

私が病院での生活にピリオドを打ったあの頃は、ベンチレーターを使って地域で暮らしている障害者の例もなく、まさに手探りの中での自立生活の始まりでした。

私が入院していた病室は八人部屋。隣のベッドとはカーテン一枚でしか仕切ることができず、プライバシーを持つことなど許されませんでした。日々の生活は単調で、朝の検温・回診・リハビリ・消灯の繰り返し。特に治療があるわけでもなく、ベンチレーターの管理のためだけの入院生活でした。牢獄の中でベンチレーターというクサリにつながれて、小さな窓から空ばかり見て過ごしていました。

砂時計の中の砂のように時間がサラサラとこぼれ落ちていく。かけがえのないはずの「今」という時間がこぼれ落ちていく。心の中にはいつも、喪失感しかありませんでした。

「死んでもいいから病院ではなく自分らしい空間の中で、三日でいいから生きてみたい」と言う私に、どこからともなく「クレイジーだ」と言う声が聞こえてきます。当時、ベンチレーターをつけた人が病院以外の場所で生きることなど誰も想像さえできない時代でした。そんな声をふりはらってのスタートでした。

特別なことをしたかったわけでも、何か大きな目標や何かをやり遂げなければならないという強い使命感があって始めたわけでもありません。ただただ当たり前の生活、自由で自分らしくて拘束のない生活に途方もなく憧れたのです。そんな当たり前の生活を手に入れるために強い意志が必要だったというだけのことでした。

憧れたのは、恋をすること・雨の中を傘をさして歩くこと・友人と朝までお酒を飲んで語り明かすこと・お化粧をして街へ出掛けること……そんな普通のことばかり。

大好きな映画『ローマの休日』のオードリー・ヘップバーンが、王室を抜け出して美容院で髪を切ったり、恋をしたり、アイスクリームを片手に街を歩く……そんなヘップバーンの気持ちとよく似ていました。

やっと手にした自由の喜びは、思っていた以上に厳しいものでした。病院ではだまっていても食事が出され、灯油を買わなくても部屋は暖かで、自分で何も考えなくても生きていけました。けれど自立生活をした途端、だまっていては食事にもありつけない。グーグーなるオナカをかかえながら料理の勉強をしました。トイレットペーパーがなくなっていたのに買い忘れて半泣きで困ったこともありました。洗濯をしなければ着るものさえなくなる。自由は厳しかったけれど、私に生きているという手応えをくれました。すべてが発見と喜びの連続で、どんなしんどさも喜びに生まれ変わっていきました。

そしてそれからすでに二六年。

一昨年は春から体調を崩してばかりいました。一月、長年経過をみていた腎臓の結石が落ちてきて尿管を塞いでしまい、大きな手術を受けました。私は腎臓が一つしかないので、この時はとても危険な状態でした。手術は大変でしたが奇跡的にうまくいき、家に戻ることができました。

けれどその後、七月〜十月まで気胸が続き、何度もまた入退院を繰り返し治療を続けました。しかし、なかなか肺に空いた穴が塞がらず、三度も胸にドレーンという管を入れてはそこから薬を入れ、穴を閉じるという治療をしました。今私の胸には、サバイバルの中を生き抜いてきた勲章のようにドレーンでできた傷跡が三つもあります。

何度も命の危険にさらされながらも生きてこられたのは、私にもまだ大きな仕事が残されているからかもしれないとしみじみ今、思っています。沢山死に目にあったので、また新しい命の贈り物を頂いた気持ちです。

私も若くない？（笑）ので、これまで生きてきた人生の足跡を多くの人たち、とりわけ人工呼吸器を必要とする人たちとその周囲の人に語り残していく意味があるのだと感じています。そう思うと無性に「書くこと」の世界に戻りたくなりました。自分の思いや体験を伝えることは、私にとっての大きな仕事です。今まではジェットコースターに乗っているような前のめりな人生でしたが(笑)、時々は振り返り立ち止まり語り継ぐ作業も大切なことだと思い、今まで書いてきた私の二六年をまとめ、本にしたいと思い立ちました。

その時々に、私たちの会「ベンチレーター使用者ネットワーク」の会報や新聞、雑誌などに書いてきたものを拾い出し、仕分けして六つの章に構成し直し、修正や加筆をしました。(注) しかし、私の体力的な限界もあり、全ての情報をアップデイトすることはかないませんでしたし、重複する部分もあるかと思います。その点はご容赦いただき、二六年間の軌跡を一緒に振り返っていただければこの上もない喜びです。

二〇一六年六月

＊注　それぞれの文章のタイトルの下に初出の年月を、文末には初出媒体名を記してあります。初出年月がないものは書下ろし、媒体名の記載がないものはベンチレーター使用者ネットワーク発行の『アナザボイス』からの転載になります。

目次

第一章　病院から地域へ

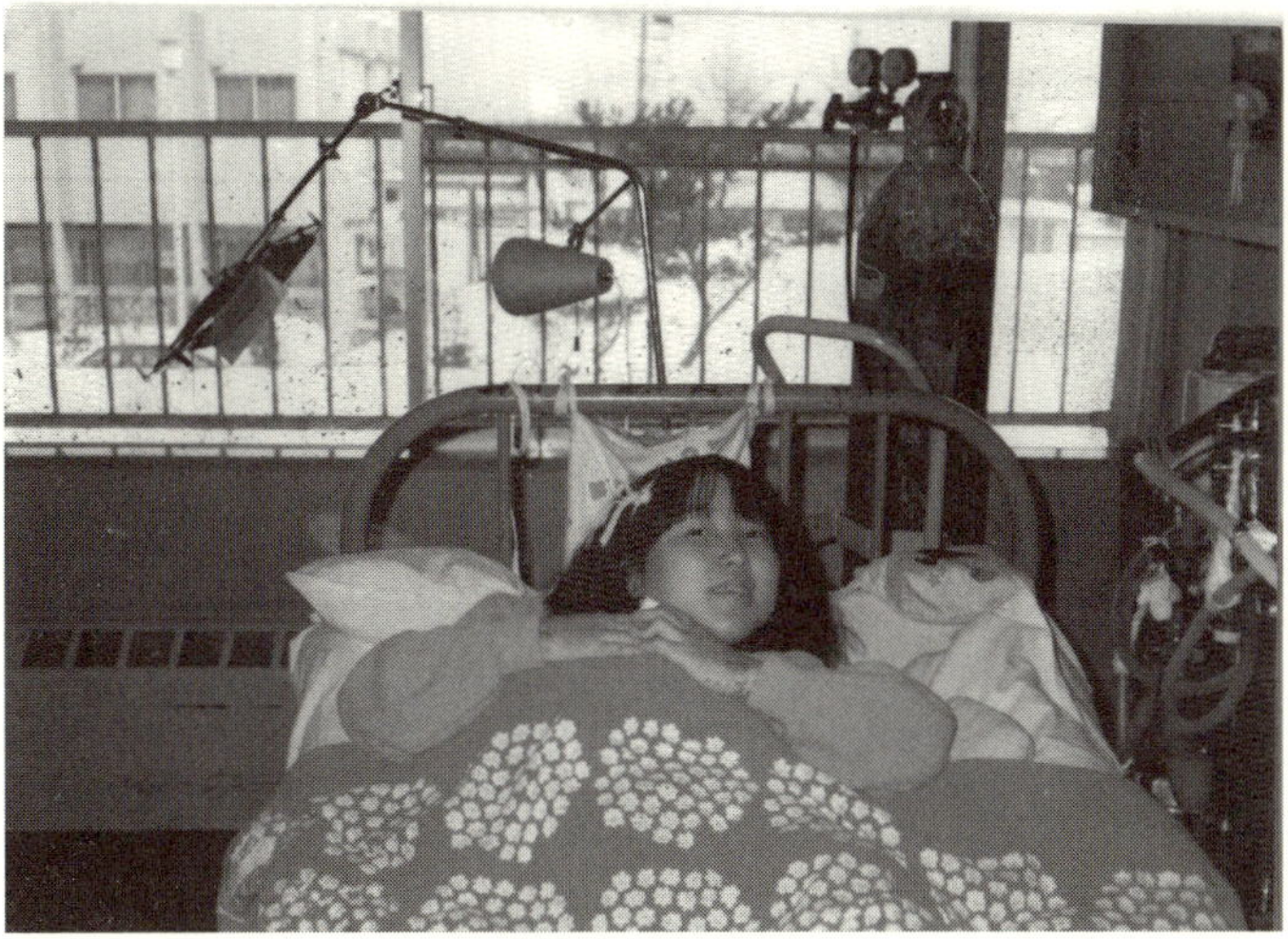

17歳の頃　療護施設にて

“Another Voice”発行にあたって（一九九〇年十二月一日）(注)

今日も一日病院へ戻らずにすんだという、安堵と疲れで一日が終わる。体調が良くないこの頃では、なおのことその思いは強い。

人工呼吸器を病院から外へ持ち出し、地域で暮らすということは、思っていた以上に厳しく、つらいことばかりで、何もかも道なき道を作る作業になる。地域医療、訪問看護、在宅福祉、それらはまだまだ言葉だけのものであって、障害をもったものが地域で暮らせる生活の保障は、まだ何もない。自立生活を始めて、私は初めて重度の障害をもつ自分の、そして障害者の社会的位置を知った。豊かな国であるはずのこの日本の中で、障害者はたくさんの差別を受ける。住む家を捜そうにも、車椅子ではと断わられ、生活保護を受けるときなど、お金は持っていないかと貯金通帳まで見せて裸にさせられる。そうして今日も明日もあさっても、ボランティアを捜すのに命を削る。

人工呼吸器をつけて地域で暮らすサポートはない。介助者の保障も何もない。それによって自立生活を送っている障害者の誰もが体を壊していること。それらは「環境の暴力」以外の何ものでもないと思う。

私にとっても、病院を出てからの半年間は、すべてそうだった。

そんな私の姿を見て、医療関係者はアメリカでの脳性マヒの夫婦の話をした。その夫婦は、重度の障害をもちながらも地域で暮らし、養子をもらい、普通の生活を送りたいと体をぼろぼろにしてまで生活していると。

インタビューのとき、彼らは、そのひどく曲がってしまったその体を、生きている証だと語ったという。それを何と感動的な話だろうと聞かされたとき、私は怒りをもった。障害者が自分の命を削って生きている姿を美化してはいけないと。彼らは、「環境の暴力」と闘って暮らしている。その痛みを美化してはいけない。痛みを生きている証だとしか言いきれない彼らの生活、そして社会的貧しさにこそ疑問をもつべきだ。

そこまでしなければ生きていけない社会から、目をそらしてはいけない。

私自身も地域で暮らしてから、病気の進行は加速を増した。けれど私は決してこれを生きた証だとは絶対に思わない。

社会がもっと豊かで障害者が地域で暮らしていける環境があれば、アメリカの彼らも、私も、もっと豊かで創造的な〝生きている証〟を見つけられたはずである。

それは芸術かもしれない。仕事かもしれない。旅かもしれない。それぞれが自由で豊かな自分の道を見つけるだろう。

障害者が社会で生きていける環境ができない限り、私たちは真の生きている証「クォリティ・オブ・ライフ」を見つけることはできないだろう。この私のひどくなった背中の曲がりが、自立生活の、自分の生きた証だと言わなくてもすむ環境を私は望む。命を削らなくても暮らせる日々を。

これからも障害者の歴史が、社会の中で、こんなふうに繰り返されていくのかと思ったとき、私は私をできるかぎり語ることを決めた。語らなければいけないと思った。

それが何かにつながっていくと信じて、原稿を書き続けたい。自分が最重度障害者であるという自信と誇りをもって書きたい。

"Another Voice" 社会の片隅から叫ぶもうひとつの声があなたの胸に届くことを願って……。

人工呼吸器を日常生活用具に（九一年一月一日）

人工呼吸器をつけて一五年になる。一九七五年、小学校五年のときに倒れて、目が覚めたときには呼吸器につながれベッドに縛りつけられていた。その日から今日まで、呼吸器とともに生きてきた。これがなければ生きられない私にとって、キカイは命と同じくらい大切なもの。カタンカタンと二四時間休みなく動いている呼吸器は、私の命そのものだ。

九〇年の春、在宅人工呼吸指導管理料が健康保険の適用になった。在宅で使われる呼吸器に関する医療品などが、健康保険の対象になったのだ。それまではいろいろなものを実費で買わなくてはならなく、人工呼吸器・吸引器などにかかる医薬品は、ひと月何十万円にもなる。それが保険の対象になるという。それを初めて聞いたときには、これでやっと呼吸器をつけた人たちにも在宅で暮らすサポートの道が開かれたと思ったが、残念なことに、かんじんな人工呼吸器を購入することについての助成金は何もないという。

呼吸器は一台二百万円以上もする。現在私の使っているものは病院から借りてきたものだが、まだまだたくさんの人が在宅で使う呼吸器を買えないため、また一人の患者のために買ってまで貸し出す理解ある病院がないために、病院に縛りつけられている人が数多くいる。

人工呼吸器というとどうしても重病人というイメージが強いと思うが、足が動かない人が電動車椅子に乗るように、歩行困難な人が杖をつくように、人工呼吸器も日常生活の中で、それと同じくなくてはならない身体の一部として必要なものだ。なのに、人工呼吸器を病院から外の世界へ持ち出すというだけでも、とても大変なことだと考えられている。

呼吸器はＩＣＵに入って生死をさまよう人のものだけではないのだ。私の場合、呼吸器に依存するのではなく、自分の体力を維持し充実した生活を送るためにも呼吸器があるのだと思う。そう考えると、人工呼吸器を積極的に使うというのは、ある意味ではプラスであると思う。

私が自立生活を始めるにあたって一番問題となったのは、呼吸器がとても高く手に入らないこと。そして病院から呼吸器を外へ持ち出すことが何よりも困難なことだった。キカイにつながれて一生病院から出ることもなく、恋をすることもなく、街をこの目で見ることもなく一生が終わるのかと絶望したあの頃。在宅で使える人工呼吸器によって、私の人生は大きく変わった。

命を削るように暮らしていく日々の中で、唯一平凡であることの幸福を感じる瞬間がある。愛する人たちとおいしい食事を共にできたとき。ゆっくりとオフロに入れたとき。私はこれを、「生きててよかったゴハン」「生きててよかったオフロ」と呼んでよく笑う。

けれど私の幸福は決してそこでとどまることなく、人工呼吸器をつけていながらも、これほど優しい時間を過ごせる人が何人いるのだろうか……と思う。

多くの人たちがこの思いを味わえるためにも、人工呼吸器を日常生活用具に認定すべきだ。人工呼吸器をつけていても、みんな、一度しかないかけがえのない人生を生きているのだから。

地域医療の現実（九一年二月一日）

一九九一年一月から、近くの病院の外来でカニューレ交換ができることになった。

カニューレ交換とは、気管切開したチューブをいつも清潔にしておかなければ、感染などのいろいろなトラブルがおきやすくなるため、定期的にチューブを交換することだ。入院時は週一回の割合で行われていたが、病院を出てからは、通院が遠くてたいへんなこともあり、月二回の割合でやっていた。が、体力が落ちてきたこの頃は、毎月一回病院へ行くのがやっとになっていた。

私がかかっている病院は札幌市西区にあり、私の住む白石区からは車で一時間。冬道であれば二時間くらいかかってしまう。車を手配し、一緒に行ってくれる介助者を見つけ、吸引器・人工呼吸器を車に積んでもらって車椅子に乗って出かけることは、たとえそれが月に一回でも、私にとっては体中のエネルギーを一週間分くらい使うことになり、その後は何日も寝込んでしまう。せめて近くの病院でカニューレ交換を、ということが、アパートで初めて冬を迎える自分にとっては切実な問題だった。

病院からは、訪問看護とＰＴ（理学療法士）のリハビリを二週間に一度受けている。せっかく訪問看護を受けているのだから、訪問時にカニューレ交換をしてほしいと希望したが、ドクターでなければできないことになっているとの答えだった。病院からこんなに離れているため、往診もできなくなる。

熱が出たり吐いたりしたときなどの、緊急時に対応してくれる病院の確保も必要だと思い、白石区内のあちこちの病院にもあたってみた。しかし、人工呼吸器をつけての在宅例がないことや、外来でカニューレ交換をすること自体例がないとのことで、どこの病院も引き受けてくれない。近くにはこんなにたくさんの病院があるのに、なぜ？　といつもうらめしい思いで向いの病院を眺めていた。

訪問PTも受けているが、側わんがどんどん進行し、体が固くなってきているために、二週に一度のPTでは追いつかなくなっているのが現状だ。病院もこれ以上の訪問は無理とのことで、それ以外の痛みや、体が固まっていくことに対しては薬を使う治療法でしか補えないようだ。薬も使えば使うほど、強い薬でなければきかなくなってきており、そういう薬ほど副作用が強く、悪循環を繰り返している。

最近は、介助に来てもらった人に三〇分ほど腰をゆすってもらい、身体をリラックスさせるリハビリをするようにして、訪問PTを受けられない部分を何とか埋めようとしている。けれど腰を大きくゆらす人、小さくゆらす人、介助の手が替わるたびリハビリの手も変わってしまうので、どうしようもない。

先日も体調が悪いときに歯が痛くなり、歯の痛みはさすがに我慢できず、無理をして歯科医院へ行った。普段強い薬を飲んでいるために、麻酔も効かない。歯科のほうでも私がなかなか通院できないことを知っているので、二、三回分の治療を一度にしようとするので、時間がかかり、さすがに終わり頃はグッタリきてしまった。

帰りの車の中では、介助の人にアンビューバッグ（手動の簡易呼吸バッグ）を押してもらって呼吸したが、車の中は揺れるので、アンビューを押すのも大変だったようだ。家につき、ベッドに戻ったときは、頭痛と疲労で吐いてしまった。本当に今の私にとって外出はエネルギーを使う。こんな時、地域で生きるとは、本当に過酷だと思う。自分は何のためにここまでして、地域の中で生活しているのだろうかと思うほどだ。


今回のカニューレ交換の問題は、近くの脳神経外科に院長先生の知り合いのドクターがいたというおかげで、歩いても五分ほどの病院で実現した。私が行けば、カニューレ交換はできるが、体力が落ちてきている今は、いつまで通院が続けられるか、不安はつきない。

通院ができなくなる。もしその時が来たら、今の状態では病院へ戻るしか道はなくなってしまう。どんな環境・障害の人にも平等に医療が受けられる社会は、まだまだ遠いとつくづく思う。

九カ月になるアパート生活の中で、二度救急車に乗った。具合が悪くなると西区の病院まで救急車に乗って飛んでいく。真夜中に走る救急車はとてもとても心細い。二度目のときは一般病室が空いていなく、ＩＣＵに入院。ＩＣＵはとても孤独だ。白い壁。白い天井。見わたせば生死をさまよう人たちばかりがいる。何人の人が、この部屋で亡くなっていったのだろうと点滴を受けながらぼんやり思った。

入院中同室だったＩさんも、先日このＩＣＵで亡くなった。家族との面会時間も一日一時間しかもてないこのＩＣＵでは、孤独が友人になる。どんな思いでＩさんはこの天井を見つめ、一人で病気と闘っていたのだろうかと思うと、胸が熱くなって涙が出た。私ならこんなときこそ、愛した人にそばにいてほしいと心から思った。病気と闘う医療も大切だが、もうひとつ大切なものがあるような気がする。

どんなふうに人生を送りたいか、どんな医療を受けたいか、どんなふうに死にたいか。その選択はまだあまりにも狭い。どんな環境の人達にも、平等に医療が受けられ、「それぞれが自分らしく自由に生きること」への援助こそが、本当の地域医療ではないか。

歩ちゃんの人工呼吸器（九一年三月一日）

冬本番のまっただなか、寒さ厳しいこの季節に、春のような嬉しいお手紙をいただいた。人工呼吸器をつけた子の親の会「バクバクの会」の吉岡由美子さんが、通信『バクバク』を送ってくださる。バクバクの会とは、一歳前後から、小学校低学年までの、将来的にも呼吸器をはずせない子どもをもつ親たちの集まりだ。（注・子どもたちの成長に伴い、現在は当事者と親の会となっており、二〇一五年八月、会の名称を「バクバクの会～人工呼吸器とともに生きる～」と変更している。八六頁参照。）〝人工呼吸器をつけた子どもたちを戸外へ。家族のもとへ！〟というスローガンをかかげ、子どもたちが地域の中でより人間らしく豊かな生活を送れるよう、在宅生活に向けて頑張っておられる。

そのバクバクの会の平本歩ちゃんは、人工呼吸器をつけながら、地域の保育所へ通っている。通信の表紙にのっていた、呼吸器をつけた手動のワゴン車に乗っている歩ちゃんと、障害のない子どもたちの保育風景は、どんな言葉より、私を励まし、勇気づけてくれた。

全国でも、人工呼吸器をつけて地域で生活している障害者(児)はまだとても少ない。それは、福祉・医療の制度的援助がなさすぎるからであるが、その中にあって、歩ちゃんが実践していること、バクバクの会での活動の一つひとつは、貧しい日本の社会の中で大きな歴史をつくっている。

父親の平本弘冨美さんが書かれた文の中で、とても心に残っているものがある。保育園の子どもたちは歩ちゃんの呼吸器に興味をもち、カバーをかけていても、すき間から小さな手を入れたりしてさわる。そのために、呼吸器にドロがついていることがあるというのだ。

平本さんは、呼吸回数や流量などの変化にさえ気をつけていれば、ドロがつくことはあまり気にせずにいたいと書かれており、それを読んだときにはとても共感した。

子どもたちにとって、人工呼吸器が初め不思議なキカイであっても、目の悪い人がメガネをかけるように、歩ちゃんには呼吸器が必要なんだと、自然に知っていくに違いない。今まで、病院の中でしか使われないとされていた人工呼吸器に、ドロをつけながら歩ちゃんは学び、遊び、生活している。その歩ちゃんの行動、存在そのものが、子どもたちにとっては教育であり、ノーマライゼーションそのものであると思う。

私のところへも、呼吸器を見たことも聞いたこともないという人がたくさん来る。ひとり暮らしの私は、何人もの介助を受ける。食事、トイレ、洗面、ポジショニング(体位交換)、着替えなどの日常的な介助の中に、当然、呼吸器の扱いも入ってくる。呼吸器についている加湿器の洗浄と水たし、ウォータートラップの水捨てなどがある。初めての人はみんなとても緊張する。人工呼吸器と聞いただけで、怖いものでもさわるように。けれど、回を重ねるうちに、みんな自然に手際よくやるようになるものだ。

先日、新聞を読んでいるとこんな記事が載っていた。

死を迎えようとする人に、医療がどう関わるのかという大学の医学部の授業で、医者になろうとする人自身がその患者になって、ロールプレイを行うというものだ。その中でドクター役の人の、「あなたにはもう人工呼吸器をつけなければならないのですが、どうしますか?」という問いに、患者役の何人かは、「人工呼吸器をつけてまで生きたくはない」と答えていた。

一五年間人工呼吸器で暮らしている私にとっては、そんな考え方をする人がこの世の中にいること自体、とても大きなカルチャーショックだった。ロールプレイの中であればいいが、現実にも多くの人が人工呼吸器よりも死を選んでいるのだろう。

人工呼吸器は単なる生命維持装置というイメージが、こんなにも強くある。呼吸器をつけたら人生おしまい、と多くの人は思うかもしれないが、それをつけてから始まる人生、見える世界がある。まず障害者自身が、クォリティ・オブ・ライフのための呼吸器であるという心をもつことが、自立生活への始まりの一歩であると思う。

保育園に通っている歩ちゃんにとっても、私にとっても、人工呼吸器をつけていることが「普通」

なのだ。

歩ちゃんが大人になり恋をする頃は、人工呼吸器も今よりもっとコンパクトになり、もしかしたら、歩ちゃん自身がリモコンで操作できるものになっているかもしれない。それならデートのじゃまにもならないで、恋ができる。

そんな日が来ることを私も一緒に夢見て、バクバクの会のご活躍をお祈りします。

私の声（九一年四月一日）

人工呼吸器についてのことを知っている人は、だいたいの人が私と会うと驚く。それは、呼吸器をつけていても私が声を出しペラペラ話すからだ。「呼吸器をつけていてもしゃべれるんですか⁉」と不思議そうにする。

気管切開をすると、そこから空気が漏れるため呼吸器をつけていては声が出せないことになっている。呼吸器をはずせる時間が長くなるにしたがって、カニューレにフタをして空気が漏れないように、声を出し会話ができるようになる。スピーチカニューレというものもあり、最初からカニューレにフタがついているものだが、私も何度かこれに挑戦してみたがなかなか合わなかった。

結局、今のままが一番私にはあっているようで、ポーテックスのカニューレ（カフなし）の穴を指で押さえて話す。呼吸器をつけているときは、わずかでも自発呼吸ができるからか、機械で送り込んでくる空気にまかせ、穴をふさいで声を出している。けれども送りこんでくる瞬間しか声が出せないので、長くは声がつづかない。

呼吸器をつけ始めた頃は、声が出せなくてとてもつらかった。倒れてから意識がもどり、泣きながら初めて筆記で母に伝えたのは、「おなかがすいた。何か食べたい」。それは、今も忘れられない。その頃私は口から何も食べられなかった。

「痛い」「苦しい」「かゆい」は、筆記している間もなくて、イライラしてペンをなげたこともあった。そのつど書くのはしんどいので、声がでなくても口をパクパクさせていたら、いつのまにか、ところどころ声がかすれて出るようになった。かすれたガラガラの声だったが、ほんとうにうれしかった。

今はあたりまえのように話しているが、ときどき本屋さんやスーパーで、カニューレを指でふさぎ話をしている私を見て、「気管切開しているのに、よく声が出ますね」と何人かの人に声をかけられた。聞けば、ご主人が気管切開をして声が出ないという人や、生まれたばかりの赤ちゃんが切開をして泣き声を失ってしまったと、悲しそうに話されたおかあさんもいた。赤ちゃんがどんなに大きな声で泣きたいだろうと思うと、胸が痛い。

今、ベッドの上で自立生活を送る私にとって、声と言葉は私の手であり足である。毎日のほとんどが寝たきりでも、私はこの声で掃除をして洗濯をして毎日の食事を考える。介助者にどれだけ自分に近い手になってもらうか、それは、何をやってほしいかを、たくさんの言葉を駆使し、どれだけ相手に的確に伝えるかという作業になる。

「今日の洗濯は、シーツなど白いものは全部漂白して下さい」。「掃除はトイレとオフロを中心にして下さい」。「夕食のアスパラはかためにゆでて下さい」。「明日はゴミの日なのでまとめておいて下さい」など、この声で私は家の中のことをする。ただ介助者がやってきて、黙ってやって帰っていくわけではないのだ。

ベッドにいてもストーブのつけ方、湯沸器の使い方、台所のどこに何があるかなど、すべて自分でわかっていなければ相手に自分の手になってもらうことはできない。自分の意思とその意思を伝える手段があれば、寝たきりでも自分の暮らしをつくっていくことはできる。

気管切開をするということは、声が出なくなる。呼吸器につながれてしまうということになり、多くの人は、勇気と決断を必要とするのだと思う。ALS（筋萎縮性側索硬化症）や筋ジストロフィーなど、いずれ人工呼吸器が必要となる進行性の障害をもつ人は、呼吸困難になって生きるか死ぬかの状態で切開するよりは、体力に余裕のあるうちに切開するほうが、体力の維持、危険性からいってもメリットは十分あると思う。もちろん医療者側からの強制であってはならないが。切開することに絶望するのは、簡単な意思の疎通手段がまだないからだろう。

物理学者で有名なホーキング博士は、気管切開をして人工音声発生装置を使って学校で授業をしている。その機械がもっと一般的になれば、どんなにいいだろう。呼吸器をつけても人工音声発生装置などで話せれば、それぞれが希望を持ち自分の世界を広げられる。呼吸器をつけると意思の伝達ができないということが当たり前に思われているが、もっともっと呼吸器をつけた人にこそ語れることがあるはずだ。

肺活量が三〇〇ccしかなく、何をするにも介助を必要とし相手に言葉で説明しなければならない私にとって、声を出し話すということが最近はとてもしんどい。話してるうちに酸欠のような状態になり、頭がボーッとしてきたり、呼吸器と自分の呼吸が合わなくなって苦しくなったりする。

どんなに障害が進んでも、口だけは大丈夫と言われている私だが、いつか私にも声を失う日が来るだろう。声を失う日を恐れながら、けれど私はその日がきても強くありたいと願っている。

声が出なくなっても、残された機能を使いながら、私は私の言葉をもち、伝えられる意思をもちたい。

Spring has come！（九一年五月一日）

五月になり、私が病院を出て在宅生活を始めてから一年を迎える。最重度の障害をもち、ベンチレーター（人工呼吸器）までつけて、地域の中で自立生活を送れたことは、今の社会の中では奇跡に近いような気がする。

ほんとうに今日までよくやって来れたと思う。手を貸して下さった方たちに心から感謝します。こんな奇跡がもっともっとたくさん起こり、この奇跡が社会の中で、奇跡ではなく「あたりまえ」のことになることを願う。

小さな頃から施設や病院で暮らしてきた私は、何年も病院の窓から春を眺めていた。真っ白い天井。殺風景な四角い窓。いつも外の世界に憧れて眺めていた窓。雪が降ると、病室、養護学校の廊下など、院内中の窓を電動車椅子で見て回り、どこから眺める雪景色が一番キレイなのか捜したことを覚えている。

施設からほとんど外へ出ることのできなかった私の、唯一自由で優しい時間だった。もっともっとたくさんの窓が見たい。そしてその窓の向こうにある景色の中に自分をおきたい。その思いはいっそう強くなり、二五歳のときに施設を出た。

二〇歳の頃だった。ベンチレーターにつながれて寝たきりだった私へ夢を持たせてくれたのは、ポータブルのベンチレーターのパンフレットだった。それは今までになかった形のもので、家庭用のコンセントで使用できるという小さな形のベンチレーターだった。（昔のベンチレーターは、それこそ壁にパイピングがしてあり、空気も圧縮ボンベから取っていて、大きさも冷蔵庫ほどもあるものだった。）

これがあれば私は外へ出られる。外の世界へ行ける。夢はどんどんふくらみ、そのベンチレーターを買うために、私は少しの年金を貯金するようになった。二五〇万円もするものだったが、何年かかってもいい、ポータブルのベンチレーターを買うんだと決めた。それは、今思うと、私が初めて行動した自立への小さな一歩だったと思う。

しかし、貯金を続けどうしたらベンチレーターを手に入れられるかを調べていくうちに、個人の売買はできないというカベにぶつかる。何年も私を支えてくれていた夢がそこで壊れることになった。

それでも開かない扉を私はずっとたたき続けた。そしてたたき続けた扉は、ほんとうに開き始めたのだ。

それからいろいろな人との出会いがあり、いろいろなことが起こり、今私は長年の夢であった生活をしている。地域の中で生きることはしんどくて苦しい。日々私の障害は重くなってきている。電動車椅子に乗れなくなり、ベンチレーターもはずせなくなってきている。一生この体とつき合っていかなければならないのかと思うと気が遠くなる。重くなっていく障害とともに、現実に向き合って生きていくことが、これからの私の大きな課題だと思う。

けれどどんなに障害が重くなっても、かけがえのない「今」を、生きている喜びを感じたいのなら、それはやはり病院では無理なのだ。できないのだ。味わえないのだ。

アパートで暮らし始めて、私は自分の窓を初めて持った。この窓はベランダになっていて、光が入って明るい。去ったばかりの冬と、やって来たばかりの春の日差しが混ざりあった窓を眺めて、今私はこれから来る季節を思う。暖かくなったら窓をたくさん開けて緑をたくさんかざろう。洗濯物も、お日様の匂いがしみつくくらい乾かしてやろう。この体で風を感じよう。これからやって来る鮮やかな季節を待ちながらベランダを眺めている。“Spring has come!”

この一年、自立生活を応援して下さったたくさんの方々、ほんとうにありがとうございます。そして、ずっと励まし続けてくれた彼へ……、ありがとう。

コラム　自立生活一年間の歩み

一九九〇年四月

八九年九月より安いアパートを借り、ベンチレーターを病院から持ち出しての短期間の外泊にチャレンジしていたが、ゴールデンウィークにかけて初の一〇日間外泊を試みる。一時退院という形をとる（二十八日～五月六日）。

五月

長期外泊を無事終え、入院しようとしたが、ベッドが満床ということで、再入院できず。精神的ショックは大きく、途方に暮れたままの状態で、本格的な自立生活が始まる。所得、介助体制、入浴など、短期間ではさほど問題がないことでも、実際にここで生活することになると、やらなければならないことは山ほどある。

・ＳＴＶ（札幌テレビ放送）の取材を受ける。

六月

・北海道難病センターに介助者二名とともに週一回入浴に行く。

・各種制度の申請。①生活保護制度　②家庭奉仕員派遣制度　③特別障害者手当。

札幌市が委託事業をしている訪問入浴サービスの申請もしようとしたが、万一事故があった場合、業者はまったく過失責任は問われないという但し書きがあったためとりやめる。

七月

・六月に申請した各種制度の認定がおりる（ヘルパーは週六時間）。

・保健所から保健婦さんが訪問するようになるが、カニューレ交換などの具体的なサービス（医療処置）はなく、ただ様子を見て話を聞くだけであった。

・「街で生きるぞ！」デモ行進に参加。初めてのデモを体験。

八月

・体調を崩し、救急車で病院へ。この頃から外出することが難しくなり、入浴も月二回となり、あとは清拭をする。

九月

・札幌市の新規試行事業「全身性重度障害者介助料助成事業」の申請。

・生活保護他人介護加算特別基準の申請。

・感染症により体調を崩し、三日間の入院。

十月

・自宅で入浴できるように、アパートを探して引越しをする。週二回入浴できるようになる。アパート探しはとても大変で、保護者でもいれば別なのだが、障害者の独り暮らしとなると、何かあったときは誰が責任を取るんだと、二言めには言われる。理由はない、とにかく障害者に貸したくないみたい。

・通院が難しくなり、カニューレ交換や日常的なカゼ、ケガなどを地域の病院で診てもらえないか考え始める。

十一月

・『社会新報』（日本社会党（当時）の機関紙）に掲載。これを機会に「人工呼吸器をつけた子の親の会（バクバクの会）」と連絡がとれるようになる。

・側わんの進行により、電動車椅子にのることが難しくなる。

十二月

・『人工呼吸器使用者のための通信―アナザボイス』を発行。

・カニューレ交換の通院に往復三時間以上もかかるために、近くの病院に具体的にあたってみる。たった二～三分のカニューレ交換に、約半日もかけることにとてつもないエネルギーを費やす。体力をもどすために、その後一週間は安静。

一九九一年一月

・近くの病院でカニューレ交換ができるようになる。

・歯の治療のため、乗れない車椅子に無理をして四時間以上乗っていたために、その後一〇日以上ダウンすることになる。

その時の外出は、乗車中にだけベンチレーターをつけ、治療中ははずしていたために体力の消耗がとくに激しかった。帰りの車の中でベンチレーターのバッテリーが切れてしまい、アンビューバッグを押しながらの帰宅であった。外部バッテリーの必要性をあらためて知る。

二月

・着替えをして車椅子に乗り換え、車に揺られての外出、それ自体に大変なエネルギーが必要になり、在宅でカニューレ交換ができないか病院と話し合いをもつ。

在宅でカニューレ交換をするには、①医師の往診、②家族や最も身近な介助者による交換、しか方法がない。当初、病院の保健婦、リハビリ主任らと何回にもわたる話し合いをしたが、①については病院からの距離が遠すぎるという理由で、②についてはカニューレ交換は責任の伴う医療行為だからということで、現時点としては入院しか方法がないということであった。

三月

・近くのカニューレ交換だけに通っていた病院が、四月から訪問看護を実施するということを聞き、在宅でのカニューレ交換をしてもらえないかとお願いする。結局、訪問看護といってもせいぜい血圧を測ったり坐薬を入れたり、話を聞くという程度だということで、とてもカニューレ交換はできないという話だった。

四月

・病院へのしぶとい説得の結果、最終的には院長の判断で、在宅でのカニューレ交換ができるようになる。

病院から身近な介助者がカニューレ交換の指導を受け、最初二・三回は保健婦さんの立ち会いで交換することになる。万一事故があった場合の責任について、念書を取り交わした。しかし、あんなに苦労して通院していたことがウソのよう！
・乗ることができなくなっていた電動車椅子を改造し、同時にストレッチャー式の手動車椅子（ベンチレーターも積めるもの）を購入する準備を進める。

コラム　時代の中のベンチレーター

日本では、人工呼吸器のことを「レスピレーター」という言葉を使っていますが、欧米では、レスピレーターという言葉はもう使われておらず、「ベンチレーター」となっています。レスピレイト（respirate）は、呼吸するという意味で、ベンチレイト（ventilate）は、換気するという意味。日本語で直訳すれば人工換気器となります。

呼び名が変わってきたということは、時代の中で、人工的に肺に空気を送り込むモノの役割が変わってきたことを意味しています。

「呼吸」というのは、生理学的に広い分野のことを意味していて、空気が肺に送り込まれ、酸素と二酸化炭素が交換され、それが体中の小さな細胞にいきわたり、そこでまた酸素と二酸化炭素の交換が行われるという全過程をさします。

しかし、人工呼吸器は、肺に空気を送るポンプの役割、すなわち「換気」のみをしているということです。極端にいえば、アンビューバッグで一定量の空気を規則正しく、しかも長期にわたって（睡眠もとらず）送り込むことができる人がいれば、それでこと足りるのです。そういうことをやれる人はいない、それなら機械で補おうというところからそもそも生まれたものなのです。

そういったところから、レスピレーターからベンチレーターへと、肺に空気を送るポンプの呼び名が変わってきました。

『アナザボイス』でも、これからは人工呼吸器ではなくベンチレーターと呼ぶようにしました。それにはもう一つ理由があります。

それは、人工呼吸器という言葉には、どうしても生命維持装置というイメージが社会的につきまとうからです。多くの医療専門家にとっても、生命維持装置という固定観念を覆すことは困難なことかもしれません。

しかし、ベンチレーターは、それを長期にわたって使う人にとっては、もはやまったくの日常生活用具であり、ひとつの肉体的個性とも言えるのです。そこで、ベンチレーターの購入も所有も病院ではなく、使用者のモノにならなければいけないという、強い願いを込めてみたのです。

ベンチレーターのこれからの歴史は、例をあげれば、今までの車椅子の歴史と似ていると思います。映画『マイ・レフトフット』にも描かれていましたが、つい五〇年前まで、車椅子を購入するには、とてもとても資金が必要でした。そして車椅子はどこにあったかというと、病院や施設にしかなかったのです。

今でこそ、車椅子はその人のモノになっていて、体の一部という概念が広く（でもないかナ？）いきわたっていますが、当時としては大変なことでした。

ベンチレーターは、今まさにあの時代です。今から約二〇年前、アメリカの自立生活運動のベースとなるべき理念を、はじめて社会的に訴えたのは、ベンチレーターを使用していたエド・ロバーツ氏でした。日本の現状は、アメリカと比較するすべもないほど遅れています。大切なことは、ベンチレーターをとりまく環境が、時代の中で確かに変化していくことではないでしょうか。

やった！　在宅カニューレ交換が実現（九一年七月一日）

人が生きていくかぎり最低限必要なことは、「食べる」「眠る」「出す」の三つだと思うが、私の場合、それに気管のカニューレ交換が入ってくる。何日もオフロに入らずにいるとどんな人でも皮膚が汚れてくるように、カニューレも取り替えずにいると自然に汚れてくる。その汚れは、肺炎、細菌感染などの命取りにつながるので、定期的な交換が必要だ。

入院していた頃は、週に一度ドクターが交換を行っていた。退院してからは月に一度、病院の外来へ交換にいっていたが、私の障害が重くなり、外出が困難になってきたこと、病院が自宅から遠すぎることなどから、カニューレ交換を在宅ケアで行えないものかと病院のスタッフと話し合ってきた。何よりも、吹雪の中も、雨の中も通院するということは、私にとってとても大きな体力の消耗だった。

カニューレを抜いて、入れる。衛生面さえ気をつけていれば、それは二〜三分で終わる。けれど、①それが医療的な処置であるということ。②自宅が遠すぎてかかりつけの病院では往診の対象にはならないということ。③もし、保健婦や介助者のケアで行うことになっても、何かあったときの責任問題、社会的な問題が大きすぎるということ。などの理由で、病院から良い返事はもらえずにいた。

しかし、危険性ということだけを考えると、カニューレに水が入らないよう注意しながら入浴をすることのほうが、ずっと危険であるはずだ。もちろん、気管切開をして間もない時期、カニューレ交換の際に出血したり、痛みがひどいとなると話は別だと思う。が、私の場合、もうすでに一六年という年月をベンチレーターと過ごしている。そんなことを考えると、カニューレ交換自体は、十分な知識と指導を受ければ、介助の分野でやれるのではないかという気持ちもあった。

カニューレ交換の在宅ケアを考えていく中で、一番のネックとなったのは、私は親との同居ではなく一人暮らしだということだった。何かあったときの責任の所在がないということがその壁を厚くした。いまだ在宅医療は、個人や一障害者へのサービスの提供、サポートではなく、あくまで家族がいてその家族が看護をするために、家族を医療者が指導するという枠を越えてはいない。だから区役所や病院からの保健婦の訪問看護の中に、具体的な技術提供、サービスの提供がないということは、家族と同居していない私にとって、痛切なものだった。

高齢者になり、障害者になれば社会での自立はできないという現実がそこにはある。力のないもの、弱いものは生きてはいけない社会が浮かぶ。


通院ができなければ入院しかないと言われ、選択の道は他にないのだろうかと何度も考えた。このアパートで生きのびる方法は、やはり、あきらめないで在宅ケアの中でカニューレ交換をできる許可を病院からもらうこと、そして交換をやってくれる人を見つけることの二つだった。結果、見るに見かねてカニューレ交換を引き受けてくれた良い友人がいたこと、病院でしっかりと指導を受けること、責任問題についての契約書を交わすことで、念願だった在宅カニューレ交換は実現した。

普段の私の介助の中でもっとも身近な人が、私と一緒に病院からの指導を受け、行うことになった。契約書に判を押すとき、いろいろな思いが胸をよぎった。

生きていくために必要なケアを受けられない在宅医療とは、社会とは何なのだろう。在宅医療やケア体制の不足を訴えれば、行政はとかく、保健婦やヘルパーの人手不足を強調し、二十一世紀へ向けての医療従事者の人材増加――ゴールドプランを力説する。

たちまち心はしらけ、私が私の歌を歌いたいのは「今」なんだと心に爪を立てた。

カニューレはピアス（九一年十月一日）

側わんが進み、今まで乗っていた電動車椅子に座れなくなったので、改良した車椅子に寝たままベンチレーター（コンパニオン2800）をつけて外出する。車椅子の後ろにベンチレーターが入る台車を連結して、ガラガラと引いて歩く。なかなか目立つので最初の頃は恥ずかしかったが、この頃はずいぶん歩き慣れてきた。驚いて立ち止まって見る人。そばまで寄って来る子ども。遠くから腕を組んで、「なんだあれは?」と見ている人……。ベンチレーターが、こんなにたくさんの人の目に触れることができるなんて!

先日、外出先で見知らぬ女の人に声をかけられた。「その大きな機械は何ですか?」と不思議そうに聞かれるので、「人工呼吸器です」と答えると、今度は私のカニューレを見て、「それは何ですか?」というので、「気管切開をしてカニューレをしています」。「じゃー、のどに穴が開いているんですか!?」と驚く。「はい」と答えると、「痛くないですか?」「痛くないですよ。傷が慣れるとピアスの穴と同じですよ」というと、その方はなるほどという感じで、ニッコリ笑ってうなずいた。

カニューレはピアス。ふとそんな言葉が自然に口から出て、私はこの表現が気にいってしまった。

スーパーへ買い物に行ったときも、自転車置場でどこかのオジサンが自転車に乗ろうとしながらしげしげと私を見ていた。自転車に乗っているオジサンとベンチレーターを積んで車椅子に乗った私。「おたがい便利な乗り物があって、散歩も買い物も快適ですね」と私は心の中でその人に声をかける。このどちらのできごとも以前の施設にいた頃の私だったら、きっととてもイヤな思いとして受け止めたかもしれない。刺すようなまわりの視線はとても気になるものだし、ましてどこが悪いのですかと聞かれれば、逃げ出したくなったりしたものだ。けれど、今私は社会の中で、日常の中で、ベンチレーターはメガネと同じで、カニューレはピアスと同じという、ごく自然なあたりまえな思いで暮らしている。

「障害は個性だ」という大好きな言葉がある。私も私の個性を輝かせたい。ここ二、三カ月体調が悪く精神的にもまいってしまい、よく真夜中に急に泣き出したり、コップを割ったりした。日常生活の動作の中で、昨日まで自分でやれていたことが今日は確実にやれなくなってきている。障害が重くなり、絶望するということは、こういうことをいうんだと二四時間ベッドに縛りつけられて、心底それを味わった。

施設にいた頃は、自分の感情を解放することは許されない。一人で泣く部屋もなければ、つらいと口にできる暇もない。まわりは「ガンバルんだ」のオンパレード。けれど外の世界へ出て、泣くこと、笑うこと、怒ること、叫ぶこと、イライラすること。あらゆる感情が私の中で蘇生して、日々私は人間クサくなっている。

施設では、泣き叫べばわがままだと言われるが、叫んでいいと、泣いてもいいと、初めて私はこの部屋で、あたたかな涙をボロボロと流した。

社会の海へ石を投げる――『アナザボイス』一周年によせて（九一年十二月十日）

今回の通信で『アナザボイス』は一周年を迎える。初めの頃は三〇部あまりの発行で、親しい方だけに送らせていただいていたのが、いまは百部を超えるまでにその輪は広がった（二〇一六年四月現在五百部）。原稿をワープロに打って下さる方。コピーをして下さる方。発送作業を手伝って下さる方。たくさんの人達の優しい手を借りて、『アナザボイス』は育ってきた。

『アナザボイス』を愛して下さった多くの方に心から感謝しています。アナザボイスを書くこと。社会にメッセージすることは、私にとって大きな海に石を投げる作業と似ている。石を持って、力いっぱい社会という海に石を投げる。石はそこから波紋を広げ、その輪は海から地域へ、社会へと広がることを願った。

投げつけた石は、怒りであったり、喜びであったり、涙であったりした。障害者に対する社会の偏見があまりにも大きすぎることを肌で感じ取り、その怒りの中から『アナザボイス』は生まれた。

自立生活を始めてすぐに、私はあらゆるものを恨んだ。貧しい福祉を恨み、社会を恨み、差別を恨んだ。けれど恨んでも泣いても、何も現実は変わらなかった。だから歩きだそうと思った。障害者自身が声を出さなければ何も伝わらないと思った。長い間縛りつけられていた「あきらめ」という鎖をほどき、私はアナザボイスを書き始めた。

この一年間、つながった多くの人たちの輪の中で、私にとってかけがえのない宝物になったのは、同じベンチレーターをつけた仲間と知りあえたことだ。日本全国広いとはいえ、ベンチレーターをつけている人はほんとうに少ない。生命と生命が握手するような感動で、私はその方たちと知りあえた。

尼崎市のバクバクの会の子どもたちとそのお母さん、お父さん。今はまだ入院されているが、在宅への希望を輝かせる新潟市の原さん。まばたきの意思伝達装置で残された機能を最大限に使い、ご自身の世界を広げられている山端ハナさん。そして西岡かおりさん。この方たちとの友情の中で、私は多くのことを学ばせていただいている。みんなすばらしい生きざまをされているのは、やはりそれぞれが自分の障害を恨んだりせず、そこからまっすぐに前を見つめて、生きよう、生きようとしているからだ。そしてそれぞれがクォリティ・オブ・ライフのためにベンチレーターを使っている。

今の私の生活は、自立生活でもあり、闘病生活でもある。今までも、これからも、私は運動のこぶしを振り上げるのではなく、今、自分が地域で生きているという平凡な幸せを大切に育てたい。そしてふり返ったときに、その歩いてきた足跡が、障害者も健常者も共に生きた足跡になればと思う。

歩きださなければ、何もこの手につかめない。だからこれからも、力の限り私は石を投げ続けるつもりだ。社会という海に向けて。

それぞれの円を描きたい（九二年二月十日）

アメリカでベンチレーターをつけながら生活しているエドさん（エド・ロバーツ：ポリオの後遺症で、

「鉄の肺」と呼ばれる人工呼吸器を使用。カリフォルニア大学バークレー校在学中はアパートを借りられず病院から通学。一九七二年、世界で初めて当事者による障害者支援のために自立生活センターを設立。カリフォルニア州リハビリテーション局長、世界障害研究所所長を務める。一九九五年死去）のところへは、毎日二四時間看護師が派遣されているそうだ。日本人の奥さんのサチコさんは、そのために介助にかかりきりにならなくてもよく、大学で数学のクラスをとっているという話を聞き、しばらくの間私はため息ばかりついていた。

思春期のころ施設の中で、私たち女の子はよくこんな話をしていたことを思い出した。「私たちの彼になる人って大変だよね」。「そうだね、車イスを押したり、オシッコをさせたり。デートのときも自動車に乗るたび、いちいち抱っこしなくちゃならないものね」。「そんなことしてくれる男の人っているのかなあ!?」「いないんじゃない?」「私たち一生独身だねェ」。

障害をもった私たち女の子の恋の夢の行き止まりは、いつもそんな理由だった。その中の一人だった私も大人になり自立生活を始めて、生きていくために何よりも必要なケアの問題に何度もぶつかるようになった。それは、あの頃夢見た彼だけではなく、家族、友人、ボランティア、夫婦、恋人、さまざまな人間関係にある介助の問題。

自立生活を始めた頃は、一五人くらいの友人、主婦、学生の方にボランティアを頼み、日々の介助をつなげていた。しかし、一日何人もの人が出入りし、そのつどケアの手が変わることは想像以上にしんどく、半年くらいでダウンした。やはり、自分の障害にあったケアの方法を自分で見つけていかなければ、自立生活を続けていくことはできないと感じた。初めの頃来てくれていたボランティアも転勤があったり、学生は卒業をして就職をしたりと、去っていった人もずいぶん多い。ボランティア体制だけで生きていくには、やはり常に生活が不安定であり、限界もある。そのために家族や身近な人の負担はどうしても大きくなり、私にとっては家族の犠牲のうえにこの生活が成り立っているのではないかという心の葛藤は、消えることがない。多くの重度障害者の在宅生活は、家族の手にゆだねられている。

障害をもっている子どもが成人していても、母親が介護をするのが当たり前。女性が長男のもとへ嫁げば、その親の介護を見るのは常識の社会である。日々休むことのない介助は本当にきつい。二時間ごとの体位交換。サクション（痰の吸引）、食事、排泄、入浴にカニューレ交換。はたまた洗濯、買い物、掃除。二四時間のケアは眠る間もなく続く。どんなに愛情があるツレアイでも、親子であっても大変だ。私も時々ケアで疲れた母や彼の顔を見ると、これではいくら愛があっても足りるわけないと、つぶやいてしまう。

どんなに愛情が深くても、人は人のためだけには生きられない。親子であっても、夫婦であっても、恋人であっても、それぞれの時間とそれぞれのライフスタイルが必要だ。生活保護の申請をしたとき、母と暮らさないで自立生活を望んだ私。ケースワーカーは、「健康な娘さんならまだしも、障害をもってる娘がかわいくないのですか?」と母を責めた。

親が障害をもった子どもを見るのは当然という社会の目。家族や恋人は、決して介助をするためにこの世に存在しているのではない。介助者の派遣制度でもいい。介助料の助成制度でもいい。私たちが地域で生きていけるために使える社会的なケアの保障が欲しい。

私の障害も日々重くなり、フル回転でケアに追われるようになってきた彼に、私は時々「週末の恋がしたいね」と笑う。重度障害者が自分の生活を、介助者を使ってつくり上げることができ、恋人や家族に犠牲を強いずに自立できたときに初めて、心のよりどころになるような豊かで優しい週末の恋ができるような気がする。かけがえのない自分の時間があるからこそ、豊かな恋愛も生まれる。

人と人との関係を円にたとえる。円と円がきれいにネックレスのようにつなげられたら、人と人が手をつなぐ形になる。けれど円と円が重なり合い、誰かの人生と自分の人生がすっかり重なり合ってしまえば、何も見えなくなるだろう。それは、母も彼も、私の人生をすべて生きることはできないことに似ている。それぞれがそれぞれに自由できれいなまあるい円を描き、円を結び、手をつなぐように生きていきたい。

春一番のよろこび（九二年四月十日）

今の季節が一番寒さ厳しい。会う人ごと、合言葉のように「シバレますね」を口にする。私も外へ出るとカニューレからヒューヒューと白い息がもれる。

北国の街に住む私のところにも、歩ちゃんが地域での小学校入学が決まったというニュースが飛び込んだ。夢のようにうれしくて胸が熱くなる。

小学校五年生のときに気管切開をし、私はベンチレーターにつながれた。ベッド学習といって、病室の中で寝たきりのまま、先生と一対一で授業を受け、養護学校を卒業した。病室にいる私にも一五の春が来て、卒業証書を受け取ったときの喜びは忘れられない。けれど、私には修学旅行の思い出も、友達と一緒に教室の中で笑いあった思い出もなかった。病室の窓を手鏡で映し、いつも外をながめては街角で友達と学校帰りにハンバーガーをかじるような青春にひたすら憧れた。

この春、歩ちゃんは、私が果たせなかった夢をかなえてくれる。

何よりも幸せなのは、歩ちゃんと一緒に学校生活を送れる地域の子どもたちではないかと思う。この世には様々な生命が存在するということ。そして、その生命のかけがえのない重さ、人間としての優しさ、思いやり、いたわり……。子どもたちにとっては歩ちゃんの存在が最大の教育であり、環境であると思う。

この春、歩ちゃんと同じく私も在宅二年目を迎える。

ＯＬ、英語の先生、化粧品会社に勤める人など、地域の中での同年代の友人もたくさんできた。恋のこと、仕事のことなど、お互いの悩みを語り共感し合うとき、私たちは障害のある・ないを飛び越えて友人として向き合い輝き合う。

地域へ出て、多くの人とのかかわりの中で、自立とは、決して肩ひじ張って一人で生きていくことではないと思うようになった。歩ちゃんが周りの人たちに指や顔の表情を最大限に使って人とかかわろうとするように、相手に助けを求めたり求められたりする中で、強くて優しい、しなやかな人との絆を結ぶことが本当の自立だろう。

人間という字は人と人の間に生きると書くもの。

私たち障害者があたり前に生きたいと望むとき、社会にはたくさんの壁が立ちはだかる。「あたり前の生活」をかちとるには、まだまだ闘い続けなければならない。

この頃、あなたのこれからの夢は何ですか？　と聞かれる。私は今のこのあたり前であろうとする生活が長い間の夢だったので、「今が夢の本番真っ最中です」と答える。

一つひとつの願いを実現し、歩ちゃんと一緒に輝きながら、これからも夢の本番真っ最中を精一杯走り続けたい。


（『平本歩ちゃんの在宅二周年記念集』によせて）

ようこそ、いのち（九二年四月十日）

「おめでとうございます。女のお子さんですよ」

毎日柿を食べながらお前を生んだんだよ、と今でも母が笑うくらい、たわわに柿の実がなる季節に私は生まれた。たくさんの愛と祝福に包まれて。

長女として生まれた私は、若い父と母にとっての初めての子どもだった。それは二人にとっての大きな悲しみの始まりでもあったのだ。

生後三カ月。私に先天性の障害があることがわかった。

この子が一生歩くことができないなんて……。祝福は絶望へとかわり、父と母はあらゆる病院を駆けずり回る。どんなことをしてもこの子を健康な子どもと同じように歩かせてやりたい、と願った。

小さな私の足にギプスがはめられたのを見て、多くの人は涙を流したという。障害をもって生まれた私が不幸でならないと……。

出産を迎える人たちの口々から「五体満足であれば十分です」といった言葉をよく耳にする。健康であれば幸福であり、障害をもつことイコール不幸なことだという社会の中のレッテルはいったいどこから来るのだろう。

子どもの頃の思い出は、いつも病院の中から始まる。手術室に連れていかれたときの恐怖。どんなに「痛い」と泣き叫んでも、繰り返されたリハビリとあらゆる治療。私の子ども時代の時間はすべて、歩けるようになるためだけに費やされた。

歩けることが、健康になることが幸せであると誰もが信じて疑わなかった。

そのために私の体には医者が何度もメスをふるい、母は付き添いのために弟を実家に預け、父は医療費を支払うために死にもの狂いで働いた。

障害をもつことは不幸なことだと、誰もが信じて疑わなかった。

記憶の中で唯一私を救ってくれるのは、これ以上の治療は望めないという理由で病院と縁を切った、五歳から施設に入るまでの四年間だった。家族と過ごした優しい時間は、今振り返ると、満ち足りた顔をした自分が笑顔で思い出の中にいる。近所の子どもたちとも日が暮れるまで公園でよく遊んだ。

仮面ライダーがはやった頃で、ライダーベルトをつけてポーズをとれば、誰もが自分が仮面ライダーなんだと信じていたあの頃。遊びの時はみんなが夢中で、私の松葉杖さえもオモチャにして遊んだ。私たちにとっては松葉杖もオママゴトの一部に過ぎなかった。

一〇歳の暑い夏だった。近所の友達とも引き離されて、自分が障害児と呼ばれる存在なのだと知らされたのは……。施設に入ることがきっかけだった。それまでスクールバスで養護学校へ自宅から通っていた私が、教育のほかにリハビリも必要になり、療護施設への入所が決まった。

家族と離れて暮らし、友達とも別れ車椅子に乗った人や杖をついた人ばかりが集まっている施設で、自分はこれから暮らしていかなければならない。そこで初めて私は「分けられる」ということを経験する。


今、私たちは環境によって障害者にされてはいないだろうか。

足が悪くても目が見えなくても、車椅子でも、私たちは教育を受け、仕事を持ち、夢を持ち自己実現をしていく。そして社会の中であたり前のように生きていく。障害をもっていることがあたり前のことであったなら、両親は私が障害をもって生まれたことをあんなに苦しまずにすんだろう。

この世から障害をなくそうと治療薬の開発が叫ばれるが、私たちが健常者になるための薬をつくるということは、人が永遠に死なない薬を作ることと同じくらい難しいことだ。何年待っても、何十年待ってもそのような日は来ない。だから、私にとっては、今この生きている瞬間をどれほどすばらしい人生にしていくか、それがすべてだ。

今、私は三歳の頃の自分に戻って、哀しむ父と母に言ってあげたいと思う。

「私が障害をもって生まれてきたということは、ちっとも不幸なことではないのよ」と、どんなに重い障害をもった生命も「ようこそ！」とこの世に迎えられることを祈りたい。

そして、誕生日を迎えてまた年を重ねる私から、自分自身に「ようこそ！」と生まれてきたことに、両手を広げこの生命に言ってあげよう。

第二章　ベンチレーターをつけて自立生活

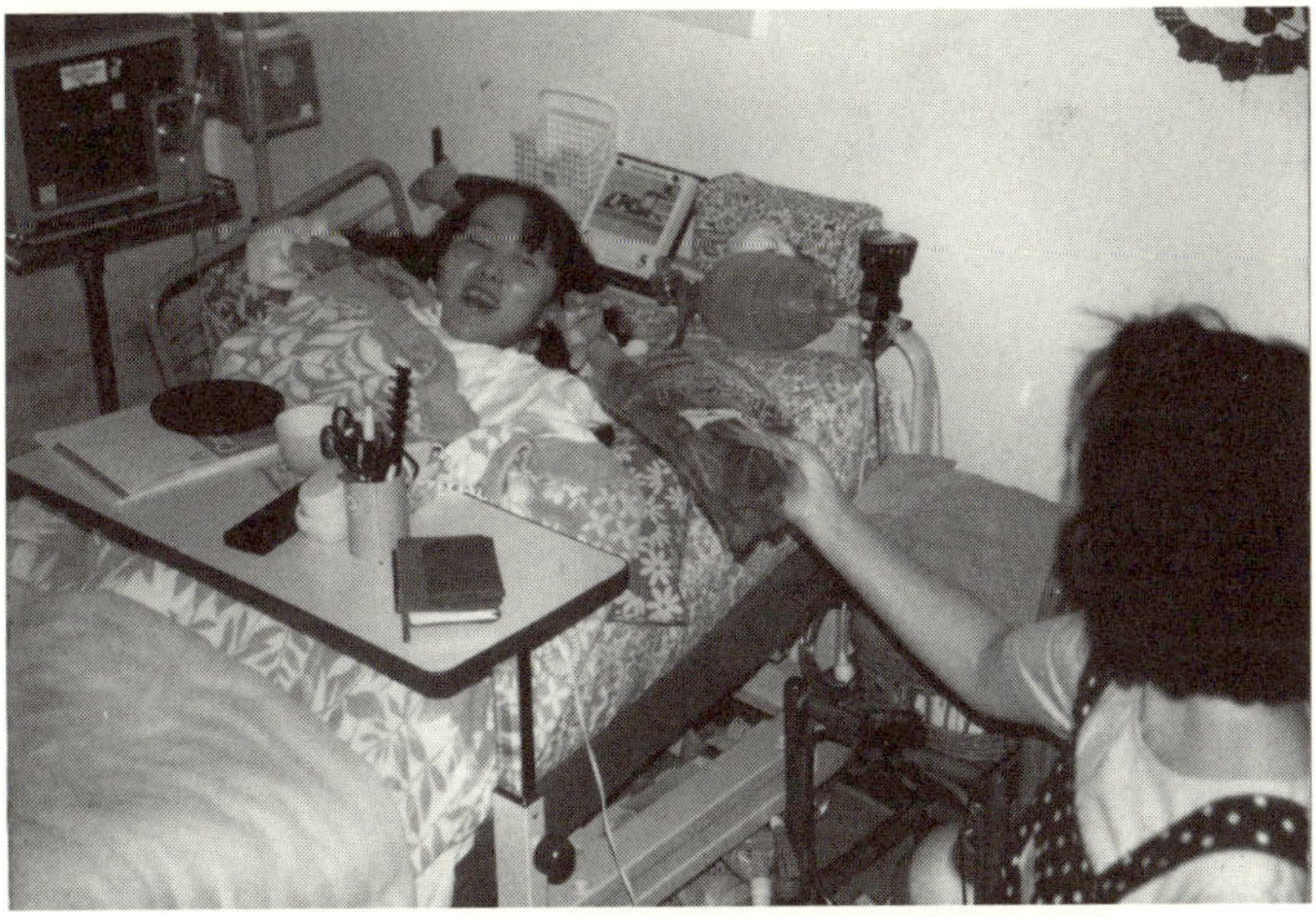

ヘルパーさんに頼んだ買物を確認（自立生活を始めた頃）

自立生活一周年祝賀会のあいさつより（九一年六月一日）

今日は私のためにこのような会を開いて下さり、心よりお礼を申し上げます。

九〇年四月に病院を退院し、長くて苦しくて、そして私にとってかけがえのない一年間でした。小さなときから施設や病院生活が長かったので、一生に一度でいいから地域で暮らしたい、アパートで生活してみたい、ということは、私にとって大きな夢でした。それが、一年も続けてこれたことは、多くの方たちが私の自立生活を支えて下さったおかげだと思っています。

私自身一年を振り返り何が一番嬉しかったのかなあと思い起こしてみました。それは特別なことではなく、自分の部屋には自分の好きな音楽が流れていて、熱いお茶が入っていて、お天気のいい日にはお洗濯ができて、時間をかけて自分のためにお風呂に入れることなど。そんなふうに自分の暮らしを、自分の手で描いていくということが、私にとっては何よりの喜びのように思えます。

それはごくごくあたり前のことのように思われると思いますが、そのあたり前の生活を送れずに、施設や病院にいる障害者の人もたくさんいます。どんなに障害が重くても、自分の生き方を自分の手で描けるということのすばらしさこそ、生きていく喜びだと思います。

私も、障害がずいぶんと重くなってきていて、今まで乗っていた電動車椅子が合わなくなり、このような歩く電動ベッドに乗るようになりました。前に比べて大きくなり、人工呼吸器も積んでいるので、移動が大変になりましたが、それでも少しでも外に出たいと思っています。

呼吸器をつけながらの生活はとても大変ですが、そんな中で、私を励ましてくれているのは、小さな五歳の女の子です。兵庫県尼崎市にいる平本歩ちゃんです。歩ちゃんは、呼吸器をつけて、ちょうど私と同じころにご両親の元で在宅生活を始めました。今、歩ちゃんは呼吸器をつけて手作りのワゴン車に乗って、寝たきりのまま普通の保育園に通っています。歩ちゃんのご両親も、歩ちゃんが普通の子どもたちと同じように地域で暮らせるように厳しい環境の中、貧しい社会と闘っています。

そういう人たちとの出会いの中で、私が病院を出て、最大の収穫だと思っているのは、社会の中の差別に対して、理解のなさに対して、仕方がないとあきらめるのではなく、怒りをもつということの大切さです。そして、尊さです。

地域での障害者の暮らしは、まだまだとても社会的に厳しい状況にあります。けれど、たくさんの障害者の怒りがパワーになって、社会を変えていくのだと信じています。

明日からまた現実の厳しい生活が始まりますが、一日でも長くアパートで暮らせたらと思っています。

最後に、人工呼吸器を貸し出して下さっている札幌秀友会病院の藤原院長先生、自立生活のサポートをして下さっている札幌いちご会、北海道難病連。ボランティアに来て下さっている方々。応援してくれている友達。そして、この会を開いて下さった植木さん、上村さん、高松さんに心から感謝しています。

今日はどうもありがとうございました。

ベンチレーターとともに自立生活（二〇〇〇年三月十日）

1　ベンチレーターとは……

ベンチレーター（人工呼吸器）とは、自発呼吸のできない人の肺に空気を送り込む機械（道具）で、ＡＬＳ（筋萎縮性側索硬化症）、筋ジストロフィー、ポリオ、高位頸髄損傷、脳性マヒ、側わん、脳血栓、肺胞低換気症候群、睡眠時無呼吸症候群など、さまざまな障害をもつ人々がベンチレーターを使用しています。

日本の在宅人工呼吸療法（Home Mechanical Ventilation、略してＨＭＶ）においては、筋ジストロフィー等による神経筋疾患の障害が一般的ですが、アメリカでは自立生活運動の先駆者であった故エド・ロバーツをはじめポリオ障害の人が多いのです。障害の種別を問わず、肺の呼吸する力が弱い全ての障害者に必要なものです。

2　日本のバックグラウンドと自立生活

一九七〇年代後半から、日本の社会福祉や医療のあり方は、ノーマライゼーション理念の普及や、障害をもつ当事者による自立生活運動の大きな広がりによって、施設（病院）収容主義から、脱施設化へと大きく変化してきました。

そして九〇年代に入ってから、ベンチレーターをつけた子どもやベンチレーター使用者が先駆的に在宅生活を実践し始め、高額な人工呼吸器の自己負担や無に等しい在宅生活の支援体制など、厳しい現実を社会問題化し、同時に医療・福祉制度が整いさえすれば、ベンチレーター使用者も在宅生活が可能なんだということを実証してきました。

しかし、今もって日本のベンチレーター使用者の多くは、病院や療養施設に隔離収容されたままです。在宅での介助・医療的ケアの保障、「ベンチレーターは生命維持装置」という偏見の根強さ、ベンチレーターについての情報不足など、さまざまな問題がクリアされていないからです。

ほとんどのベンチレーター使用者が社会の環境さえ豊かになれば、病院や施設に隔離されないで地域の中で生活したいと願っています。今まで自立生活運動は、いい意味で脱医療化を目指してきましたが、ベンチレーター使用者にとってはさらに、医療変革までもその活動の視野に含めなくてはならないでしょう。

現在では健康保険の診療報酬も初期に比べて大幅にアップされ、九六年からは人工呼吸器のレンタルが可能になりました。それまでは、障害当事者が三百万円もする人工呼吸器を自費で購入したり、病院の協力により無償で貸し出されていたのです。バックアップ体制も充実してきており、在宅人工呼吸療法を実施する病院やディーラーは二四時間体制で、故障や緊急時に備えたバックアップ体制を整えています。ですから今ではベンチレーターを使用していても、比較的安心して自立生活を行えるようになっています。

また、気管カニューレや吸引チューブ等の消耗品も健康保険の診療報酬内で自己負担なしで購入することもできますし、人工呼吸器回路をはじめとした、ピンセット、Yガーゼ等のガス滅菌も病院やディーラーに依頼することもできます。

まずは自分の呼吸障害をよく理解すること。そして、自分のベンチレーターの種類や換気量等の設定値をきちんと自己管理して介助者に伝え、医師の指導のもと、吸引等の医療的ケアや人工呼吸器のセットアップなどを専従の介助者がマスターできるように研修を行えば、自立生活は必ず実現できるのです。また、病院や療養施設よりも在宅生活のほうが、安全性においてもコスト的にみても優れているのです。

3 ベンチレーターをつける時期は?

側わん、頸椎損傷、脳性マヒ、筋ジストロフィーなど、どんな障害であっても、

(1) 肩で呼吸をしている
(2) 長く話すと頭に酸素が不足してボーッとする
(3) 夜中に頭痛がして目覚める
(4) 朝起きたときや午前中に頭痛がする
(5) 一日中眠たさやだるさが続く
(6) 朝の目覚めが悪い
(7) 眠っているときに呼吸が(イビキなどが)止まっている
(8) 極度にやせている

などのいずれかの症状があれば一度呼吸検査を受けることを勧めます。

二酸化炭素の血中濃度の正常値は通常三五〜四〇mmhgですが、これを超えるようでしたら、ベンチレーターの必要性があると考えられます。しかし数値だけで判断することはできません。通常の呼吸では酸素不足になるため、肩や体全体で無理な呼吸をすることで血中二酸化炭素濃度を正常値にしていることもあるからです。肩や体全体で呼吸している状態は、障害のない人でいうと一日中二四時間マラソンをしているのと同じ身体状況と考えられるでしょう。

ベンチレーターはできるだけ早めに、できるだけ体力のあるうちにつけるべきです。カゼをひいて痰が出せず、呼吸困難になり意識のなくなった状態で強制的につけられるよりも、はるかにリスクが少ないからです。

日本では、こういった呼吸障害に関する正しい知識をもったドクターはほんとうに少ないので、自分自身で自分の障害を知っておくことが何よりもの自己防衛となります。

4　自分にあったベンチレーターを選ぶ

ベンチレーターをつけるというイメージは、気管に穴をあけ、ベッドの上で一生機械につながれて生きるというイメージが未だに強くあります。しかし医療の進歩により、様々な身体状況にあったベンチレーターが開発されてきています。

呼吸障害の初期症状の人だと、ベンチレーターを二四時間使用しなくとも夜間だけの使用、そして気管切開をせずマウスピースや鼻マスクから呼吸をすることもできるのです。

一昔前まではベンチレーターと言えば、大きな冷蔵庫ほどもある機械でしたが、九〇年代に入って小型のポータブルベンチレーターが数多く販売されるようになりました。

ほとんどの機種が外部バッテリーと接続することにより、バッテリーの容量によって一二〜二四時間の作動が可能です。使用者は（あるいは将来使用する可能性のある人は）どの呼吸器を使用しているのか（これからするのか）、機器によってどんな長所と短所があるのかをドクターに詳しく聞き、理解しておく必要があります。

5　ベンチレーターはリースができる

ベンチレーターのリースができない時代、在宅人工呼吸療法をする人たちは、みんな自費でベンチレーターを購入していました。私自身も施設にいるときに将来自立生活をするときを夢見て、コツコツと年金をためベンチレーターを購入しようと考えていました。自宅を売って購入した方もいます。あるいは良心的な病院が好意で貸し出してくれることもありました。

九六年から健康保険の診療報酬が大幅にアップし医療機関を通してのリースが可能になりました。

6　専門知識をもち理解のあるドクターを探す

リースは、販売会社→病院→使用者という流れで貸し出されます。在宅人工呼吸療法の医療機関は、地域の小さな診療所でも可能です。大きな病院で呼吸検査や気管切開などを行い、身体や呼吸状態が安定期にはいれば、地域の小さな病院や診療所に移行するとよいでしょう。ちなみに私が利用している医療機関は、地域の小さな内科診療所です。

ほとんどの医療機関では、未だにベンチレーターに対する正しい知識や情報が不足しており、とにかく理解のある、つまり専門知識と同じくらいに障害者の声に十分に耳を傾けてくれるドクターを探す必要があります。それと同時に、医療の場面でも障害者こそが専門家であるという視点にたち、情報収集やネットワークづくり、ベンチレーターの自己管理が大切になります。

7　吸引器を利用する

気管切開をしベンチレーターをつけると痰の吸引（サクション）をする必要があります。切開したばかりのころは、痰の量も回数（一日三〇～五〇回にもなる）も多いものですが、月日がたち、身体状況や呼吸状態がおちついてくると、一日二〇回くらいにだんだんと減っていきます。吸引器は機種もいろいろあり、今年度から日常生活用具の給付対象になりました。自宅用と外出用の吸引器二台を持つと便利です（故障時のバックアップもかねて）。停電時に備えて、手動式吸引器ツインポンプがあるといいです。

8　吸引は医療的ケア？

気管にたまった痰を吸引する行為が「医療的ケア」と呼ばれていることは、みなさんご存じの方も多いと思います。しかし吸引は医師から指導を受ければ誰にでも行える簡単なケアです。私たちは吸引ケアを医療行為とは言わず、日常生活行為と呼んでいます。私自身は一〇年以上も自分の手で吸引をしています。痰がどこにあるのか、どうすればきれいに痰がとれるのか、など自分でやるとよくわかりますし、苦しまずに吸引が行えます。手が動かせる方は人にやってもらうよりも、自分で吸引をするのがよいでしょう。

9　ベンチレーターのバックアップ

ベンチレーターのバックアップについては、私の場合は北海道大同ほくさんが窓口になっています。二四時間体制で故障やトラブルの対応にあたっています。また月に一度の定期点検ではディーラーの方が訪問し、ベンチレーターの点検をしてくれます。オーバーホールも年に一度行いますが、このときはディーラーが代替器を届けてくれます。

何かトラブルが起きたときは、すぐに病院やディーラーに連絡することも大切ですが、まず利用者自身がベンチレーターのしくみ、トラブルの起こりそうなパーツや対応の仕方などを学ぶ必要があります。ベンチレーターは、まさに自分の体の一部なのですから。

10　介助体制

私の自立生活の介助体制について、現在札幌市の制度では一日一二時間分が保障されていますので（二〇一六年現在、二四時間）、三〜四人の介助者を有料で雇っています。足りない部分はボランティアや友人で埋めています。一日二四時間使用のベンチレーター使用者にとっては、吸引やベンチレーターのトラブルを考えると二四時間の介助体制が必要なことはいうまでもありません。

支援体制についていうと、例えばベンチレーターのエアホースが抜けてしまったときなどは本人がパニックを起こしてうまく指示が出せない場合もあるかもしれません。そんな時のために専従介助者の少なくとも一人には、使用者本人と同等程度のベンチレーターに関する知識を学んでおいてもらい、トラブル時の緊急対応をしてもらう必要があります。そのためには、介助者と使用者がいっしょに学習会をもちベンチレーターに関する知識を身につけましょう。

11　ベンチレーターが突然故障したら?

ベンチレーター使用者の在宅にかかせないのは、アンビューバッグという手動式人工呼吸器です。これは、バッグを人の手で押すことで、肺に空気を送り込むという簡単に利用できるものです。これがあれば、ベンチレーターにトラブルがおきても一時的な対応が可能です。一人が手動の人工呼吸器を押し、もう一人が早急にトラブルが起きたことを病院やディーラーに知らせることができます。在宅のポータブルベンチレーターは丈夫にできており、定期点検やオーバーホールを行っていれば故障することはほとんどありません。しかし、万が一の対応をしておく必要があります。

12　気管切開の気管カニューレが抜けてしまったら……

在宅人工呼吸の中ではさまざまな予期しない出来事も発生します。その一つに、気管カニューレが抜けてしまうということがまれにあります。そして、これは自発呼吸のできない一日二四時間使用のベンチレーター使用者にとっては、致命的な事故になってしまいます。その際、専従介助者がカニューレを気管に挿入することを知らなかったために大きな事故につながることがあります。(本人は、パニックになっていて、しかも発声ができない状況だと指示の出しようがありません。)

このような時のために、日頃から専従介助者にドクターのカニューレ交換時に立ち合ってもらい、さらにドクターからカニューレ交換のやり方を教えてもらい習得しておく必要があります。日頃から、専従介助者と事故発生時のトラブル処理について何度も話しあっておきましょう。

13 ベンチレーターをつけたら声がでないという神話

ベンチレーターをつけてしまうと声がでなくなるという話をよく耳にします。私の場合は気管切開をしていますが、声が出なかったのは最初の二〜三年だけでした。カニューレをカフ(気管への誤飲を防ぐためにカニューレに風船のようなものがついている)付きからカフなしにしてからは、どんどん声がでるようになりました。ベンチレーターをつけた友人たちも、みんなカニューレの口を閉じたり開いたりしながら、あるいはベンチレーターから送られてくる呼吸にあわせて、おしゃべりしています。またスピーチカニューレというものもありますが、これは合う人と合わない人がいるので、一番自分が話しやすい方法がきっとありますのでみつけてみてください。

発声ができるのは、笛と同じです。笛は穴を塞ぐことできれいな音がでます。それと同じように喉に穴があいたままだと声はでないのです。気管の穴を塞いで声帯に空気が送られてはじめて発声できるのです。障害が進行して喉の筋肉が動かせなくなった場合を除いて、ほとんどの人が発声することが可能です。ベンチレーターをつけることイコール声をなくすというのは、まったくの神話なのです。

14　ベンチレーターをつけての外出

ベンチレーターを付けたからといって、一生部屋の中で生きていく必要はありません。電動車椅子の後部にコンパクトな載せ台をつけたり、座位のとれない人だとストレッチャー式の車椅子をオーダーメイドで作り、下部にベンチレーターを積めるようにすればいいのです。私の場合は二四時間ベンチレーターをつけ、寝台式車椅子に乗ることで、以前よりずっと体力もつき行動範囲が広がりました。映画を見にいったり、旅行をしたりと今日も元気に外出を楽しんでいます。

15　自立生活センターが幅広い情報提供を

ベンチレーターは「生命維持装置」であり重症の人がつけるものというイメージがまだまだあります。が、実は車椅子やメガネと同じ「日常生活用具」なのです。一九九七年のアメリカ・セントルイスでの国際会議に参加したとき（第五章参照）、ポリオでスタスタと歩いている女性がいました。彼女は夜間だけ口からベンチレーターを使用していると話してくれました。「ベンチレーターをつけると体中のパワーがみなぎるの」と笑顔で答えてくれました。そうなのです。ベンチレーターをつけることは決してマイナスではなくプラスなのです。

私がこれまで出会ってきたベンチレーター使用者たちは、みな口々に「ベンチレーターをもっと早くつけていればあんなに苦しい思いをしなくてよかった」といい、道具と共存しながら自分らしい人生を送っています。このことを私は多くの人に知ってほしいのです。

全国の自立生活センターがベンチレーターに関する正しい情報を幅広く提供できるようになることを願っています。

ボイスクッキング（声で作る料理）（九三年三月）

自立生活を始めてから「食べる」こと「料理をすること」に関心がもてるようになった。私にとっては大きな収穫だ。寝たきりの私が、「料理大好き！」というと、たいていの人は目を丸くし、あまりにも障害の重い私をしげしげと見つめる。

しかし、台所の前に立てる人だけが、料理をするとは限らない。私はベッドの上で、声と言葉を使って毎日の食事を作っているのだ。

施設や病院にいた頃は、出された食事をただひたすら片づけるという気持ちで食べていた。ヒヨコが餌を突っつくがごとく、箸をつけただけでもう食べたくないヤ……。すると決まって看護婦さんがやって来て、「半分は食べなくてはダメ」と白いご飯に箸できれいに線が付けられたものだ。

ところが一人で暮らすとそうはいかない。「今日は何を食べて生きようか」とつぶやくことから一日が始まる。カップラーメンばかり食べてのたれ死ぬのも自分だし、小鳥のようにキャベツばかりを突っついて痩せ細るのも自分だとしたら、「自分の栄養士は自分しかいない」という結論にたどり着く。

「おはようございます。今日は何から始めますか？」

毎週月・金の午前二時間と火・水の午後二時間にヘルパーさんが来ている。掃除、洗濯、炊事、洗面、トイレ介助などをやってもらっている。月・水は六十代前半の小柄な女性。布巾を洗った水を、もったいないからと雑巾掛けのバケツに移す。おふくろの味の知識も豊富で、大根や南瓜などのオイシイ煮つけ方などを聞いては学んでいる。人生のキャリアを感じさせる。

もう一人のヘルパーさんは四十代の女性。ヘルパーさんの仕事は働きたい女性に道を開いているのだろう。この世界では若手に入る新人さんだ。洗濯に拭き掃除、パッパパッと魔法のように片づける。こちらが「はぁぁ」と感心していると「次は何をやりますか?」「速いですねぇ」と私。すると「性格なんですよ」と、ニッと笑った。

ある日の夕食作り。まず、昨日スーパーでどっさりと買い込んできた肉・魚など一週間分の食料を、小分けにして冷凍する。

「お肉は三等分に分けてラップで包みます。魚は二切れずつ包んでいって下さい」

私の言葉どおりにヘルパーさんの手が動いていく。

「きみよさん、これいつのものなのかしら。何だか腐った匂いがするわ……」

冷蔵庫から私に差し出された物は、腐ったポテトサラダ、であった。一日中ベッドの上にいる私は、冷蔵庫を自分で開けるということをしないので、古いものから食べなければと思いつつも、うっかり忘れてしまう時がある。

初めの頃はよくこれで失敗したものだ。腐った煮物やお豆腐が不可思議なニオイを発し、見るも無残な形で発見される。しかし失敗から学ぶこともある。小まめに何が入っているかを聞いて頭の中を冷蔵庫にしておけばいいのだ。「冷蔵庫の中には卵が五つ。黄色のタッパーの中にはカリフラワーが後少し。残りご飯が茶わんに一杯……」。ヘルパーさんの慣れた口調で説明が進み、その一つずつを私は頭の中に入れる。

「さて、今日の食事作りは、どんなものにしますか?」と、ようやく食事作りの開始だ。

「昨日の残りご飯とタマネギとニンジンの切れっぱし、それにハムを使ってチャーハンを作ります」

「野菜はどんなかたちで切りますか?」

「みじん切りです」

いちょう切り、乱切り、千切り等々……。野菜の切り方のレパートリーも料理と同じくらい増えた。まな板の上のまるまるとしたタマネギが、自分の好み通りに形を変えていく。ご飯と具を妙め始めると、「味付けは塩とコショウ。それと隠し味に醤油を少し入れて下さい」。私の言葉でヘルパーさんの手が動き、どんどんチャーハンができ上がっていく。

さて、味見をする。「コショウをあとひと振り」などといって好きな味を出す。最後の味見はヘルパーさんと二人でチョイとご飯をつまみ、「うん、おいしい! バッチリですね」とお互い頷きながら笑顔を交わす。でき上がり。これで間違いなく私が作ったチャーハンなのだ。ボイスクッキングである。

何もかも自分でできることが自立だと思いこみ、何時間もかけて汗を額からふき出しながら一本のニンジンを剝く障害者。自分はこんなこともできないのかと苦しみ、嘆き、自分自身を責めてしまう人が多い……。私自身もそうだった。自分ですることにこだわり、苦しみ、縛られた。

けれど障害者の自立とは何もかも自分でできることではなく、自分自身の意思と選択と責任をもって介助者と関わり生活を営んでいくことであるだろう。

たぶん……。それは障害者の文化でもあるはずだ。それに気づいてから、私もずいぶん心が解放された。自立生活三年のキャリアは、私にそんなことを学ばせてくれたようだ。

今度は何を作ろうかなぁと、料理番組を見ながらレシピをメモする夕暮れどき。

テレビ画面の中では、ポテトグラタンとやらを作っている女性の美しい白い手が大きく映し出されている。声で料理を作ったっていい。足でだって、文字でだって堂々とクッキングしよう。私の場合は、ボイスクッキング。誇りをもって、作ること、食べることを楽しみたい。私が声で作った料理を「おいしい?」なんて聞きながら、友人たちと食事をするこのささやかな日常を、私はとてもいとおしく思っている。

ベンチレーター、旅に出る（九三年五月）

私の最愛のパートナーのベンチレーター（コンパニオン２８００）が、二週間の休日を取って旅に出た。二度目のオーバーホール（定期点検）である。私と共に留守を守るのは、これまた同じ型のベンチレーターで、車で言えば代車のようなもの。ヤツとは病院で対面することになっていた。

その日私は気心も知れ、長年連れ添ったベンチレーターと離れるのが心細く、肩を落として病院へと向かった。名前を呼ばれ診察室へいくと、医療機器販売会社の顔なじみの業者さんがニコニコして立っている。

その足元には……、代車となるベンチレーターが置いてあり、私は思わずヤツと見つめ合う。「まったく同じ機械ですが、まだ新しい物なので多少の違いがあるかもしれません」とは、業者さんの言葉。どうか二週間の間仲良くしてよネ、と心でつぶやきながらそのベンチレーターをセット。すると、これがまた元気過ぎる呼吸を私の肺に送り込んでくれる。

呼吸数、一分間一八回。換気流量、一回七七七ml。（パチンコ好きな友達がラッキーセブンだと言っていた。）いつもと同じようにダイヤルをセットしているのに、いつもの呼吸とは違うのである。

同じ機械で同じ呼吸数。何もかも同じはずなのに、どう違うのかと聞かれても……。あっ、そうそう。普段着心地のいい洋服から、初めて着る真新しい匂いのする服に袖を通したときの生地が体になじまないような、ゴワゴワした感じ。あの感覚に似ている。

これは……、私のいつもの呼吸じゃない。そんなことも知らん顔でヤツはひたすら私に呼吸をさせる。ベンチレーターは、人間の肺に空気を送り込むという至って単純な作りなのだが、それを使う人間のほうは至って繊細にできているので、ただ適当に肺をふくらませていればいいというものでもない。十人十色の言葉どおり、一人ひとりの呼吸数や息を吸ったり吐いたりの長さだって違うのだ。ベンチレーターも様々な機種が製造されているが、自分のパートナーであるからには、仲良くやっていけそうなヤツと出会いたいものだ。

ふと、うらめし顔でこれから東京へと旅立つベンチレーターを見てみると、ヤツはコンセントもぬかれ、束の間の休日の準備もすっかりできている。が、とても笑顔で別れられそうもない。早く帰って来てネ、と顔で笑って心で叫ぶ。

そうそう、こんなセンチメンタルになってばかりもいられない。せっかくベンチレーターを販売している業者さんに会ったのだ。最近のベンチレーター事情を聞かなければ——。

「やはり、最近になってベンチレーターをつけながら在宅生活を希望している人はとても増えてきていますねえ」と、業者さんは言う。続けて、「問題は、購入するための制度もなく、保険も適用されないため、ベンチレーターの金額があまりにも高過ぎ、多くの人はそこで在宅生活を断念せざるをえないんです」。「三百万円というと車一台買うほどのものですからねえ」と彼は顔をしかめて言う。

健康保険制度の中に在宅人工呼吸指導管理料という診療報酬や、地方自治体の購入費助成制度もあるが、その対象になるのは筋肉神経性疾患の難病患者に限られていることも、大きな壁になっているようだ。

ベンチレーターを必要とする障害者は神経疾患の人ばかりとは限らない。頸髄損傷の人たちも使う。障害別に分けるのではなく、必要とする人全てを対象とすべきだろう。(注・在宅人工呼吸指導管理料に関しては、平成六年度の診療報酬改定時より疾患名による対象の区別はなくなりました。)

最近私のところへもいろいろな病院や医療関係者からベンチレーターの購入制度について教えて下さいと、電話での問い合わせや訪問がある。

しかしベンチレーターは、まだ身体障害者福祉法の補装具として認められず、購入のための制度は何ひとつない。それを聞くとみんな肩を落として帰っていく。そこで在宅生活への道は閉ざされてしまうことになるからだ。

やっと代車のベンチレーターが私の体になじんできた頃、待ちに待った愛用のベンチレーターが帰ってきた。長旅ごくろうさま! 抱き締めたいほど嬉しいが、一一五kgの重さではこっちがつぶされてしまう。

ベンチレーターが旅に出ている間、私は夢を見た。デパートにカラフルな色のベンチレーターがピカピカに並べられて、「洋服を着るようにオシャレなベンチレーターをつけよう！」とキャッチフレーズまでついているのだった。オーバーホールを無事終えたベンチレーターは、今日も私にお気に入りの服を着ているような優しい呼吸をさせてくれている。

「危険」を管理することの大切さ（九四年六月十日）

ベッドに寝ている私の横で、ガッチャンという大きな音がした。「ん？」と思った瞬間、ベンチレーターのアラームが鳴りだした。それまで、私の肺に規則正しく送り込まれていた空気が入ってこない。

こういう時は、まず管がどこか外れていて空気が漏れていないかを確認する。それから目盛りの調節がずれていないか、呼気弁の細いビニール管に水がたまり、空気の流れを妨げていないか、などなど……。ひと通りチェックをしたが、どこもいつもと変わらない。

けたたましく鳴り続けるアラームは、よくよくその声を聞いてあげるとこう言っていたのだ。

「もう疲れました。これが私の限界です……。あー、休みたい」と。

○月×日午後十時五分のこと。ベンチレーターが故障したのだ。在宅五年目にして初めての事件である。これから、スリルと冒険に満ちた手にあせ握るひと夜の出来事を話しましょう。（今だから笑って話せるという気もしないではないが……。）

どんなに精密に作られているものでも故障は起こる。当時ベンチレーターをつけて一九年になる私は、今まで様々な機械を使ってきて、何度も故障を経験しているのだ。大切なのはその時の緊急体制が整っているかどうかだが、残念ながら二四時間緊急時に対応できる緊急センターのようなものは、今はまだ地域の中につくられていない。ベンチレーターに何か起こったときは、車でかかりつけの病院へ飛び込むしかないのが現状だ。

まずは、真っ先に病院に電話をかけ当直のドクターと話す。五分後、病院から電話が入り、とりあえず病院へ行くことになった。

私の自発呼吸は、三〇分くらいは苦しいながらも何とかできる。が、しかし、この時は緊張しているせいか、やっぱりドキドキと心臓がなり、呼吸が速くなる。過呼吸（酸素が入り過ぎること）になるのが自分でもわかる。そうか、やっぱり呼吸というのは精神と一体化している。泣くと呼吸は苦しくなるし、笑っても呼吸は変わる。緊張や不安のときも呼吸が速くなるんだなあと、納得している場合ではなかった……。

こんな時ほど、手動で呼吸をさせてくれるアンビューバッグが頼もしく思ったことはない。愛しのアンビュー！　としっかり抱き締めたくなる。アンビューを使うために近所の友人に電話をした。彼女はすぐに駆けつけてくれ、とても心強かった。ボーイフレンドが車を運転し、彼女にアンビューを押してもらいながら普段使っている車で行くことにした。

ここで救急車を使ってしまうと、このスリリングな事件をよけい大ごとにしてしまうと思った。（それに救急車は、帰りを送ってくれることはしないので、帰りの足がなくなる。）彼女は、私のカニューレにアンビューをつけて、それを押しながら呼吸をさせてくれている。今思うと、三〇分近くの間彼女の手が私の呼吸を支えてくれていたことになる。「きみよさん、緊張してる？　何か楽しい話題でもあるといいんだけどね」と笑わせてくれた。とても緊張しているはずなのだけど、この安心感は何なのだろう……。私のことを知り、理解をしめし、助けてくれる友人がそばにいることの心地よさだろうか。病院へ向かう高速道路の中を、車がひたすら走る。

まだ、春の夜風はとても冷たい。真夜中の静まり返った病院へ着く。

診察室で私を待っていてくれたのは、ＬＰ６という、これも機種は違うが在宅でよく使われている小型のベンチレーターだ。つけてみると、意外に違和感がない。（昔使っていたニューポートに近い感覚である。）ゆっくりとスムーズにとてもおいしい空気が入ってくる。合格である。これでまた家に帰れる。私も、彼女も、彼も思わず笑顔がこぼれる。

ドクターからＬＰ６の説明書をもらい、必要な部分の説明を受けた。アバウトな私は、あとは帰って説明書とにらめっこしながら調節すればいいと考える。フィーリングは合いそうな機械なので、友人になれるだろう。同じ道を走っているのに、帰りに見る景色が違って見える。「真夜中のドライブをするなんて思ってなかった」とみんなで笑いながら、私の心はどこまでも優しさに包まれていた。

駆けつけてくれた彼女とは、昼間一緒にお花見に行ったばかりだった。よく一緒に外出する機会があるので、ベンチレーターをはずす移動のときなどは、彼女にアンビューを押してもらう。病院の中では、看護婦やドクターなどがすることだが、私の友人たちは、ケアのひとつとして自然な姿でそれをする。アンビューとは、手動式呼吸器とでも言おうか、バッグを手で押すことで空気を肺に送り込むもので、ケアの人の手によって、呼吸の強弱や、速さを調節できる。「吸ったり吐いたりを、自分が呼吸するようにやってみて」と頼むと、みんなすぐにコツをつかんでくれる。

「速くない？　強過ぎない？」と彼女が聞く。「もうちょっと速く」とか「ゆっくり」などと私が言う。どうしてほしいのかを私が言って、彼女がその通りのことをしてくれる。私たちはそうやって友人であることをお互いに育ててきた。

「障害者の危険をおかす権利」という言葉が、自立生活運動の中でよく使われる。故障が起きたことで、やっぱり人工呼吸器は怖い機械だ！　と思ってはほしくない。「危険」を私たちの手で管理し、対応していくための力を障害者自身が学んでいくことはとても大切なことだと思う。もちろん、二四時間体制の介助者の雇用と緊急時に備えての各地域での医療体制の必要性を痛感せずにはいられない。

ちなみに、今はLP6から代車用のコンパニオン2800に取り替えて使っている。コンパニオンが動かなくなったとき、さっそうと現れ私を助けてくれたLP6なだけに、大きな声では言えないが、この機械のガッチャンガッチャンという肺に空気を送り込む時の音は、あまりにも大き過ぎて、眠れない私は三日間耳栓をして眠っていた。

たくさんの手（二〇〇一年四月）

ベンチレーターをつけながらの自立生活も一〇年を迎えた。あの頃はベンチレーターを持って地域で暮らしている障害者の例もなく、まさに手探りの中での自立生活の始まりだった。

一〇年たった今も、私は毎日をとてもエンジョイしている。専従の介助者を三名有料で雇い、彼女たちが私の指示どおりに動いてくれてケアを行なう。例えば料理の時の野菜の切り方・着替えの仕方・ベンチレーターのスイッチの入れ方まですべてのケアに指示をだす。

介助者へ払われる料金は、市や国の制度を使っている。制度の中には自選ヘルパーというものも含まれている。これまでヘルパー派遣とは委託先から三カ月交替でヘルパーが派遣されてきていた。が、障害の重い私などは、ヘルパーが変わるたびにまた一から自分のケアを覚えてもらわなければならず、せっかくケアを覚えた頃には交替し、いつも大変な思いをしていた。

たとえば部屋の中のどこに洗濯物をしまったらいいのか、醤油の買い置きはどこにあるのか、スカートをはくときは右足からか左足からか、抱えるときは始めに首を持つのか両足を持つのか、そんな小さな一つひとつのことを覚えるまでに三カ月以上はかかる。個々の障害に合った家事から身体までのケアの習得が必要だ。四年程前には新しく来たばかりのなれないヘルパーが、抱え方を間違え肩の骨を折るという事故までおこったことがある。

もうひとつ問題になっていたのがプライバシーのこと。一人のヘルパーがそれぞれの家をかけもちで回っているため、どうしても「今日〇〇さんの家ではラーメンを食べてたよ」「〇〇さん旅行に行ってきたそうよ」など、何気なく言った一言から個人のプライバシーが漏れてしまう。

これは、かけもちではなく一人の利用者の所へ同じ人だけが入ることで問題は解決される。そこでヘルパーを利用している仲間たちと、すでに東京都や他都市で行っている自選ヘルパー方式を札幌にも取り入れようと、市と交渉を始めたのである。自選ヘルパーとは、自分のケアにすでになれている介助者を委託先に障害当事者が推薦し登録をすることで、自分専属のヘルパー派遣を受けられるというものだ。

五年間の交渉が実り、二〇〇〇年の春この自選方式が札幌でも正式に認められ制度化された。そのおかげで今はヘルパー交替もなく、手慣れた介助者から快適なケアを受けられるようになった。

介助者の中にはそれぞれ得意・不得意なケアがあり、それがとてもおもしろい。手先の器用な人・ちょっと不器用な人・料理の得意な人もいれば洗濯の好きな人もいる。マニキュアを塗ってもらうならこの人以外にいないと思うほど上手な人でも、料理は全然できなかったりする。みんなそれぞれ個性豊かである。介助者でなんでもこなせる完璧な人間はいない。だからこそそれぞれのいい所を見つけ、その人が得意とすることを積極的に頼んでいる。ある人は髪を編んでくれるのがとてもうまい。またある人は力があって移動のときなどは安心してまかせられる。ある人は几帳面で洗濯の後のシーツをピーンとはった干し方がとてもいい。そんなふうにそれぞれの介助の手のよい所をパズルのように組合せて、私の生活がある。

はじめから何もかも上手にできる介助者などいるはずがなく、たとえ資格を持っていたとしても、私のケアのやり方を覚えるまでには時間がかかる。どんなに介護の勉強を教科書で習ってきても、私のケアのやり方は教科書にはのっていないからだ。ケアとは一人ひとりやり方も求められることも違う。自分の障害に合った介助者を根気よくコミュニケーションをとりながら育てていく。そして、私自身も指示の出し方や、どんな言葉を使えば介助のやり方を相手に理解してもらえるのかを日々学んでいる。

介助の世界とはお互いに学び合い、育ち合うことのできる場だとつくづく思う。私の指示どおりにリンゴをむく手・髪をとかす手・おしりを拭く手。たくさんの人の介助の手が、今日も私の人生を支えてくれている。

（『作業療法ジャーナル』三五巻、四号）

気持ちいいが大事（二〇〇一年五月）

子どもの頃の思い出は、入退院をひたすら繰り返し、手術やリハビリに追われ、「痛かった」ことしか思い出せない。生まれつき股関節脱臼だった私は生後半年で足にギプスが巻かれた。泣いても泣いても、どんなに痛いと叫んでも、曲がらない足を曲げるために繰り返されたリハビリ。

どこの親も同じように、私の父と母も障害児を生んでしまったことの哀しみや後ろめたさを振り払うように、私への治療に明け暮れた。名医がいると聞けばその病院へ飛んで行き、歩けるようになるには手術が必要と聞けば莫大なお金を注ぎ込んで手術を受けさせた。健常者に近づくこと、他の子どもたちと同じように走って歩けるようになること、それが父と母の愛情だったことが、今思うと切なくて哀しい。

私は、走れなくても障害があっても、家族と離ればなれになりたくはなかった。施設や病院に入って暮らすより、弟たちと母と父のそばにいたかった。歩けなくてもいいから一緒に暮らしていたかった。けれど、少しでも自分で靴下がはけるように、自分で歩けるように、お風呂の時は自分で髪を洗えるようにと、健常者に近づくための訓練は繰り返された。

一番つらいリハビリの思い出は二〇歳の頃だった。施設に入り人工呼吸器をつけ、ほとんど寝たきりの私に医者や看護婦が言ったのは、「人工呼吸器を外せたら自立ができる。ウイニングを始めましょう」という言葉だった。ウイニングとは、一日五分・一〇分・一時間と人工呼吸器を少しずつ外していく訓練のことをいう。その日からどんなに呼吸が苦しくても、風邪をひき微熱があっても、酸欠で頭が痛く吐き続けても、強制的にウイニングは続けられた。自力で呼吸をするにはあまりにも苦しくて肩で息をする。当時の私の肺活量は二〇〇mlあるかないかだった。呼吸で体力を消耗するため食事もとれず、三カ月に一度は風邪をひき点滴を打っていた。体重も三五kgからいつの間にか二〇kgに痩せていた。

それでも施設の職員は「自立のため」という名のもとに、私の「苦しい」という訴えを聞いてはくれなかった。「あなたのためよ。人工呼吸器をつけていたら一生施設から出られないのよ」と言いながら看護婦は私を励まし続けた。それは「本人の幸せのため」という一見美しい言葉の中に隠された、健常者中心社会による偏った価値観の押し付けだったように思う。自分で呼吸できるようになること、車イスを使わず歩けるようになること、〇〇できることが自立なんだという価値観。私自身も呼吸器を外すことが本当に自分の望む自立の形なのかといつも自分に問いかけていた。けれど答えはいつも暗闇の中に吸い込まれていく……。

ウイニングの成果で一日五～六時間呼吸器が外せるようになった頃、ある福祉関係の雑誌で私は自分の目を疑うような光景を目にした。それは、電動車イスにポータブルの呼吸器を積んで街を歩くアメリカの障害者の姿だった。「自立ができる！　呼吸器をつけていても街で生きている人がいる‼」何気なく手に取った雑誌の一ページには、私の希望の全てが描かれていた。当時日本ではまだまだポータブルの呼吸器の情報など皆無に等しい一九八三年（一八年前）のことである。

このようにウイニングをはじめ「訓練」「リハビリ」の言葉から私はつらかった過去しか心に浮かばない。障害をもっていると、子どもの頃から自分の身体を通して感じるのは痛い・恐い・苦しい、だと思う。私も側わんが強いため、いつも自分の意志とは関係のない方向へ身体が引っ張られていて、身体全体が緊張し苦しい。走ったり泳いだり身体を動かすことができない分、自分の身体に気持ちいいと感じさせてあげることがなかなかできないのだ。

私の場合座位がとれず、横を向いたりすることもできないので、いつも仰向けのまま背中やお尻がベッドにピッタリとくっついている。慣れているとはいっても時々お尻が痛くなる。自分では一ミリたりとも身体を動かせない。

側わんが進行しないように、筋肉が萎縮しないようにと、これまで色々なリハビリの方法を試してきた。ＰＴ（理学療法士）やＯＴ（作業療法士）をやっている友人も何人かいて、私の部屋で一緒にテレビを観たりご飯を食べた後、よく相談にのってもらったりしている。やってみて分かったことは、腕を動かしたり首の筋肉をもんだり従来のリハビリをすると、それが後でもみ返しとなって逆効果だということ。リハビリをした次の日は必ず肩や身体中の筋肉が痛い。

結局、身体をどうしたらリラックスさせられるかということが、私には一番合っているリハビリの方法だと分かった。ゆっくり腰を揺らしてもらう、頭を手のひらで高く持ってもらって血液の流れを変えてみる、呼吸に合わせて曲がっている側わんを少しずつ伸ばしてもらう。こうすることで萎縮しようとしている筋肉がゆっくりほぐれていくのがよく分かる。そう、気持ちいいってことが大事なんだと気づいたのだ。

「痛いからこそよく効いている証拠なんだ！　痛くないのはリハビリじゃない‼」と宣言する人もいるかもしれない（何人かそんなPTを見たことがあるような気もする）。これまでの医療・福祉の世界では、我慢することや痛みに耐えてがんばることが大事だと言われてきたからだ。けれど、障害をもった人の身体に気持ちいいと感じる機会を多くつくること。それもとっても大切なことだと思う。

今、私は気功を習っている。介助者のAさんに月に一度マッサージをしてもらっている。彼女は気功を勉強し、身体中のツボをよく知っている。Aさんの手は魔法の手のように私の「気持ちいい」を身体の中からいっぱい引き出してくれる。例えば足の裏、例えば頭の真ん中のツボ、Aさんが持ってきてくれたラベンダーのオイルの香りでよりいっそうリラックス。こんな形の「気持ちがいい」リハビリがあってもいいと思う。「なんだか胃腸の調子が悪くって……」と言うと、Aさんは足の裏を手で触って「ここが胃腸のツボなんです」と言ってもんでくれる。血液の流れがよくなってきて、身体がポカポカしてくるのがよく分かる。

痛くされると身体中が緊張してしまうが、身体が楽だと心も身体もほぐれてくる。リハビリもその人がどう生きたいのか、どんな生活がしたいのかに合わせてプログラムを障害当事者が選びとることができたらどんなにいいかと思う。

中途障害の人が、例えば「もう一度泳げるようになりたい。水泳が大好きだから」ということで、積極的に水泳のリハビリを受ける。料理の好きな人が、障害があってもどうしたら料理が楽しめるようになるかを学ぶリハビリがあってもいいと思う。私のように気功を取り入れたマッサージがリハビリでもいいと思う。それぞれが選ぶのだ。命を輝かすことのできるリハビリの方法を。

当面私のリハビリは、雨の日も雪の日も大好きな映画館にセッセと通うこと。これは冷たい風にあたることで身体が丈夫になり、風邪もひきにくくなる効果がある。友人と電話でおしゃべり、他愛もない話をして笑ったり、グチったり……。この時の長電話は肺活量を増やすのにとても効果がある。大好きな読書は手に筋力をつけるのにちょうどいい。手にする雑誌が重ければ重いほど腕に力が入るから。それから、美しい音楽を聴いたり絵を見たり美味しいものを食べて、心に気持ちいいを感じさせてあげる。

子ども時代のように何でも自分でできること（ADLを高めること）がリハビリの目的ではなく、自分でできないところは介助者を上手に使い「気持ちいいが大事」をテーマに日々の暮らしを楽しみたいと心から思う。

（『作業療法ジャーナル』三五巻、五号）

「サービス」という名の管理（一九九九年二月）

「ウンチの色まで書いてるよ、きっと」。「うん、形とかもね」。ヘルパーを利用している車椅子の友人たちとよくこんな会話をする。

私たちが日常的に利用しているホームヘルパー派遣事業では、ヘルパーが利用者宅で行ったこと、見たこと、聞いたことを事細かく日誌に記録することを義務づけられている。利用者がその日何を食べ、何をして過ごし、どんな友人が訪ねてきて、どんな会話をしていたか……。またはその日の精神状態について。「イライラしてやつ当たりされた」「機嫌がとても悪くて笑顔が見られなかった」（そんなの人の勝手だろ！）などということまで書かれていることを利用者はみんな知っている。その日の出来事が本人の知らないところで紙に残され、知らないところで知らない人たちの目に触れる。「サービス」という名の下にプライバシーが人質に取られてゆくのだ。

何のために？　それは「利用者の状況の把握」のためだと言う。いったい何のための「把握」なの？と言いたくなる。これはひとえに高齢者と障害者の介助ニーズを同じものと考えてしまっているからだと思う。だって障害者の自立とは保護、管理されることではなく、自分の人生や生活をまるごと自分自身で管理し責任をとっていくことなのだから。

そんな「状況の把握」から逃れるために、私たちはさまざまな労力を削る。例えば仲のいい友人からの電話がくれば、日常のグチのひとつや近況のあれこれも言いたくなる。けれどヘルパーがいるときは、それをグッと飲み込んでそそくさと受話器を置く。日誌に「随分とグチが多く疲れている様子。つい最近はこんなことがあったらしい」などと書かれて、私の知らないヘルパーたちのお茶のネタにされてはたまらない。そして、どんな本を読んでいるかを日誌に書かれないように、いつも本には神経質なくらいに表紙カバーをつけているのだ。

「管理されるのが嫌で施設を出てきたのにサ、地域で暮らしていても管理され続けるなんてね」。最近一人暮らしを始めたばかりの障害をもつ彼が、めずらしく怒りを込めた強い口調で語る。

私も自分の生活は、人生は、そして自分自身を管理できるのは「私でありたい」そう思って自立生活を始めた。けれど地域で暮らしたとしても、障害があるというだけで「ケース」という呼び名が付き、日誌にはプライバシーを記録されいろんなヘルパーが本人の許可なく無断で目を通す……。

今は医者のカルテでさえ開示する時代なのだ。ここ数年のうちにあの日誌をなくすか本人が閲覧できるようにしたいと思っている。まるで社会という病院に入院させられたかのような錯覚から解放されるために、やらなくてはならないことはまだまだたくさんある。

「コンパニオン」との別れ（二〇〇六年九月十日）

二四時間の介助が必要で、重度な障害をもつ私は、毎日ヘルパーさんへ指示を出し、自分の生活を組み立てている。「今日はお洗濯をします」、「今日はこの書類をパソコンで清書してね」など、家事から仕事、そして子育てに関することも。

今までは自分のその日その日の予定に合わせた指示だけだったのが、子育ても加わり、一日五〇くらいの指示が今では一〇〇近くになっているかもしれないと思う。言葉で指示を出し、それが相手になかなか伝わらないことの難しさやもどかしさ、そして介助者の手を借りることで自分の生活を自分らしく形づくることの喜びを感じている。会議の合間にふと、「今日は娘に何を食べさせようか……」「そうだトイレットペーパーがもうなかったっけ？　いつ買い物に行けるかな……」などとそんなことが頭をよぎるのが今の私の生活だ。

そんな私の状況の中でいま一番の気がかりなこと。それは、自立生活開始以来二〇年近く大切な大切なパートナーであり、自分を支えてくれてきた「コンパニオン」というベンチレーターとの別れが近づいていることである。「コンパニオン」はもうメーカーの都合で製造中止であるそうだ。

ベンチレーターには、それぞれの機械に癖というものがあって、それになじむだけでもずいぶん時間がかかる。今使っているコンパニオンもオーバーホールといって一年に一回の定期点検で、中の部品が多少変わっただけでも、つけてみると「なんだか息が苦しい……」となる。ましてやベンチレーターが変わるなどというと自分の呼吸が変わってしまうのだ。新しい機械に慣れるまでは、想像を絶する苦しさと居心地の悪さが続くだろう。

私の場合、外出時はＰＬＶという呼吸器を使っているので、少しでも使った経験のあるものをということでＰＬＶに移行しようと思っている。ただＰＬＶは外出時だけということは日中しか使ったことがなく、夜眠るときに使えるかが問題なので、これからお試し期間が始まる。どんなに昼間楽に使えても、眠るときとなると、新しい恋人のように緊張と寝心地の悪さがあるだろう。

コンパニオンとの別れは本当に辛いが、とにかく今は新しいパートナーとなるＰＬＶとの関係性をつくらなければ。わたしにとっての出逢いと別れはもうすぐやってくる。

自分にとって楽な呼吸を探す日々（二〇〇七年三月十日）

今、私のベッドの横には二台のベンチレーターが椅子に載せて置いてある。一台は二〇年近くつきあったコンパニオンシリーズの２８０１。もう一台はこれから長い時間を共に過ごすことになるＰＬＶ１００だ。

コンパニオンシリーズの製造が中止になるということで、ベンチレーターの交換をしなければならないということは前にも書いたけれど、その後、未だにＰＬＶ１００への移行に苦労している。

コンパニオンは肺に送られてくる空気の感じが「ドン」という感じでとても楽なのだけれど、ＰＬＶはソフトで「ぐぐぐ～」と入ってくる感じで、何だか物足りない。文字で表すのはとても難しいけれど、とにかく二〇年間もしてきた自分の呼吸のパターンが変わるのだから、覚悟して取り組まなければならないと思っている。

毎月、機械の点検にきて下さっているディーラーの方に聞くと、「コンパニオンは呼吸ドラムがピストン式で動くのに比べ、ＰＬＶはスクリュー式だから、やっぱり入り方が違うんですよねぇー」と教えてくれて、ああ、自分の感じ方は間違ってないんだと、納得。

施設や病院にいた頃は、「設定は以前と同じなんだから、空気の入り方が違って苦しいなんてありえない。我慢しなさい」と医師や看護師によく言われ、私の呼吸に対する感覚は否定され続けていた。ダイヤルひとつ触るのも医師でなければならず、ちょっとでも自分で触ろうものなら、よく後で看護師さんからくこっぴどく叱られたことを思い出す。今は、ある程度の範囲までは自分であれこれ調整をしたり、コンパニオンの呼気弁をＰＬＶにくっつけてみたりと、いろいろ設定を変えては自分にとってしっくりくる「呼吸」というものを追求している。こんなことをやらせてくれる理解ある主治医に感謝している。

つくづくベンチレーターとは私の体の一部であり、つけているのを忘れてしまうくらい自分にとっては大切なものであるということをあらためて感じている。

私の体の一部と言えば、先日、娘とこんな会話をしたことを思い出した。大好きなアニメの『となりのトトロ』をビデオで一緒に観ていたときのこと。

「ネコバスに乗りたいな〜」と娘が言うので、「ママも乗りたいなぁ〜」と言うと、「車イスでも乗れるかも……。あっ、でも呼吸器どうしよう……?」と思い出したようにつぶやいて困った顔をした。

そうしてその後娘は、思いっきり笑顔になって、「あっ！　バクバク（手動式の呼吸バッグ）があった！　あれがあれば、ママもネコバスに乗れるよ！」となぞなぞを解くみたいに言ってくれた。私は、バクバクを押してもらいながら彼女と並んでネコバスに乗っている自分を想像し、とてもうれしくなった。

五歳の春を迎える娘にとっても、ベンチレーターはママの体の一部ということが、よーく分かっているようだ。

ベンチレーターという名の新しいパートナー（二〇〇七年八月十日）

三月くらいから呼吸器の移行に苦労していた私です。

あれから四カ月が経ち、やっと自分にとって楽な呼吸を見つけることができました。今はPLVのベンチレーターを使用し、ジャバラの呼気弁の部分だけをコンパニオンのものを使っています。長い間、あれこれ試してきましたが、やっと楽になり夜も眠れるようになりホッとしています。なんと言っても二〇年近く慣れていた自分の呼吸が変わるのですから本当に苦労しました。この四カ月間、何台の呼吸器を試したでしょう。

移行にあたっては、入院することもなく自宅で行えたこと、私の「苦しい」という言葉にどこまでも付き合い理解を示してくれた担当医、ベンチレーターの業者さんに感謝でいっぱいです。

ベンチレーターを使用して三〇年以上経ちますが、子どもの頃は、施設で「苦しい」というと「我慢しなさい！」とよく看護師さんに叱られたものです。あの頃の記憶が蘇り、自分の体のわがままさにあきれながらの移行でした。が、それと同時に友人が常々言っている「わがままである」という言葉の意味を、改めていい意味で実感できたことは、私の一番の収穫でした。

友人はよくわがままに生きることの大切さを私に教えてくれます。それは人生に対してもそうですが、医療に対しても我慢しないこと、自分をどこまでも大切にすること、納得をして行動することなどの意味です。彼女はよく「我を張って生きようね」と言います。その言葉のとおり、自分らしく納得のいく形で新しいベンチレーターをパートナーとして選ぶことができました。

ジャバラのつぎはぎが目立つベンチレーターですが、私はこのパッチワークのような新しい友人をとてもとても気に入っているのです。

二つのお鼻（二〇〇二年）

私は生まれつき「障害」をもち、ベンチレーターをつけている。機械を通して空気を肺に送り込み呼吸をさせてくれる道具。それがベンチレーターだ。

テレビや新聞などでベンチレーターのことが取り上げられるとドキッとしてしまう。「生命維持装置」「植物人間」「脳死」などのことばを通してベンチレーターが登場することがあまりにも多いからだ。それらのことばは、ベンチレーターは重症の人がつけるもの、おそろしい、不安、危険などのイメージをどんどん加速させていく。もちろんＩＣＵ病棟で、交通事故にあい意識のない重症の人も使うだろう。けれど、それはベンチレーターの一面に過ぎないことを、私はもっと多くの人に知ってほしいと願っている。

ベンチレーターをつけていることで、施設や病院でしか生きられなかった子どもの頃の自分。「私は一生病院の中でしか生きられないのだ」と、何度外の世界で生きる自由をあきらめそうになったことだろう。「外へ出たい。自分らしい生活を送りたい」といえば、ドクターや看護師はベンチレーターをはずさない限り自立はありえないと言い続けた。少しでも「障害」と呼ばれるものを取り除いていくこと、自分の力で呼吸ができるようになること、健常者と呼ばれる人たちに近づくことが大切なんだと、施設の中では嫌というほど教え込まれた。ベンチレーターをつけ、自分で呼吸すらできない私の姿は、まさに「医療の敗北」なのだった。

もう二〇年も前のことになるだろうか。同じ施設に入っていた車イスの小さな男の子が私の病室に遊びにきた。こんな小さな子どもも親との生活から引き離され、施設の中ではリハビリや手術などに耐えていた。きっと寂しかったのだろう。その頃二〇歳くらいだった私に彼はとてもなついてくれていて、「きみよお姉ちゃん」と言っては、よく私のベッドのそばへやってきた。

そんなある日、車イスのその男の子が私のノドに入っているカニューレをしみじみと見ながらこう言った。「きみよお姉ちゃんって、ノドにもお鼻があるんだね」。私ははじめ彼が何を言ってるかわからず「エッ?」と聞き返すと、「だってそこから息してるんでしょ。鼻水も出るよね」と言ったのだった。たしかに気管切開をしていると、カニューレからはいつも痰が出て、吸引でその痰を取っている。彼にはその様子が鼻水をかんでいるように見えるのだ。「そうだね、私にはお鼻が二つあるよね」と言うと、彼は大きくうなずいた。小さな子どものその素晴らしい発想に、私は大笑いしながら泣いた。そう、ベンチレーターをつけていて何が悪い? なぜ人生をあきらめなきゃならないの? お鼻が二つあったっていいんだ。それがかけがえのない私の身体であり個性なのだから。

その後私は、どんなに障害が重くても地域であたり前に暮らすことの夢をあきらめきれず、二七歳のときに周囲の「危険だ、何かあったらどうするのか」などの反対を押し切って自立生活を始めた。「死んでもいいから」とはじまった生活も、もう一二年目を迎える。機械をはずさないと自立はできないと言われた私が、今ではベンチレーターを最大のパートナーにして人生をエンジョイしている。ベンチレーターは重症の人がつけるものというイメージだけが一人歩きし、私たち障害者の自立を阻むバリアになってはいけないと思う。ただの医療機器であるこの機械に、私は命を吹き込み「友人」と呼び、これからも共に生きていきたいと心から思っている。

ベンチレーター使用者ネットワーク（ＪＶＵＮ）とは……

ＪＶＵＮは一九九〇年に発足し、ベンチレーター使用者のための通信『アナザボイス』を通してネットワークを広げてきた。初期の頃は、札幌／北海道を中心とした活動だったが、今では全国的なネットワークとなっている。会員はベンチレーター使用者を中心に、障害当事者、ベンチレーター使用者の在宅生活に関心のある医療・福祉の専門家、ベンチレーターのディーラーやメーカー、そして一般の人々などだ。

ＪＶＵＮの目標は、ベンチレーターは「生命維持装置」ではなく、メガネや補聴器、車イスと同じように「生活のための道具」としてポジティブなイメージを伝えていくこと、そして、一人でも多くのベンチレーター使用者が地域の中で暮らせる社会を創り、一人ひとりのベンチレーター使用者をサポートしていくこと、となっている。

ＪＶＵＮでは、長期ベンチレーター使用者は人工呼吸療法のエキスパートだと考えている。というのは、ベンチレーター使用者は、日々ベンチレーターと共に生活しさまざまな問題に直面しながらそれをクリアして生活しており、他の誰よりも自分の呼吸をよく管理し、ベンチレーターについての知識と方法を獲得しているからだ。ベンチレーター使用者と医療・保健・福祉の専門家が力を合わせることで、人工呼吸療法やＨＭＶ（在宅人工呼吸療法）への社会環境づくりはさらに前進していくだろう。

『アナザボイス』とは

『アナザボイス』は、年四回季刊発行しているニュースレターで、社会の底辺に位置しマイノリティー

（少数派）な存在であるベンチレーター使用者が、社会に向けて〝Another Voices……もう一つの声〟を発信している。主な記事は、ベンチレーター使用者の旅行、自立生活、福祉機器や医療機器の情報、入院・在宅生活のケアについて、ベンチレーターをつけた子どもたちの統合教育、寝台式車イスで入れるお店の紹介など、ベンチレーター使用者の生活に関わるあらゆること。在宅生活をめざす当事者や、ＨＭＶにコミットしている医療・福祉の専門家が、体験と情報を分かち合うために発行されているユニークなニュースレターだ。

人工呼吸器をつけた子の親の会（バクバクの会）

日本のベンチレーターを取り巻く問題や課題に長く取り組んできたのは、一九八九年五月発足の「人工呼吸器をつけた子の親の会（通称：バクバクの会）」(注)と九〇年発足のベンチレーター使用者ネットワークであるだろう。バクバクの会は「呼吸器をつけていても、どんなに障害が重くても、ひとりの人間、ひとりの子どもとして輝きながら今を生きるために」をスローガンに全国の人工呼吸器をつけた子の親の方たちが集まりネットワークを広げた。

九〇年に、二四時間ベンチレーターを使用していた平本歩さんが病院から在宅生活を始めたが、私もちょうどこの年に自立生活を始めた。二人ともまるでベンチレーター使用者の社会革命をするために、同じ星の下に生まれてきたとしか思えない縁を私は感じていた。

それまでは親の会というと「自分たちが死んだら障害をもって生まれてきた子どもはどうなるのだ

ろう」と施設を創る運動が主流だった。が、バクバクの会の親御さんたちは違った。障害をもつ子どもたちを施設に入れるのではなく、当たり前に地域の保育園や小学校に通わせたいという画期的なものだった。当時二四時間ベンチレーターをつけていた平本歩さんも折田涼くんも、地域の中で障害のない子どもたちと一緒に生活をし、共に学校へ通い同じ教室で授業を受けていた。共に社会を変えるために支え合い励まし合いながら交流を重ねてきた。

あの時の歩さんも涼くんも、高校を卒業し、今ではすっかり大人になり、介助制度を利用し、自分たちで医療的ケアの研修をして介助者を育てながら自立生活を送っている。二人とも今でもアクティブで、ベンチレーターと一緒に外出や旅行を楽しみ、生活をエンジョイしている。私は本当にバクバクの会の親御さんたち、そして当事者であるベンチレーターをつけた子どもたちから多くのことを学び、教わってきたことに感謝でいっぱいだ。

今は亡き歩さんのお父さんである平本弘冨美さんは、運動が思うように進まず、焦り、憤る私たちを、「果報は寝て待てや」とあたたかな笑顔でよく励ましてくれた。なんと多くの仲間たちにベンチレーター使用者ネットワークは支えられ、励まされてきただろう。二五年間の出会いと別れを振り返ると胸が熱くなる。

注：人工呼吸器をつけた子の親の会、通称「バクバクの会」（代表・平本弘冨美さん＝当時、現＝大塚孝司さん、事務局長・折田みどりさん）は、子どもたちの成長とともに当事者と親の会となり、二〇一五年、団体名を「バクバクの会〜人工呼吸器とともに生きる〜」に変更した。「バクバクの会」の名称は、手動式の人工呼吸器（アンビューバッグ）を使うときに出る「バク、バクッ」という音から名づけられました。そ

して人工呼吸器をつけた子どもをたちのことを、親しみと愛情を込めて「バクバクっ子」と呼んでいる。

人工呼吸器ユーザーネットワーク（呼ネット）

これまでベンチレーター使用者ネットワークは、通信『アナザボイス』の発行、ベンチレーターについての情報提供、航空運賃の値下げについての要望など様々な活動をしてきた。そういった活動の中でベンチレーターをつけて自立生活を目指す障害者が増えてきたことは何よりの喜びだった。

航空運賃については何度も日本航空へ足を運び、料金の値下げを訴えてきたが、「これ以上値下げをするには当企業では限界がある」ということで話は止まったままである。現在座位の取れない重度障害者にとってのストレッチャー料金は、新千歳~羽田の場合、往復約一〇万円（七~一〇席分を利用するため）。残念ながら相変わらずの高額な運賃に変わりない。

九〇年代は、障害者運動の中においてベンチレーターの問題はまだまだ少数派の問題という感じがしたものだった。例えば東京で開催される当事者団体主催の集会や研修会などに出ても、ベンチレーターについての問題は「医療」の分野という雰囲気で、なかなか自立生活運動の議論にまではいたらなかった。そのような状況に私はいつもジレンマを感じていた。いつか東京にある全国自立生活センター協議会（ＪＩＬ）にベンチレーター部門を創りたいと夢見ていた。

そんな時、二〇〇九年三月に「呼ネット」が東京都自立生活センター協議会（ＴＩＬ）において発足したことは画期的なことだったと思う。まさに私が考え夢見ていたことを、若いベンチレーターをつけた当事者が実現してくれたのだ。呼ネットの活動はネットでの情報交換や呼ネットカフェなどの交流会を定期的に行い、全国のベンチレーター使用者とつながり、その活動は大きく広がりを見せている。

代表をされている小田政利さんとは、もう何年も前に彼がまだ自立生活をしようか悩まれているときに、東京で開いたベンチレーターについての研修会で初めてお会いした。その時はまだご実家にいらっしゃり、「今日は、一〇年ぶりくらいの外出です」と話しかけてくださった。そんな彼に私はすかさず、「ベンチレーターをつけていても自立生活はできます」と言った。そして月日が流れ、あの時の彼が今では呼ネットの代表をされているなんて！　と私は心をふるわせて感動する。いつも笑顔でマイペースな小田さんと、しっかり者でとてもパワフルな女性の海老原宏美さんが副代表をされ、呼ネットは誕生した。

一九九四年に作られた在宅人工呼吸指導管理料という診療報酬の点数は未だ低く、ガーゼやサクションチューブなどの消耗品は自己負担を強いられている地域もあると聞く。ベンチレーターの機種も随分小型化されてきているが、まだ一人一台しかリースができない。本当は外出用と家用の二台が必要であるということは残念ながらまだ認められていないのだ。私など毎日外出するたびにベンチレーターを車いすに運ぶのは大変なことだ。何とかベンチレーターを一人二台まで認めてもらいたい。これからも、粘り強く社会に働きかけていく必要があるだろう。航空運賃の高額な料金の問題にしても、ベンチレーターが二台必要だという当事者の声も、全てはベンチレーター使用者の社会参加につながるからだ。

コラム　こころを記すダイアリー

一九九一年○月×日

朝目が覚めて、テーブルのうえに新聞があると、幸せだなとふっと思うことがある。病院にいたときは待合室にあった新聞をみんなで見ていた。でも今は、私のために私の朝が来て、私のために新聞が来る。インクのにおい。活字のにおい。ああ、アパートで暮らしているんだなあと思う。

○月×日

市からのホームヘルパーは、週に二回。火・水に二時間ずつ来てもらっている。が、今日はお盆なのでヘルパーは休みだった。お盆、お正月はとても困る。私の食事やトイレ、洗面に休みはないから。

一九九五年十二月△日

日曜の朝。たっぷりと寝坊をして目が覚めたらネコの鳴き声がする。窓を開けてもらったら、まっ黒いのらネコらしきやつが、こちらに向かってさらに大きな声で鳴く。

なになに、お腹がすいているから何かないかって？　ちょっと待ってね。冷蔵庫からほんのすこし食べ物を出してあげると、ガツガツ食べ出した。お前もこの寒さの中サバイバルして生きているんだね、と思ったら大きなくしゃみをした。どうやら風邪ひきネコのよう。

もう風は冷たく、空からは白いものがちらちらまっている。あれから一カ月。今、あの時のネコは「のび太」と名づけられ、私のベッドの横で眠っている。長い冬を前に、のび太との暮らしが始まった。

一九九八年十月○日

去年は体調を崩し、入院をするというアクシデントが起こった。沢山の方たちにご心配をかけてしまった。入院中は何が一番つらかったかというと術後の傷の痛みやクスリの副作用など色々とあったが、やはり、三カ月間ベッドの上で動けずに過ごしたことが何よりつらかった気がする。

病院の天井を見つめながら、改めてこれまでの自分の人生を振り返ってみたりして……。

お見舞いに来てくれた友人は、「きみよさん、お願いだから生き急がないで……」と言って、私の手を握り涙ぐんだ。私のこの前のめりの性格が、人にはそんなふうに映ることもあるのかと、不思議な気がして彼女の言葉を聞いていた。

もし……私がベッドの上にいつも居て安静を保ち、決してハチャメチャなこともせず、じっと静かに暮らしていたら、私の体や障害の進行の仕方はもっと変わっていたかしら……。何度考えてみても答えはいつも同じところへたどりつく。病院にいても、自立生活をしながら動き回っていても、障害は年齢とともに重くなってゆく。それはどこにいても避けられない事実だ。

病院を出たときから私は「どれだけ長く生きるか」ではなく「どう生きるのか」を自分の意志で、この手で選び取ったのだと思う。ベッドの上で、限られた空間の中だけで、静かに死を待つのではなく、喜びも哀しみも怒りもすべて味わいつくして死んでゆくのだと。そう私は自分と約束をした。

ある女性人権運動家が、こんなことを言った。「前へ向かって闘い、歩き続けながら死んでゆきたい」と。私はこの言葉がとても好きだ。今こそとても好きだと思う。

これからも私は前へ向かって歩く――でも時々は休憩を入れながら。立ち止まったとき、私はきっとそこから見える景色にうっとりしながら熱い熱いお茶を飲むだろう。

十一月△日

重度な障害をもちながら自立生活をしている私の姿を見て、冗談まじりに時々こんなことを言う人がいる。「あなたのご両親は、よほどあなたに対して理解があるか、よほど仲が悪いのか、そのどちらかじゃないですか?」と。そんな時、私は笑って

「うーん、どちらかなぁ。どちらでもないですね」と言う。

たぶん障害のある人は家族と暮らすのが当然だと思っているのだろう。母親との関係は機会があったらゆっくり書きたいと思っているが、私たちははじめからいい親子ではなく、お互いの良さや欠点をわかり合おうとしながら、苦しんだり気を遣ったり悩んだりして、今のいい関係を創ってきたのだと思う。ただ、「母が」「私が」どう生きていきたいのかということを、お互い決して邪魔しないことだけは大切にしてきた気がする。

母は私が中学のときに離婚をしている。私が一人暮らしをしたいと考えていると話したとき、彼女は「自分のできる限りのことは協力するから」と言ってくれた。アパートを探してくれたのも、料理なんてまったく知らない、施設を出たばかりの温室育ちの私に食事の作り方を教えてくれたのも母だった。もし一緒に暮らしていたら、母は私のケアでクタクタに疲れ、私は私でそんな母に「親なのだから」という言葉を投げつけていたかも知れない。

今、私たちはスープの冷めない距離にお互いの生活の場所を持ち、「天プラをあげたから」と母がお皿いっぱいの天プラを持って来てくれる日もあれば、「そろそろスパゲティ食べたかったでしょ」と言って、彼女の大好きなキノコスパゲティを私が作る日もある。夕暮れ時、よく電話がなる。それはだいたい母からで「春雨サラダを作ろうと思うんだけど、どんな具を入れたら美味しいの?」なんて、とりとめもなくてどうでもよさそうなことで、でもあったかで。私はそのなんでもない会話と、そのひと時をとても大切に想って暮らしている。

一九九九年一月〇日

雪、雪、雪の毎日。マイナスの気温の中の外出は、人工鼻をつけてもベンチレーターから冷たい冷たい空気が肺に入ってくる。あまりに乾燥しすぎてサクションのときはよく痰に血が混じる。そこでベンチレーターの加湿器にホッカイロを貼ってみたり、熱いお湯を入れてみたりと、色々と工夫してみるがうまくいかない。これも北国のベンチレーター使用者ならではの貴重な体験。「何かいい方法ないかなぁ……」としんしん降る雪の中今日も外出をする。

いつも食料品を買いに行くスーパーには、入り口に二センチほどの段差がある。たったの二センチ。けれどこの二センチがあるおかげで、それまで私の寝台式車椅子を後ろから押していた介助者は、ここで車椅子の横まで来て「よいしょ」と前輪のタイヤを持ち上げなければ店には入れない。「不便だよねえ……、わざわざ二センチの段差をつけなくたっていいしょやねぇ……」と、もう何度ぶつぶつつぶやいただろう。けれど冬の間だけ……そう、冬の間だけこの二センチの段差がなくなる。雪が積もるからだ。

段差と同じ高さで積もった雪はまるで「雪のスロープ」だ。真っ白にキラキラ光るこの雪のスロープは、厳しい冬に自然が作ってくれた贈り物のようで、ここを通る度に私の心はほんの少しあったかくなる。

一月○日

二年近く私の専従介助者であった人が、病気のために辞めることになった。例えば髪にムースをつける、洋服に袖を通す、トイレの後にお尻を拭く。私の指示通りに彼女の手が動く。その瞬間その手は間違いなく私の手となる。

札幌市の障害福祉課に、私たち重度障害者にはケアに慣れた人を自分のヘルパーとして推薦し、長く専属的に来てほしい（これを自選ヘルパー方式という）と、もう何年も前から要望している。現状のヘルパー制度は三カ月に一度ヘルパーを交代させられる。その度に「お醤油のある場所はここで……」「車椅子への移動はこうで……」「着替えのときは……」など同じ説明を何度も繰り返さなければならない。指示を出すということだけでクタクタに疲れ、安定したケアを受けることができない。札幌市は未だに重い腰を上げようとはしない。

介助者の手が替わるということは障害のない人でいうと、毎日自分の手を他人の手と交換させられ生活するのと同じだと思う。小さい手、大きな手、不器用な手、器用な手。手が替わるということは、毎日自分のお尻の拭き方が違う、歯の磨き方が違う、コップの持ち方が違うのだ。それが何日も続くとしたら、きっと障害のない人であれば気が狂うだろう。ケアをするということはその人の手になるということ。どこまで障害者にピッタリくる手になれるかに尽きると思う。

私が友人に「専従介助者だったAさんが辞めて自分の手を失ったみたい……」とつぶやくと「彼女は本当にきみよさんの手だったんだね。それって介助を仕事にしている人には最高の褒め言葉だと思うわ」と言って友人は笑った。

自由の味（二〇〇四年六月七日）

子どものころから施設や病院に二十年近くいた私が、地域で自立生活を始めたのは二七歳のときだった。

施設では白い壁に囲まれ、ベッドの上で二四時間ベンチレーター（人工呼吸器）につながれながら、外の世界にあこがれた。友人と夜が更けるまでおしゃべりしたり、旅行に出かけたり、お化粧をしてショッピングしたり……。そんな当たり前の青春を限りなく夢見ていたあの頃の自分。

初めて病院から出て、試験外泊をした時のことは今でも忘れられない。お風呂もない小さなボロアパートを借り、週末のたびにそこで過ごした。

その日は友人が泊まりの介助に来てくれた。二人で映画『恋におちて』のビデオを見ながら、ティッシュ一箱が空になるくらい泣いて泣いて、涙と鼻水でグシャグシャになった顔で朝方まで語り合い、お酒を飲んだ。彼女も私もちょっぴり苦い恋をしていて、お互いの話は尽きず、気がつけば夜は明け始めていて、「寝よっか」と言ったのは午前五時だった。

あれから一四年がたつ。この時のお酒の味を私は一生忘れないだろう。「ああ、自由の味がする。これが自由というものだ」と泣き腫らした目で、私はあの時生きている実感を心から感じていた。管理されていた施設や病院では成人になっても、もちろんお酒を飲むなんて許可されてはいなかった。トイレの時間も食事の時間もすべて決められていて、何ひとつ自分で決められるものはなかった。

今はもうすっかりお酒は飲めなくなったけれど、食べることは大好き。車いすを使っている友人たちと、おいしいイタリアンレストランが開店したと聞けば飛んでいき、食事を楽しんでいる。

大好きなおすしをカウンターで、おはしを使わずに手づかみで大きな口をあんぐり開けてほおばる。これも自由の味がする。

（『北海道新聞』夕刊）

情熱の女（二〇〇四年七月二十二日）

私の一番のリラックスタイムは、部屋の中を暗くして、テーブルに少しのおやつを用意して、ビデオをのんびり見ることだ。

この夏に私がハマったビデオは映画『フリーダ』。フリーダ・カーロはメキシコの画家である。若き日に遭った事故で障害をもち、その後遺症の痛みに耐えながらも、夫の浮気など苦難に直面するほどに次々と素晴らしい作品をこの世に生み出していく。

私は映画のサントラ盤CDも買い、南国メキシコの音色に抱かれながら、映画を思い出している。

特に印象的だったシーンは、フリーダが亡くなる直前に地元で自分の絵の展覧会を開いたときのこと。寝たきりの彼女はベッドのままたくさんの男たちにかつがれてトラックの荷台に乗り、展覧会の会場へ行く。「おー、私が今愛用している、寝たまま乗れる寝台式車いすと同じじゃない？」と感動した。彼女のベッドはたまたま車輪が付いていないだけで、ベッドに寝たまま外出する女性が五十年前にもいたのだ。

最後のシーンで彼女はこうつぶやく。「もう寝たきりは飽き飽きしたわ。自由になりたいの。私が死んだら土に埋めないで。死体は焼いて」と。

私が寝台式車いすに乗るようになり、十年以上がたつ。この愛車で私はたくさんの旅をした。遠くはアメリカまで。あおむけに寝ながら歩いたからこそ、いろいろな街の美しかった空や虹を心に刻むことができた。映画の一シーンのように。

友人たちは皆、「いつも空が見られてうらやましい。花火大会も首が痛くならないでしょ」と言ってくる。

過去にタイムスリップして彼女に会いたい。そしてこう言おう。「ねぇフリーダ、ベッドにタイヤを付ければいいのよ。そうすれば自由を手に入れられる。二人でワインを飲みながら星空を見ましょうよ」と。

(『北海道新聞』夕刊)

冬のにおい（二〇〇五年三月八日）

冬のにおいをかぐと思い出す、子どもの頃を。

障害をもって生まれた私は、長女で四人の弟がいる。一番下の弟とはずいぶん年が離れているけれど、すぐ下の弟は三人年子で離れてはいなかった。

九歳で施設に入るまで私は家で育った。男の子が多かったせいか、仮面ライダーの人形やウルトラマンに囲まれてにぎやかに家族と暮らした。そのたった九年間の思い出を私はとても大切に心の宝石箱にしまっている。やんちゃな出来事が生活のあちこちにあふれていたあの頃。当時私が使っていた松葉づえさえ私たちにはおもちゃ以外の何ものでもなかった。

近所の銭湯に行くときは、毛糸の帽子、何枚ものセーター、そしてヤッケを着せられて、幼い私は、母のひくソリに乗せられていった。吹雪の中をガタゴトガトゴトいいながらソリは前に進んだ。

四十年前、車イスなんて病院や施設にしかなかったから、ソリが車イスの代わりをしていた。

小学校へあがる前は、祖父が歩けない私にたくさんの本を与えてくれた。『小公女』『にんじん』『ああ無情』……。「障害をもっているこの子にせめて読み書きだけは学ばせたい」。それが祖父の一番の願いだったようだ。おかげで私は歩けなくても、書いたり読んだりすることで自由に自分の心を遊ばせることを覚えた。

障害をもった子どもが生まれたら世間の目を気にして座敷牢に隠しておく。そんな時代の中、母は私をソリで引っぱってどこへでも連れて歩き、祖父は読み書きを学ばせるため養護学校へ入るための手続きに奔走したという。

冬のにおいがすると思い出す。まだ「ノーマライゼーション」という言葉も「バリアフリー」という言葉もなかった時代を生きた子どもの頃の私を。

(『北海道新聞』夕刊)

父が愛した花(二〇〇五年六月二十九日)

緑の美しい季節がやってきた。薄い黄緑色に、濃い緑。何色もの緑色の絵の具がパレットに集められたような風景だ。わが家の小さな庭の木々もお日さまの光をたくさん浴びて気持ちよさそうに笑っている。

毎年のことながら、まだ風は冷たいのに待ちきれずにお花屋さんへかけこんでしまう。パンジーにビオラ、インパチェンスの苗。むせ返るような花の香りの中で、ささやかなガーデニングプランを立てるのは、極上のひとときだ。

つい先日、行きつけの園芸屋さんでのこと。昨年、小さなライラックの苗を選んでもらった店のお兄さんが、今年もまたいた。首にタオルを巻いて、日焼けした顔でせっせと木や花の世話をしている。私に気付くと「昨年の木は元気かい?」と声をかけてくれた。「ええ、元気です。先日も肥料をあげたばかりです」と話すと、「そうかい、でも木はね、何もやらないのが一番なんだよ」「そうなんですか?」「ああ、厳しい環境であればあるほどいい木に育つんだから」と教えてくれた。

初心者としては、何かと世話をやきたくて、かまってやりたくて仕方ない。でも確かに木は、雨に打たれ、風に吹かれ、寒さに凍えてこそ、生きる喜びに身を震わせるように紅葉する。

私の植物好きは、父親ゆずりである。その父は私が九歳で療護施設に入所する前日、私の枕元へ来て「ごめんな」と一言言って泣いた。父の涙は初めてだった。大人になって、子育てをしている今、あの涙の意味を考える。障害をもって生まれた私が、父の目にはどう映っていたのだろう。

父さん、障害をもっていても私の人生は幸せです。この世に生を受けさせてくれてありがとう。今、心からそう思っている。父とは何年も会っていないが、庭に咲く、アジサイ、朝顔、ベゴニアは、どれも父が愛した思い出の花ばかりだ。

(『北海道新聞』夕刊)

母のこと（二〇〇七年一月九日）

自立生活したての頃は、近所に住む母に介助を頼むことも多かったが、最近はヘルパーさんが来てくれて、母に介助を頼むことも無く、自立生活をエンジョイしている。母と、サラダや煮物を作り過ぎては、分け合ったり、長電話でおしゃべりしたり、一緒に買い物へ出掛けたりしている。

先日もスーパーめぐりをしていたら、お総菜売り場で一生懸命背中を丸めて筋子を選ぶ母に「どーしたの、そんなに必死に選んで買うのかい」と聞くと、「いやあー、あんたに買ってあげようと思って」と言う。

母は私と歩くとよく「買ってあげるから」と言う。それはバッグとか洋服とかじゃなく、キャンディーだったり、チョコレートだったり……。仕事をもち、子育てをし、四十歳を過ぎた、それなりに？　自立しているつもりの娘の前で、お菓子売り場で真剣な顔で「どのチョコレートがいいの？　選びなさい」。

そんな時、私は子どものころの自分を思い出す。養護学校へ通っていた私はバス通学の帰りに、母におんぶされ、小さな駄菓子屋によってソーセージを買ってもらうのが大好きだった。ソーセージを食べながら、母の背中で覚えたての歌謡曲を歌っているときが一番幸せだった。

療護施設に入る前、自分が障害をもって生まれたことを、不幸と思うこともなく、ただただ、家族の中にいられることが幸せだったあの頃。母を見ていると、親にとって娘というものはいくつになっても子どもの頃のままなのだと思う。

私の娘は五歳。せめて彼女が恋をし、その相談に乗ってあげられる時が来るまでは長生きしたい。そして、やっぱり私も母と同じように、大人になった娘のために、チョコレートを選んでいるだろうと思う。

母が買ってくれたチョコレートをかじったら、ふんわり涙が浮かんだ。

（『北海道新聞』夕刊）

ターシャの手にあこがれて（二〇〇九年六月二十三日）

草花の香りを含んだ風が吹き、お日さまの光がシャワーのように降ってくる――。そんな季節を迎えると、私の心の中にあるターシャへの思いはますます強くなる。

二〇〇八年六月に九二歳で亡くなったターシャ・テューダーさん。アメリカを代表する絵本作家で、世界中のガーデナーを魅了する園芸家でもあった女性だ。

バーモント州の広大なその土地には、ターシャの愛した四季折々の花が咲き乱れ「地上の楽園」そのものの世界がそこにある。けれど彼女はこの楽園を簡単に手に入れたわけではない。五十代半ばで長年の夢だった土地を購入し、土を耕し木を植えて花の種をまいた。それらすべてをターシャは自分の手で行った。

毎日花たちに水をやり、植物の世話をする。九〇歳を過ぎても休むことのなかったターシャの手にあこがれて、クレマチスやラベンダーなど私も小さな庭に花を植える。

重度な障害をもつ私がガーデニングを楽しむには、もちろん直接土を触ったり水をまいたりはできない。けれど、園芸書とにらめっこしながら介助者に指示を出しながら苗を植えたり雑草を抜いたり、失敗を繰り返しながらもガーデニングを楽しんでいる。

「土にはあの肥料を混ぜて」「苗の位置はもう少し高めに」などなど、できるだけ細かく指示を出す。介助の手を借り、自分の声で庭を造り上げてゆく喜び。私はこれをボイスガーデニングと呼んでいる。

心をたくさん動かして、ターシャのような強くて優しい働き者の手を、私も心の中に持ち続けたい。

（『北海道新聞』夕刊）

泣いてもいいんだよ（二〇一一年三月二十四日）

友人が転んでひざの骨を折った。

ひょこひょこ松葉づえをつきながらの病院通い。全治一カ月らしい。ギプスを着けた脚が痛々しい。雪解け道を歩くのがまた大変そうで、車いすの人や障害を持つ人たちの不便さをこんなに感じたことはないと言っていた。

その彼が先日、病院でのお医者さんとのやりとりを教えてくれた。炎症の具合を診るため、ひざから注射器で血を採るのだが、彼が「結構痛いんですよね、この注射が」とつぶやくと、白髪のおじいさん先生は優しい笑顔で「泣いてもいいからね」と言ってくれたそうだ。その言葉の「魔法」に彼は驚き、痛みがやわらいだという。

重い障害をもって生まれた私は、手術やリハビリを子どものころから何度も受けてきたが、残念ながら「泣いていいよ」と言ってくれるお医者さんには出あえなかった。「泣いちゃダメだよ」「頑張りなさい」「痛いけれど我慢、我慢」。かけられた言葉は励ましのオンパレード。

涙を流すことでブルーだった心が少しでも透き通ってゆくのなら、たくさんの涙をこぼしてみよう。

「泣いてもいいからね」。そっとハンカチを差し出されたような、春の日だまりのようなその温かな言葉の魔法に、私はいつまでも包まれていたいと思った。

（『北海道新聞』夕刊）

温かな音（二〇一一年一月一日）

真っ白なスケッチブックを手渡されたかのように新しい年が始まった。今年、私は三六五枚のページに何を描くのだろう。

ベンチレーター（人工呼吸器）を二四時間付けながら地域で暮らし、二〇年がたった。ベッドで天井を見つめながら一生を過ごすより、「自分らしく生きた」と言える人生を手に入れたくて施設を飛び出した。今でも病院や施設にいたころの夢をよく見る。朝早く真っ暗な病室にいる私の耳に届くのは、カチャカチャ看護師さんが採血の用意をする音、検温に走り回る小さな足音。よくそんな「音」たちを思い出す。冷たいその音は私をますます孤独にさせ、寂しさを一層強く感じさせた。

地域で暮らすようになり、私の耳に届く音はずいぶん変化したように思う。食器を洗う、洗濯機を回す、野菜を切る、それぞれの音は私に生きる希望を与えてくれる。そしてお寝坊なママを起こす娘の声。「ママー、こんな服学校に着てくのヤダよォ」と。まだまだ娘にかわいらしい服を選びたい私に、彼女は口をとがらせ抗議する。

こんな当たり前の日常をいとしく思い、温かな音たちに囲まれて生きていることの喜びをかみしめながら、今日というスケッチブックに大切に色を付けていこうと心から思う。

（『北海道新聞』夕刊）

幸せへの想い（二〇一一年五月三日）

春が来ると、私はなぜか玉置浩二の「メロディー」という曲を聴きたくなる。「何もなかったあのころ、それでも楽しかった」という内容の歌詞に、胸の奥がグッと切なくなって涙がこぼれてきそうになる。

障害者が運営する「自立生活センターさっぽろ」という団体を立ち上げて、もう一五年になる。「どんなに障害が重くても施設ではなく地域の中で暮らして行こう」を合言葉に、ヘルパー派遣、バリアフリーな建物についての情報提供など、さまざまな事業を行ってきた。このセンターの扉をたたき、施設や病院でしか生きられないと思っていた、たくさんの障害をもつ仲間が社会へと飛び立っていった。

今はそれなりに給料をもらって働いているが、私も長い間、生活保護を受けながら、ボランティアで街頭カンパを集め、自分たちが住みよい街やサービスをつくるために活動してきた。障害をもつ人が自立するには生活保護に頼らなければならないのが現実だ。若者の中には生活保護を受けることをためらう人もいたけれど、「社会のためになることをして恩返しをし、使命を果たそう」と話すと、車いすの青年の目がキラキラと輝いた。

あのころは、幸せに生きるための熱い思いをいつも胸に抱きしめて、「メロディー」を聴いていた。

（『北海道新聞』夕刊）

彼女の選択（二〇一二年四月十五日）

友人の名前は〝遊び歩く〟と書いて「遊歩（ゆうほ）」。骨形成不全という、骨折しやすい障害を生まれつきもちながら、世界中を飛び回るカウンセラーであり作家だ。

私が彼女に出会ったのはもう二五年近く前だろうか。自分の障害を受容できずにいた私に、遊歩は「障害は個性。ありのままの自分を愛して生きていていい」と教えてくれた。あの時の出会いは、今も鮮明に心に焼き付いて離れない。そして、私たちはお互いの存在を必要とし、友情を深めてきた。

東京の国立市に住む彼女が、震災をきっかけに、原発のない国ニュージーランドに移住を決めたのは去年の春だった。福島が実家で、大切な家族や友人たちも被害を受けたという。私の知り合いの中で、最も放射能から遠くへ逃げた人だ。私はその決心に心から拍手を送った。けれど、彼女は「娘の人間関係を断ち切って遠い国へ行くことは、あまりにつらく悲しかった」と涙を流して話してくれた。その時、彼女の心の葛藤を垣間見た気がして私も一緒に泣いた。

遊歩がニュージーランドで「子どもを守るため、私はここに来た」と言うと、現地の人たちは「イエス！」とVサインを送ってくれるらしい。震災が、そして遊歩が教えてくれた、自分を愛しながら生きることの厳しさ、難しさ、そして大切さ。今日もやってきた何げない日々の美しさに私は感謝し、そっと心の中で手を合わせた。


（『北海道新聞』夕刊）

第三章　ストレッチャーで街を歩けば

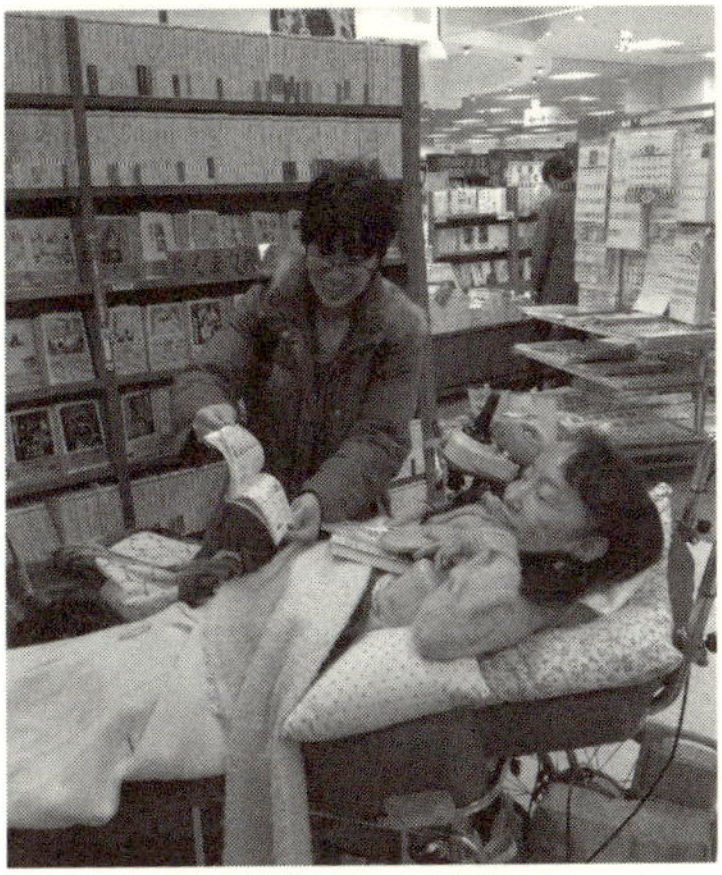

書店で立ち読み（寝読み）

Ventilator、街へ行く（一九九二年十二月）

今日は、一〇日に一度の外出日。お天気は、私にだけプレゼントしてくれたような晴天。朝から鏡に向かい、お化粧を始める。サクション（吸引器）を積み、アンビューバッグを持ち、借り物のリフト付き車でいざ出発。車は大通りへ。

ベンチレーター（人工呼吸器）を積んだベッド式車椅子（ストレッチャー）で横断歩道を歩けば、バスの窓から全ての人がこちらを見つめる。視線を感じる。「みなさん、これがベンチレーターですよ！」と手を振って叫びたくなるのをぐっとこらえる。

この車椅子であおむけに寝ながら街を歩くのもずいぶんと慣れた。多くの人は、下を向きうつむき加減に歩いているが、私はいつも空を仰いでいる。横断歩道も、デコボコ道も。これも、なかなかいいもんだ。

車椅子に座れなくなった昨年の春は、落ち込んだ日が続いた。夢にまで見てきた自立生活が始まった途端のことだもの。私の人生こんなもんか……、と肩を落とした。

ぼんやり過ごす私のそばで、何も言わずもくもくとベッド式の車椅子を作り始めた人がいた。そんなことしても無駄よ……。だって私はもう座れなくなったのだし、寝て歩くなんて格好悪いよと心の中でつぶやいていた。私が何を言ってもどう嘆いても、彼の手は休むことなくドライバーを握り、ペンチを持って四苦八苦している。なくしたものにとらわれて、なかなか立ち上がれない私とは対照的な彼の行動だった。

次第に私の悲しみも、どうやったら外出ができるのかというエネルギーに変わりつつあった。気がつくと移動用ベッド式車椅子の完成を心待ちにしていた。寝て歩くようになって、一年と六カ月。いろいろなことがマイナスからプラスになっていった。

まず第一に、側わんのひどい私は、長時間車椅子に座っていることが背中の負担になるので、絶えず時間を気にして車椅子に乗っていなければならなかった。でもベッド式車椅子は寝た状態なので、ほとんど背中に負担をかけることもなく、外出時間を長くもてるようになった。

次に、私は座っていると胃が圧迫され呼吸も苦しくなるので、ほとんど外出先では食事がとれなかった。しかし、ベンチレーターをつけたまま外出するようになってからは、たくさん食べても苦しくなく胃も圧迫されなくなった。それで最近は食べ歩きができるようになったのだ。これは、私にとって新たな喜びの発見だった。


と、ここまで書いて、話はある日の私の外出風景。

街へ出るといろいろなことに出会う。ちょっとオシャレな食べ物の店ほど、理由もなく断ってくる。(これは私の偏見かな)。「ダメです」と言われて、「あ、そうですか……」とは、できるだけ言わないようにしている。理由もないのに、障害者だから店に入れないというレッテルを、私はどこにもつくりたくない。

さて、窓辺に飾ってある造花がとてもステキだったことにひかれ、スパゲティ屋さんに入ろうとした。店内の広さもまあまあだし、昼食の混み合う時間も過ぎた午後二時ころは、席も空いている。中には、若いカップルやショッピングの途中の女性たちが、数人いるだけ。

これなら入れるだろうと思い入口に立ったところで、慌て顔のオーナーが寄ってくる。「あのー……。この店はちょっと狭いので……」。ちっとも狭くないのに狭いと言って断る店が時々あるのだ。こちらは慣れたもので、「大丈夫ですよ。これくらいの広さなら入れます」と言ったか言わないかのうちに、さっさと席に着いてしまう。「大丈夫なんですよ」と少々強引に、さりとてニンマリと、先程のオーナーに笑顔を送る。

そして……。いつものことだが、レストランや喫茶店に私が入ると、一斉にみんな顔を上げこちらを見る。おしゃべりしていた人は話を中断させて、お皿に顔を突っ込んで食事をしていた人は、顔を上げてスプーンを持つ手が止まる。でも、そのあとすぐまた自分たちのしていたことに夢中になって、私の存在など眼中になくなる。わずか三〇秒の出来事。私はこの瞬間をとても愛している。この風景こそ、ほんとうの社会だと思う。

ウェイトレスの若い女性がメニューを持って来る。ベンチレーターをつけた私を不思議そうに見つめる。カニューレを指でふさぎながら注文をすると、「この人しゃべれるんだわ」と宇宙人を見るような顔をして聞いている。私は結構それがおもしろくて楽しんでしまう。

そしておいしいスパゲティを食べ、幸せな気持ちで帰る。

さっきから困惑していた彼らが、帰りぎわはドアを開けてくれたり、イスをずらしてくれたりする。断られて入った店ほど「また来ようね」と、友人と話しながらそこを出る。彼ら、彼女らにとって当たり前ではない障害者の存在も、いつも私たちが通うことで、いつの日か当たり前になるかもしれない。今度は、車椅子の友人をたくさん誘って行こうと思う。さっきのオーナーはどんな顔になるのかなぁと想像すると、心の中で笑ってしまう。

大通りのざわめきの中。ふと見ると、空はどこまでも青い。私とベンチレーターは、今日も元気に街を行く。

手鏡に映る人の優しさ（一九九三年七月）

人工呼吸器をつけて、私はいろいろな場所へ出かける。座ることができないので、寝台車の形をした車いすの下に人工呼吸器を積んで歩く。寝たまま歩く（?）ので、これがなかなか目立ってしまう。すれ違った人たちはほとんど立ち止まり、振り返ったりしてこちらを見る。

目立つということはけっこう気を遣う。外出前のお化粧も念入りにしなければ。

レストランに美術館、市場にデパート。そこのけそこのけ、人工呼吸器が行く。ところが、店の入口が階段では入れない。通路が狭すぎて車いすでは歩けない。エレベーターが狭くて入れない。たった五センチの段差が、私たち障害者の外出を困難なものにする。

地下街を歩いていたときのこと。そこは自動扉ではなく両開きのドアであった。そばにいた人に開けてもらおうと、「すみません。ドアを開けて下さい！」と大きな声でお願いした。

だが、私の声を振り払うように知らん顔で行ってしまう人。急いでいるの、そんな暇なくてと言いたげにチラッとこちらに目をやって去って行く人。たった三〇秒の間にドラマが見える。

困っていると、そこへさっそうとツッパリ風リーゼントのお兄さんがやって来た。片方のドアを開けてくれ、連れのツッパリさんへ、「お前、そっちを開けてやれよう」と言ってくれた。「どうもありがとう」とお礼を言ったその時の私の目は、たぶんハートの形をしていたかも知れない。人間っていいナ。こんな優しさに出会うこともある。

私たち障害者があきらめずに何度もドアを開けてほしいと声を出せば、そしてその声をちゃんと聞いてくれる人がいれば、「ノーマライゼーション！」と叫ばなくても、障害者は地域の中で生きていけるだろう。

私は首が動かないので、外出の時も手鏡が離せない。道端に咲く色とりどりの季節の花々も鏡を使って見る。私にとってはもう一つの目であるこの手鏡に、もっともっとたくさんの人の優しさを映しながら、生きていきたい。

（『朝日新聞』北海道版）

「自分」ではぐくむ幸福の形（一九九三年六月八日）

夕焼けの美しい季節がやって来た。鉛色の空を優しく抱き締めるかのように、淡い紅色が染めてゆく。

夕焼けを見ると思い出す。

病院の待合室。夕暮れの中、老人や子どもが、診察を受けるために並んでいすに座っている。

当時入院中だった私のとっておきの楽しみは、待合室の大きな窓から夕焼けを眺めることだった。ベッドを離れて電動車いすに乗り、エレベーターで一階へ下りていく。窓から差し込む光に見とれてしまうこの瞬間は、私にとって孤独で優しい時間だった。

夕焼けの時刻に、その場所にいると、時々見知らぬ人から声をかけられる。

「あなた、どこがお悪いの？ 若いのに大変ねぇ……」

その人は、この世にこれ以上の不幸はないといった目で私を見つめる。

そして、こんなこともあった。電動車いすに座っている私を、上からしげしげと見つめ、「あなたはまだ幸せね。うちの主人は手も足も動かないのよ。あなたは手が動くんですもの。まだ恵まれてるわ」。若いその女性は歩き始めたばかりの小さな子どもの手を引いて、少し疲れた笑顔で私に言った。

悲しいことだが、こうして多くの人たちは、他人と自分を比べて、幸福と不幸のランクづけをする。ほんとうはだれもが自分を精いっぱい生きているのに――。

数々の出会いの中で、忘れられない人がいる。

髪に白いものが見える初老の女性で、つえを使って歩いていた。週に一度薬を取りに来ていたようだ。初めて言葉を交わしたのは、お互いの存在を知ってからずいぶん後のことである。

その日は雨が降っていて、残念ながら夕焼けが見られず、私はぼんやり窓をたたくしずくを眺めていた。

「今日は夕焼けが見えなくて残念ですね」

声をかけられて振り向くと、薬を手にしたその女性が立っている。驚きとともに優しさが胸に広がった。その人は知っていたのだ。私が夕焼けを見るためにここにいることを。私たちは同じものを見て、夕焼けに励まされたり、慰められたりしていたのだろう。

あれから三年がたつ。

今、私は病院を出、人工呼吸器をつけて地域の中で自立生活をしている。

重度の障害をもつ私を、多くの人たちは不幸だと思うかもしれない。けれど、私の幸福の形は自分でつくり、自分ではぐくんでいきたい。

輝きながら。私らしく。

(『朝日新聞』北海道版)

人工呼吸器でつかんだ「夢」(一九九三年十月五日)

人工呼吸器使用者のネットワークづくりや、情報・体験を分かち合うために『アナザボイス』という通信を発行している。ボランティアの方々の優しい手を借りながら、二カ月に一回、たくさんの人たちの思いを乗せてアナザボイスは全国へ飛んでゆく。

通信の名前〈アナザボイス〉の意味は、直訳すると〝もうひとつの声〟。障害者の生き方や主張に耳を傾けてみようという願いをこめた。

社会の海へ投げかけたアナザボイスという小さな石は、大きく波紋を広げ、一人二人と反響が寄せられるようになり、今では全国各地から多くの手紙が届いている。ネットワークは確実に広がっている。

例えば、兵庫県に住むTさん。笑顔のステキな女性である。人工呼吸器をつけながら、去年ご家族で北海道旅行を楽しみ、私の家にも立ち寄られた。優しいだんな様と明るい子どもさんに囲まれてTさんは「この旅行は、私が人工呼吸器をつけて一周年を迎えたお祝いにと家族がプレゼントしてくれたのよ」と幸せそうに話してくれた。然別湖で見た星空にとても感動し、心に残る旅行を楽しんだようだ。

徳島に住むKさんは、三十代半ばの男性。入院生活を送っているが、少しでも外の世界へ出ていくためにと、去年、小型の人工呼吸器を購入した。やっと夢がかない、九年ぶりに外出をしたという知らせが来た。

Kさんは車いすに人工呼吸器を積んで外出をする。人工呼吸器をつけての旅行や外出は危険だという声もあるが、Kさんは手紙にこう綴っている。「外出を慎重に考えるのはいいのですが、臆病では困ります。私は自分自身の外出したいという気持ちを大事にして自分の意思と責任で出かけるつもりです」。

私たち障害者には、危険をおかしても、そこから様々なことを学ぶ権利があるはずだ。Kさんはその後も積極的に外出や外泊を繰り返している。先日も外泊をして友達とお酒をくみ交わし、とても楽しい時を過ごしたという。

それぞれの人生を、より豊かなものにしてくれる人工呼吸器——。アナザボイスとは、〝もう一つの価値観〟ともいえるだろう。

機械につながれてまで生きたくはないと思う人もいるかもしれない。しかし、私たちにとってはごく自然なことなのである。人工呼吸器をつけて生きること、障害をもつこと、それは決して人間としての敗北ではない。どんなに障害が重くても、誇りをもって地域の中で暮らしていこう。

（『朝日新聞』北海道版）

豊平峡差別事件（一九九五年十一月）

秋もすっかり深まってきたようだ。朝晩ストーブをつけている。この間、紅葉の美しい豊平峡という所へドライブへ行った。有名な観光地となっているその場所へ初めて行き驚いた。まったく車イス利用者が使えないということと、差別的な係の人の言葉と対応。街へ出て、昼食時間混んでいるレストランへ行くと「他の店へ行って下さい」と断られ、映画を見に行くと「車イスの方は隅で見て下さい、他の方たちのじゃまになりますから」と当然のごとく言われてしまう。これがいつもの寝台式車イスに乗っている私の日常である。

なぜ障害者だけがこんな扱いを受けなければいけないの？　という怒りは、いつも諦めに変わってしまう。そんな出来事は、あたり前の顔をして生活のあちこちに転がっているのだ。だからといって、諦めさせられ続けることにも、もう疲れている。

今日は、豊平峡事件について札幌市と話し合いを持つことになっている。朝から気分は憂うつなまだ。とにかく障害者自身が声を上げていくこと。そうして、自分たちが自分たちの手で社会を変えていくことができるんだ、と信じたい。

自分を励ますように、まっ赤なセーターを着ていこう。

一九九五年十一月十三日
札幌市長　桂信雄　殿
建設局土木部道路管理課　殿
経済局観光部事業課　殿
南区土木部管理課　殿

豊平峡ダムについての要望書

人工呼吸器使用者　佐藤きみよ

去る十月十四日土曜日、私は紅葉を観ようと豊平峡に出かけました。しかし、一般駐車場からダムまでの電気自動車には車椅子用のスペースがありませんし、道路は一般車両の通行が禁止されています。

座位のとれない私は、電気自動車に備えつけてある椅子に乗り移ることができないので、係員に、特別に一般車両の通行を許可してもらえないかと申し出ましたが、「土木部の事前の許可がなければダメだ」「あなただけ通行を許可すると、障害者は私も私もと言って収拾がつかなくなる」といって許可しようとはせず、押し問答は三〇分くらい続きました。つまり、身体的障害を理由に大きな差別を受けたのです。

その一時間後、とりあえず昼食を駐車場のすみでしていた私に、係員は、「今回だけだぞ」といって、乗って来たリフト付ワゴン車で通行を許可しました。しかし、あまりにもひどい対応に悲しみと怒りが込み上げ、ダムまでいってきれいな紅葉を観ても、不愉快な思いしか残りませんでした。

基本的に豊平峡ダムは、車椅子使用者や座位のとれない障害者が利用できないシステムになっています。現場の係員とのやりとりで判明したことは、(一) 土・日・祝日など、混みあった電気自動車に乗ることを遠慮した人は、ダムまでの二㎞の道のりを介助者に押してもらったり、自分で車椅子をこいでいっている実態です。歩ける人が電気自動車に乗り、車椅子使用者が倍の時間をかけてダムまで歩いているのです。また、(二) 観光客で混まない平日などには、便宜的に一般車両を通行させているという、対応の不統一さです。

また、後日の調査で分かったことは、(一) 係員は「事前に連絡がないと」ということを強調していましたが、どこに連絡をすればいいのかと市役所に問い合わせてみると、窓口の職員はわからず、さまざまな部署の連絡先を教えるだけでした。ようやく担当の部署が分かったのは四件目です。つまり事前に連絡が必要だという情報は、私たち障害をもつ市民には何ら伝えられていないのです。さらに、市内の障害者仲間に聞くと、(二) 車椅子用タクシー会社には、一般車両でありながら通行を許可しているということでした。

このようなことから、私は、豊平峡ダムを改善するために以下のことを要望します。また、この回答については、十二月二十日までに文書にて回答して下さい。

一、今まで車椅子使用者や座位のとれない障害者に対して差別的な対応をしてきたことについて不備を認め、謝罪をして下さい。
二、豊平峡ダムの電気自動車に、一般客と一緒に乗れる車椅子用スペース・スロープを作って下さい。その際には、障害をもつ当事者の意見を聞いて作って下さい。
三、電気自動車に車椅子用スペースがない現段階では、車椅子使用者や座位のとれない障害者の場合、一般車両の通行を許可して下さい。

豊平峡ダムは、美しい自然を観ることのできる市内でも有数の観光地です。車椅子使用者や座位のとれない障害者が差別されたり不愉快な思いをすることなく、楽しく観光できるよう、改善にむけて努力していただきたいと強く要望します。

クリスマスの贈り物（二〇〇一年九月）

私の外出はいつもベンチレーターと一緒である。座位のとれない私は、オーダーメイドで作った寝台式車椅子の下にベンチレーターとそれを動かすバッテリーを積んで歩く。ベンチレーターは、バッテリーにつなぐと一五時間の作動が可能だ。

この寝台式車椅子と出逢ったおかげで大きな喜びを発見した。本屋さんでの立ち読みも私の場合寝読み（?）になるのだが、寝たまま本を何冊読んでも全然疲れない。らくちんらくちん。花火大会などに行けば障害のない友人たちから「きよみさんはいいなあ、寝たまま花火が見れて」とうらやましがられることもある。

うん、寝台式車椅子に乗って歩くって気持ちがいいよ。いつも空を見ながら歩けるし、雨上がりの虹だって一番最初に見つけられる。なんといってもこの姿で街を歩けばとても目立つので、レストランなど数回行っただけで店員さんたちとすぐ仲良くなれるもの。

札幌は雪の季節が長いけれど、車椅子の仲間たちはみんな雪道の上をビュンビュン電動車椅子を飛ばして歩いている。ベンチレーターから入ってくるマイナスの空気はとても冷たくて気管がひんやりするので、ベンチレーターの加湿器にホッカイロを貼って私も街へ飛び出す。

そんなクリスマスも間近なある日、車椅子の友人三人と介助者三人で街角の小さなハンバーガーショップで昼食をとることにした。ドアを開くとパンの焼けるいい香りがして、寒かった身体も心もあたたまる。ここのハンバーガー屋さんは市内のあちこちにチェーン店があるが、今日訪ねた場所は最近開店したばかりの新しいお店のようだ。

私たちが入って行くと、店員さんがサッと来てテーブルや椅子をよけてくれる。その心遣いが嬉しくて、思わず友人と顔を見合わせてニッコリ。席につきメニューを注文した後ホカホカのハンバーガーをほおばりながら話がはずむ。

とその時、介助者のAさんがトイレから帰ってきたとたん歓声を上げた。「ここの店のトイレ、ユニバーサルデザインだったよ！　車椅子でも使えるよ！」「えーっ本当？」と、それまで食べることに夢中だった私たちの手がとまった。他のチェーン店では車椅子用トイレがついている店はひとつもなかったからだ。

その瞬間、私は九七年に訪れたアメリカのセントルイス（第五章参照）という小さな街のことを思い出していた。アメリカは噂通りどこへ行ってもバリアフリーが充実している国だった。空港にホテル、美術館にレストラン、何よりも私が感激したのは、小さなベーグル屋さんにさえもちゃんと車椅子用トイレがあることだった。

日本にも「バリアフリー」という言葉はあるけれど、大きなホテルやデパートにだけ車椅子用トイレがつき、公共施設は車椅子の方々だけのためにスロープをつけている場合がほとんどだ。

「ユニバーサルデザイン」というものがこの頃注目されているらしい。障害者だけを特別に分けて車椅子用トイレを作るのではなく、ベビーカーも車椅子もお年寄りにも、そして一般の市民も誰もが使える広くてゆったりとした共用のトイレ。今までにない発想だ。これまで私は市役所のトイレや地下鉄の駅など、いろいろな企業や行政に対してバリアフリーの要望の声を上げてきた。けれどどの答えも「障害者の方だけのためにスペースをつくるのはむずかしい」というものだった。でもこれからは、スペースがなくてもユニーバーサルデザインにすることで障害のある人もない人も共有し合えるトイレが実現する。

ハンバーガーショップでの帰り際、あまりの嬉しさに「ここの店長さんにお礼を言って帰ろうよ」とAさんが言った。私たちは大賛成して、さっそく店長さんを呼んでもらう。「車椅子で使えるトイレがあり本当に嬉しかったです。ありがとうございました」と言うと店長さんは「どうですか？ちょっと狭めなんで心配だったんですけど……」と言ってくれた。

「でも車椅子で使えるトイレがあるというだけで、ジュースもお茶も安心して飲めます。まずは狭くてもあるというだけでも嬉しいんです」と私たちが言うと、店長さんは「ありがとうございます」と頭を下げた。

私たちはちょっぴり胸が熱くなった。だって、ノーマライゼーションやバリアフリーという言葉は、大きな施設をつくる行政だけのものではなく、こんな小さなハンバーガーショップで、車椅子の当事者たちと店長さんがさりげなくこのことについて語り合っているのだもの。帰り際「クリスマスプレゼントをもらった気分だね」と友人が言ったので、「うん、すごく嬉しい贈りもの。また行こうね、あのお店に」と言いながら、私たちは雪の中へとまた車椅子で歩き出した。

札幌の街にも少しずつだけれど地下鉄の駅にエレベーターが増え、階段をスロープにし、街の中に車椅子用トイレも増えて来ている。けれどそれらを作った人たちが障害者の声にどれほど耳を傾けて作ったのだろう。きっとそのほとんどが当事者のいない所で設計図がひかれていったに違いない。

私の寝台式車椅子では、せっかく車椅子マークがついている車椅子用トイレでも狭く感じる所がたくさんある。車椅子といっても私のように寝台式のものやスクーター型のもの、手動の車椅子、電動車椅子とさまざまなタイプのものがあることをもっと多くの人に知ってほしいと思う。

私がバリアフリーの活動に興味をもったのは、ある出来事がきっかけだった。いつも通っていたイタリアンレストランがあった。入り口に一〇cmくらいの段差があるが、このお店のピザがとても美味しかったこと、店の雰囲気が大好きだったこともあり何年も通い続けていた。店員さんも親切で、入り口の段差を上がる時はいつも手を貸してくれた。

すっかり顔馴染みになった頃、「入り口にスロープをつけてもらえないでしょうか」とさり気なく話したことがあった。そんな話をしたことすら忘れていたある日そのお店へ行くと、驚いたことに取り外しができるスロープを用意してくれていたのだ。この時私は、障害者が街に出て少し勇気を出して声を上げることで本当に街は変わるのだということを実感した。

段差があるからそこの店には行かないのではなく、勇気を出して行くことできっと車椅子を持ち上げてくれる人たちもバリアフリーの必要性を感じてくれるだろう。この時、私は社会を変えていく喜びを心から味わったのだと思う。私が行くことでスロープのついたあのお店は、今は他の車椅子の仲間たちもよく通っている。

あれから私は車椅子の仲間といろいろなバリアフリー活動を積極的に行っている。あるデパートの地下から地下街へ上がる階段のある場所や、市役所の古くて狭い車椅子用トイレなど、定期的な話し合いを持ちどれも改善の方向に向かっている。

社会を変えていくこと、それが障害をもつ人たちの大きな役割であり仕事だと思う。社会を変えていく喜びをかみしめながら、今日も私は「それゆけ車椅子！」の気分で街を歩きたい。

コラム　こころを記すダイアリー

一九九六年〇月×日

鹿野さん（注）と外出をする。

ベンチレーターをつける前は、体調が悪かった彼もとっても元気になり本当に嬉しい。

ベンチレーターをつけると声を失うという話をよく耳にするが、それは神話でしかないと思う。私の場合、ベンチレーターから肺に入ってくる空気の量は七五五ccとなっている。これは通常よりも多い量だとよくいわれるが、おしゃべりな私はこれくらい入れなければ、すぐ酸欠状態になって苦しくなるのだ。

これまでのベンチレーターの空気の量、呼吸数などはすべてドクターが設定してきた。が、その内容は安静状態の人、たとえば意識のない人やベッドの上で体を動かさないような場合、が基準になっているような気がする。

しかし、私のようにカラオケに行ったり、電話をしたり、ボイスクッキング（声で指示をしながら作る料理のこと）をしたりするときは、安静時の設定ではとても足りない。これからは、その時々によってベンチレーター使用者が自分で空気の量や設定を管理することが必要だと思う。

読書をするとき、眠るときは少なめに、外出やおしゃべりを楽しみたいときは多めにするなど。

ベンチレーターは、自分の体の一部なのだから、どの呼吸が〝らく〟かということは自分が一番知っていると思う。そんなことを考えながら、今日も鹿野さんと電話でおしゃべりしている。

注：鹿野靖明……筋ジストロフィーの障害で、北海道リハビリテーションセンターに入所。後に施設を出て自立生活を始める。九五年よりベンチレーターをつける。二〇〇二年、四二歳で逝去。鹿野さんの介助者だった渡辺一史さん著『こんな夜更けにバナナかよ！――筋ジス

鹿野靖明とボランティアたち』（二〇〇三年、北海道新聞社刊）は、第三五回大宅壮一ノンフィクション賞・第二五回講談社ノンフィクション賞をダブル受賞し、障害者福祉を超えて「夜バナ」ブームの社会現象を起こした。

八月〇日

私の住むアパートから歩いて五分の所に地下鉄の駅がある。が、車椅子用のエレベーターがない上に、階段は一二一段もあるため、これまで利用していなかった。ところが、今年の夏は近所で自立生活を始めた仲間たちと一緒に「南郷一三丁目駅に車椅子用のエレベーターをつけて！」という署名活動をすることになった。

まずは自分たちでここの駅を使ってみようということになったのだが……。私を含めた三台の車椅子で駅まで行き「地下鉄に乗りたいので階段を下ろしてください」というと、駅員さんが手に持ってきたものを見て「ギョッ」とした。それは救急車で病人を運ぶときに使う担架であった。

「車椅子から降りてこれに乗って下さい」と言われる。「私たちは病人でも救急患者でもありません。車椅子は体の一部です。車椅子からおりてこれに乗ることはできません」といった途端、「それじゃあ下にはおろせないよ」。「こんな重いもの持てというのか」。「第一、服がよごれる」などなど言葉の銃弾が飛んできた。

少し押し問答をしたあと、「とにかく車椅子を降ろしてみて下さい」という一言でしぶしぶ駅員さんが六人で私たちの車椅子を降ろし始める。時々車椅子が「グラッ」と右や左へ傾くたびにヒヤリとする。もし誰かが足をすべらせでもしたら……、と思うとこちらも命がけである。

私たち障害者が地下鉄に乗り街へ行くというだけで、エベレストの山より高い階段を命がけで登りおりしなければならない。社会へ出てゆくための道はこんなに遠くて、険しい。けれど帰りの地下鉄で私たちは大きな喜びを発見する。行きはあんなにひどかった駅員さんたちの対応が、今度は少なからず違ってきていたのだ。

「車椅子のここを持てばいいかも知れない」。「右に三人、左に三人で傾かないように担ごう」。階段を上がっている最中も「左、傾いてる、もっと上げて」と、駅員さん同士がすっかり団結しているのだ。そして、こんな重い物運べないという姿から、どう工夫をしたら自分たちが車椅子を無事運べるかに変わっていた。そして、彼らが行きよりも、ずっと車椅子の扱い方に慣れてきていることを、私たちは大きな手応えとして感じていた。

障害者が一歩外へ出ると、傷つくことがたくさんあり差別も受ける。そんな時はあまりにもつらくて、これ以上どんなに働きかけても社会は変わらない、と諦めそうになることもある。けれど人は、人との出会いによって変わり得るものであり、その可能性を信じていいんだということを、心から感じることのできた瞬間だった。

八月△日

今日もサンサンと太陽が照りつける中、地下鉄の駅の前で署名運動をして来た。帰って来てから鏡で自分の顔を見ていたら思わずのけぞった。「目の横のシミが……。シミがふえてるー！」そうか、確かに日焼け止めクリームもせず、化粧もせず、何時間も外にいたらこうなるだろう。

去年私は「来年は大雪に登りたい」とあちこちでしゃべりまくっていたが、実際登っているのはエベレストの山のような一二一段の地下鉄の階段だった。まっ、いいか、このシミもこの夏私が思いっきり生きた記念だもの。

八月☆日

七月から稚内で在宅を始めたベンチレーター使用者の平間愛さんに会うために、稚内へ行く。友人たちと車で札幌から八時間かけて行ったが、途中、海の景色が美しかった。

愛さんとは、彼女が札幌市内の病人に入院している今年の春に友達になった。愛さんの家へ着くと、ワンピースを着てベッドに横たわった彼女が「ようこそ」とパソコンを使って迎えてくれた。病院の生活と違って、そこには優しく温かな愛さんの時間が流れていることを感じて、私は感激していた。

雨の一日（二〇〇四年六月七日）

雨の日が好きだ。幼いころから施設や病院で育った私は、いつも窓から降る雨を見ては、「この温室の世界から抜け出して、雨にぬれながら生きてみたい」と強く願っていた。

そんな私が地域で暮らすようになって一四年。雨の日の小さな思い出も、心の引き出しの中にずいぶんと増えた。

交差点を寝台式車いすで渡ろうとしていて小雨が落ちてきたとき、見知らぬ女性が傘を差し掛け、私の行き先までついてきてくれたこと。旅先でスコールに遭い、見知らぬ街の喫茶店で地図を片手に温かいココアを飲みながら、空が明るくなるのを待ったこと。雨の日の思い出が多いのは、結局、私が「雨女」だからということなのかもしれない。

先日、仕事で小樽へ行った。用を済ませた後、ぜひ寄ってみたいと思っていたケーキ屋へ足を運んだ。

このお店は入り口に段差がなく、私が使っている寝台式車いすのままでもエレベーターに乗れる。店内も広く、ゆったりとしている。何より、車いす用のお手洗いがちゃんとあるのがうれしかった。どこへ行ってもすぐにバリアフリーチェックをしてしまう私は「うん、合格」と心の中でつぶやく。車いす用のお手洗いがあれば、大好きな紅茶を心置きなく飲めるからだ。

この日の小樽も雨だった。街全体がグレーの空に包まれ、平日のせいか、とても静かだ。クラシックの音楽が流れる店内でケーキと紅茶を頼む。一緒に行った車いすの友人も、「すてきな店ね」と満足そうだ。二人で「まるでバイキングだね」と笑いながら、ケーキを三つも四つも注文してしまった。

大きなかばんに荷物をいっぱい詰めて出かける旅もいいけれど、こんな半日だけの雨の日の出来事も「小さな旅」と呼びたい。そんなことを思いながら、少しだけ雨にぬれて小樽の街を後にした。

（『北海道新聞』夕刊）

雪が降る音が聞こえるよう（二〇〇五年一月二十七日）

寝台式車イスで生活する私の「冬の楽しみってなぁに?」と考える。友達とワイワイ鍋パーティー、あったかな部屋でぬくぬくココアでも飲みながら読書。お鍋をコトコトいわせて、シチューや大根の煮物なんかを作って「冬はやっぱり煮込み料理だねー」なんてつぶやいて食べる。

なんだかお家の中の楽しみばかり書いてしまったけれど、外の楽しみももちろんある。お気に入りのその場所は、まきストーブが赤々と燃え、大きな窓からは白をまとった大雪の山々が見えて、私のように寝台式車イスに乗っていても外の風景が一枚の絵のように見える。

もう何度この宿をこの季節に訪れただろう。冬景色につつまれた丘の町美瑛。美瑛にはバリアフリーの「とうもろう」という民宿がある。ログハウス風のステキな建物の中、車イス用トイレもあり、室内は段差というものがまったく無い。車イス使用者にとっては、とても居心地のいい造りとなっている。

春、夏、秋、冬、どの季節の美瑛を訪れても四季の美しさがあふれているけれど、私が一番好きなのは冬である。美しい雪が一面に広がる丘を車で巡り、景色のいい所では車を降り、車イスで雪道をキユキユッと踏みしめ白い息を吐く。

ふと見ると、白いキャンバスの上、私の車イスのタイヤの跡の隣にキツネの足跡や鳥の足跡が描かれている。鳥の足跡も私の車イスの跡も生きてる証し。空からはキラキラ粉雪が舞っていて、あまりの静けさに、私は一緒に旅をしている友人に「雪が降ってくる音が今にも聞こえるようだね」と言ってしまう。

車イスだからといって、冬の間家に閉じこもるなんてもったいない。

ドアを開けば、そこには心ふるえる出来事や風景が出会いを待っている。

（『北海道新聞』夕刊）

ペディキュアを塗りながら（二〇〇五年八月一日）

暑い暑い大阪へ行って来た。ドキドキ、わくわくしながら生まれて初めての経験をするために。

メークさんと呼ばれる方にお化粧をしてもらい、たくさんのカメラやライトに囲まれて福祉番組の収録を行ってきた。私の生い立ちや、自立生活運動とのかかわり、今の生活の様子などを取り上げていただき、スタジオでお話をさせてもらったが、頭の中はまっ白で何をしゃべったか覚えていないくらい緊張した。

カメラが回ってるときのことは無我夢中であまり記憶にないが、撮影の合間に司会の方が、私にしてくれたお話がおもしろかった。彼は外国人で、青い目に金髪、背が高くユーモアにあふれている。

当日、私は足の指に真っ赤なペディキュアを塗ってその上に薄いストッキングをはいていた。彼と会った瞬間、すかさず流ちょうな日本語で「アメリカの寝台式車いすに乗っている女性たちも、みんな足にペディキュアをして生足です。きっと佐藤さんもペディキュアをしてくると思っていました。同じですねー」と、笑顔で言われた。

寝台式車いすに乗っていると、くつをはいたりしないので、夏はペディキュアを塗ったり、足首にアンクレットをしたりしておしゃれを楽しんでいた。「そうかあ、アメリカの女性たちもペディキュアをしてるんだ」と思うとなんだかうれしくて。おしゃれをする心の余裕を持っていたいといつも思う。

それは、ブランドバッグを持ったりすることではなくて自分らしいおしゃれをすること。ちなみに彼に言わせると「冬はど派手なかわいらしい靴下をはいて、足を目立たせてます」とのこと。

障害を隠そうとするのではなく、チャームポイントにしてしまう遠い国の彼女たちに共感しながら、私は今日もせっせと足にペディキュアを塗っている。


（『北海道新聞』夕刊）

魔法の車いす（二〇〇四年十一月十八日）

私が寝台式電動車いすに乗ってよく出かけるのは、本屋さんに雑貨屋さん、そして時々は映画館である。

先日、いつものお気に入りの雑貨屋さんへ行ったときのこと。「キレイなグラスだなあ」とガラスのコップを手にしながらうっとりと眺めていたら、私の横で別の食器を見ていた見知らぬ女性がしみじみとこちらを見て、「すてきですねぇ」と言った。

「エッ、そんなぁ……。私なんてそれほどでも……。やだぁ……」と心の中でつぶやいてモジモジしていたら、その女性はさらに続けて、「車いすに真っ赤なクッションなんて、すてきです」と笑顔で言った。「えっ? クッション? あっ、私の使っているクッション? そっかぁ……」と、自分の勘違いに自分で恥ずかしくなりながら「ありがとうございます」とクッションをほめてくれた彼女にお礼を言って、その場をそそくさと去った。

三歳になったばかりの娘は、介助者二人がベッドから私を抱えて、「よっこらしょっ」と車いすに寝転がせてくれる姿を見ては、「ママ、車いす気持ちいい?」と聞く。「うん、ふっかふかで気持ちがいーい」と私。オーダーメイドで作られた愛用の車いすを使ってからもう十年。この車いすのおかげで、私の歩く世界は限りなく広がった。そして人生の景色も。

人ごみをかきわけながら、週末は娘を連れてよく買い物へ出かける。「ママ、もっともっとスピード出して」と、私が乗っている車いすの足もとに、娘もちょこんと座りながらはしゃいでいる。どうやら彼女にとっての車いすとは、遊園地の乗り物か、またはふかふかで気持ちがよくて自由に動く、魔法のソファに見えるらしい。

(『北海道新聞』夕刊)

一枚の絵を描くように(二〇〇五年九月二十一日)

寝台式電動車いすで街を歩けば、たくさんの人がこちらを見て振り返る。私の姿が見えなくなるまで立ちつくし眺める人、積んでいる呼吸器から目が離せなくなったという感じの人。

先日、髪の毛がツンツン立ってアクセサリーをジャラジャラ付けたお兄さんとすれ違った。彼が「エッ!?」と驚いた顔で私を見た。そんな時私は「お兄さんもけっこう目立つけど、私も負けてないでしょ」と心の中でクスリと笑う。

いつも行く回転すし店は、本当によく混んでいて一時間待ちなんてまだ序の口。でも、おいしいおすしが食べたくて、待ち続ける。ふっとお手洗いに行きたくなり、狭い通路をそっと歩く。緊張するのよねェ、他の人にぶつからないように、手鏡を見ながら慎重に運転する。

すると、ズラッと並んでいた二十人近くのお客さんたちがみんな、こちらを見て一斉に「うまーい」と口をそろえて拍手している。一瞬何が起こったか分からなかったが、どうやら私の車いすの操作に拍手を送ってくれているみたい。恥ずかしいが、うれしかった。

「目立つ」ということに最近ますます磨きがかかってきている私。それは娘と歩くようになってから。うどん屋さんで娘とメニューを見ていると彼女が「ママー」と私を呼ぶと、周りの人たちの食べている手が一斉に止まり、皆こっちを見る。こんなに障害の重い人がママだって？　どうして？　という顔で見ている。

それから一分くらい見つめられた後、人はまたうどんを食べ始め、おしゃべりに夢中になる。私はこんな瞬間がたまらなく好きだ。社会には障害をもった人々が生きているという事実を、多くの人が知らず知らずのうちに受け止めている、そんな瞬間が。

障害をもつ私と、もたない人たちとが混ざり合って生きる、一枚の絵を描くように地域で暮らしたいと思う。

緑豊かなこの季節。喜びも苦しみもひっくるめて、生きていることのまぶしさを、瞬きもせずに、私は見つめて過ごしたい。

（『北海道新聞』夕刊）

車いすで街を歩けば（二〇〇六年八月十七日）

寝台式車いすで街を歩くと、見知らぬ人から声をかけられる機会が多い。「何かお手伝いしますか？」「車いすを押しますか？」などと言ってくださる方もいて、「いいえ私の車いすは電動なので自分で動けるんです」。「エッ？　それは便利ですねー」となる。そんな時は「ありがとう」と笑顔を交わしお別れする。

先日はこんなこともあった。二十年近く聴き続けているアーティストのコンサート会場での帰り際のこと。友人と「よかったねー、やっぱり生で聴くと感激しちゃった」と話しながら歩いていると、「もう何年もいつも来られていますよね。以前お見かけしなかったので、どうされたのかと心配していました」と面識のない女性から声をかけられた。

すれ違い程度のほんの短い会話だけれど、同じ会場で同じ時間と感動を共にした者同士、心と心が握手するような気持ちで話が弾む。サングラスをかけようが、髪を染めようがどんなに変装しても目立つのが車いすだろう。

特に私の車いすは、歩くベッドというくらいユニークな形をしている。日曜の混んだデパートなどを歩くと「ママあれ何?」「どうしてこの人こんなのに乗っているの?」「歩けないの?」。子どもたちの目はパチクリと見開かれたまま。

そんな時、ちゃんと本当の事を伝えられる大人が少なくて残念に思うことがある。「あれなあに」と指さしている子に「いいからあぶないよ!」と、ペシッと頭をたたかれてる子どもが泣きべそをかいたりすると、私は心の中で「ごめんね」とその小さな子に謝る。

ステキだなと思ったのは、「歩けない人が乗る物なんだよ。足の代わりになるとっても大事なもの」と、すれ違いに説明していた若いお母さん。車いすを見かけたとき、まっすぐに本当のことを上手に話せる人が増えたらもっと社会は豊かになるだろう。

(『北海道新聞』夕刊)

アンコールを味わう(二〇〇六年二月二十一日)

私はかれこれ二十年以上も聞きほれ、慕い、愛してやまないアーティストがいる。

その名は中島みゆき。十代のころは、彼女の恋の歌にバケツ何杯分の涙を流したろう。二十代のときは、「ファイト」や「世情」など、社会の中の変わらぬ大きな力に対し声を上げることの大切さを歌った詩に、胸を熱くした。彼女の歌はどんなときも私に温かなタオルを差し出し「泣いていいんだよ」と言ってくれているように感じる。

コンサートへはもう何回行ったろう。入院していたころは夜八時までに戻らなければならず、それでも「一時間でもいいから」と外出許可を取り、チケットを握りしめて会場へ行った。そんな自分が懐かしい。今はもう時間を気にしなくていい。彼女の歌声に酔いしれて帰るその場所は、病院ではなく、私が私らしく暮らす温かな家だ。

何年前になるだろう。いつも以上にその日は心に残るコンサートだった。どんなアーティストのコンサートもそうなのだが、アンコールになるとみんな総立ちになるため、車いすの私の目の前は人、人、人しか見えなくなる。それまでは一曲一曲かみしめるように心も体も耳にして歌の世界を漂っていた私が、アンコールになった途端に目が覚めるのだ。「どうか誰も立ちませんように」との願いもむなしく、たくさんの拍手が鳴り響く中、私の夢の時間はそこで途切れる……。

けれどその日だけは、私の目の前の人たちだけ誰一人立とうとせず、私は初めてアンコールの場面を最後まで味わった。それが車いすに乗っている自分に対する配慮だったのか、今でも分からない。けれどもその光景は、コンサートホールという深くて暗い海の中で、人と人の心の結びつきにスポットライトが照らされているように私には見えたのだった。

（『北海道新聞』夕刊）

街を歩けば（二〇〇六年八月十七日）

数年に一度くらい訪れる近所の眼科は、入り口に五センチほどの段差がある。車いすで通うにはちょっと不便だなぁと思いながらも、受付の方たちが感じよく手伝ってくれるのと、なんといっても女医さんが親切なので結局そこへ行ってしまう。

一方、街の中にある完全バリアフリーのおしゃれなワインレストランは、広くてテーブルやいすを動かすことができ、車いすには利用しやすいはずなのに、店の人はとても無愛想で不親切だ。すてきなろうそくが置かれたテーブルがあったので、「この席でもいいですか？」と聞く私たちに、ずっと奥の、隅っこでなければダメだと言って譲らない。私と友人以外のお客さんは誰もいないのに、である。

ランチタイムのレストランでは、寝台式車いすに乗っている私は入店拒否に遭うことがたまにある。空席があるのに「混む時間帯なので後で来てくれ」とか、迷惑そうな顔で「うちの店には入れない」とか言って断られる。

そんな時、私は水戸黄門の印籠よろしく「店長さんと話をさせてください！」と言って掛け合う。車いすでも客の一人なのだから、できるだけ、もっと誠意のある対応をしてほしいと。大体、店長さんというのは、そこで臨機応変な対応をするものなのだが、そのワインレストランでは、ダメと突っぱねる彼が「私が店長です！」と言い、ガクッと来た。こういう場合は、もういくら話をしても、らちがあかない。お互いの意見がいつまでも平行線のときは、私も疲れてきて、そそくさと店を後にする。

建物がどんなに立派なバリアフリーになっても、そこで働く人々の意識が変わらない限り、私たちはいつまでも地域で安心して暮らすことはできないだろう。バリアフリーじゃない所の方が行きやすくてお店の人もやさしい――。そんな皮肉な社会にならないようにと願いながら、きょうも私は元気に街を歩く。


（『北海道新聞』夕刊）

夢の庭（二〇〇六年十月二十五日）

例えば、札幌駅の通勤帰りの人たちが家路を急いで歩いている風景や、デパ地下でおいしいケーキを手に入れるためにたくさんの人が行列を作っている風景。そんな場所を寝台式車イスで歩くのが大好きだ。

要するに人ごみと言われる所に身を置くことが、私の幸せな瞬間のひとつである。「私は施設じゃなくて、地域で生きているの」と、叫び出したくなる。

幼いころから病院や施設で暮らしてきた私は、寂しさや孤独に囲まれていた自分をそうやって心の中で抱きしめていた。「大丈夫よ、もうあなたは隔離された世界にはいないのだから」と、今でも言ってあげたくなるときがある。

騒がしくて、いろいろな人たちが忙しく行き交う街は、私にとっては夢の庭のようだ。

もう何年も前、あるデパートの地下から地下街へあがる場所が階段だったため、スロープをつけてほしいという要望を車イスの仲間とデパートに寄せたことがあった。

最初は熱心には話を聞いてくれなかったデパートの人が、こちらが何度も何度も通って要望すると、テーブルにつき、話に耳を傾けるようになってくれた。「予算がない」と言っていたが、継続して要望すると、「何とか予算をつけてもらえるように自分たちも上司に掛け合ってみます」という具合になった。

そうして、話し合いを続けて三年目にやっとスロープがついた。デパートの人たちも私たちも一緒になって手を取り合い、目を赤くして「おめでとう」と握手をしたあの日を忘れられない。スロープは車イスだけじゃなく、お年寄りもベビーカーも、いろんな人が笑顔で通る。

社会を自分たちの声で夢の庭へと変える喜び。重い障害をもって生まれた私に、天が与えてくれたかけがえのない仕事だと思っている。


（『北海道新聞』夕刊）

私の春（二〇〇八年五月二十日）

朝、目が覚めてカーテンを開くと、いつもの景色なのに、春がやって来た！　と思うことがある。

車いすを利用している私にとっては、外出日和が増えてきた。花模様のスカートをタンスから引っ張りだし、寝台式車いすとベンチレーターをおともに、目覚めたクマのように（？）街に出没したくなる。

私にとって外出の時に必ず必要なのが車いす用のお手洗いである。頭の中にはいつも車いす用のトイレマップがインプットされている。十年前に比べればずいぶん車いすマークのついたトイレも増えたと思うが、まだまだ言いたいことがある。

ＪＲ札幌駅に近いデパートの地下の多目的トイレは車いすマーク、お年寄りマーク、ベビーカーマークがついている。ここまではいいのだけれど、もうひとつハンガーマークがついている。これは着替えもしていいですよという絵なのだと思うけれど、おかげで困ることが多い。

先客がなかなか出てこない。「どうしよう、我慢できない」と顔がひきつるころ、扉が開いたと思ったら、女子高生が髪をドライヤーでカールし、着替えていたようだ。

もうひとつ、これもいくら待てども中から人が出てこない。しびれを切らしたころ、作業着姿の中年の男性がスッキリ顔で出てきた。トイレに入った途端なんだか複雑なにおいが。何とごみ箱の中には空になったカップラーメンの容器が！　「ここはごはんを食べる場所じゃない！」と叫びそうになった。

車いす用トイレの「そりゃないよォ」事件は、まだまだ続きそうだ。


（『北海道新聞』夕刊）

小さなうつわやさん（二〇〇九年十一月十三日）

私がよく訪れるとても好きな場所に「厚田」という町がある。初夏にはまるでゴッホの絵のような小麦色の丘が目の前に現れ、秋は海をバックにたくさんのすすきが風に揺れ、それは『ごんぎつね』の絵本のページのように美しい風景だ。

せっせと厚田へ通っている中で、私はステキな出会いを持つことができた。古い民家を手作りで改装し、中では厚田の土を使って焼かれた温かな器が並べられ、店内には優しい女性店長さんが一人お茶を入れてくれる。海のそばにある店の名前は「小さなうつわやありすカフェ」。

もう何年前になるだろう。いつも前を通っては「ステキなお店だなぁ」と思いつつ、入る勇気が持てずにいた。寝台式車イスの私は新しいお店に入る時はとても緊張する。お店のドアを開けたその先は段差があるかもしれない、怖い店員さんが出てきたらどうしようと不安が心をよぎる。

けれどある日ささやかな好奇心と「器」好きの気持ちに背中を押され、とうとう車イスの友人とありすカフェのドアをたたいた。緊張した私たちの心をよそに、予想外のとびきりの笑顔で店長さんが「バリアフリーじゃなくてごめんなさいね」と言いながらウエルカムしてくれたのだ。あの日から私は彼女が作る器のファンになり、その生き方を尊敬し、今ではいつも元気をもらっている。そして目を閉じると、心の中には厚田のあの海の青さと広がりが私を励ましてくれるのだ。

ほんの少しの好奇心と自分の中にある「好き」を追いかける気持ちが、こんなにも出会いを豊かにしてくれる。

（『北海道新聞』夕刊）

春の日曜日（二〇一一年六月十四日）

たくさんの花が咲き、太陽が「おいでよ！」と手招きしているような日曜の午後。大好きな花柄のスカートをはいて散歩に出かける。淡いイエロー、薄いグリーンに優しいピンク。街の中はパレットをひっくり返したように色であふれてにぎやかだ。

寝台式車イスに呼吸器を積み、外を歩くと、見知らぬ人からよく声を掛けられる。一瞬の出会いだけれど、映画の一場面のようにいつまでも心に残ることがある。

先日もエレベーターの中で、小さな男の子が私を指さして「ママ、この人どうしたの？」と言ってきた。慌てるお母さんを横目に、私が「あのね、歩けないから車イスに乗っているの。電動で動く車イスなんだよ。カッコいいでしょ。乗ってみたい？」と言うと、男の子の目が輝き、「楽しそう！　乗ってみたい！」と笑顔になった。エレベーターを降りるとき、「バイバイ、またね」と言うと、お母さんと一緒にニッコリ手を振り返してくれた。

小さな子が初めて障害をもつ人と触れ合う瞬間を、大切にしたいと思う。車イスに乗った人たちは不幸でかわいそうなのではなく、「楽しそう！」な乗り物に乗っているということを素直に知ってほしいと。

さっき出会った男の子の言葉が、私の人生をより豊かに、より深くしてくれる。暖かな日曜の午後、私は色であふれる街の中へと、電動車イスで歩き始めた。

（『北海道新聞』夕刊）

ホームコンサート（二〇一二年一月二十六日）

ちょうど去年の今頃、寒いこの季節にあたたかでうれしい招待状が届いた。長年の友人が「自宅でホームコンサートを開きます。車イスの方々をお誘いの上、ぜひ遊びに来て下さい」と声をかけてくれたのだ。

早速、車イスの仲間たちを誘って、期待に胸を膨らませ出かけた。おしゃれでバリアフリーなその家の持ち主は「自分たちの老後を考えた家を建て、そしてそこに車イスの人を招くのが夢だった」と語ってくれた。

チャランゴにケーナ、遠いアンデスの国の楽器と歌を楽しませてもらった。演奏も素晴らしかったが、何よりも印象的だったのは、若い彼らが自分たちもいつかは障害をもつだろうと考えて暮らしていることに私は胸が熱くなった。

寝台式車イスを使う私は、なかなか友人の家へ遊びに行く機会がない。食事会やお茶会もわが家でということになる。けれど、わが家の段差のないスロープがついた玄関に入ると、皆口々に「私たちも将来を考えなくちゃね。車イスで生活するって、決して人ごとじゃない」と言ってくれる。

長い人生の中で障害をもたない人などいるのだろうか。ある日突然病気になったり、事故に遭ったりもするだろう。障害や加齢というものをオバケのように恐怖をもって受け止めるのではなく、新しい友人を自分の中に迎えるように、共に生きていけたらどんなに豊かだろうといつも思う。

（『北海道新聞』夕刊）

ホタル（二〇一二年八月十二日）

いつかは、本物のホタルを見たいと心に願ってからもうどれくらいになるだろう。

そう、暗闇の中、光をまといながら飛び交うホタルを一目でいいから見てみたいと、誰かに恋するように、夏が巡ってくるたびに思い続けてきた。けれど、寒さが厳しい土地にホタルは育たないと聞いたことがある。

そんなある日、家から近くの公園でホタルが飛ぶようになってきているという情報を友人が教えてくれた。しかし……、自然が豊かであればあるほど、車いすで行くのが困難な場所が多く、車いすはアウトドアには向いていないんだよね、とため息をついたことも数知れず。

それでもホタルに会いたい一心で、公園に行った。そして、すっかり日も落ち、いくつかの光が舞い始めた。

「ホタルだ!」。感激でいっぱいの私の隣にいた小さな男の子が、手のひらにホタルを載せている。お母さんらしき女性が「見せてあげてね」と言うと、笑顔で私に手のひらを向けてくれた。近くにいた見しらぬ男性も「車いすの押し手にも止まっていますよ」と教えてくれた。

見知らぬ他人同士が同じ風景を見て、みんなで共に感動し合ったあの瞬間。共に生きるってそんなに難しいことじゃない。障害があってもなくても、お互いの「違い」を温かなまなざしで見つめ合えたなら、もっと社会は生きやすくなるだろう。

ホタルの小さな小さな光が、人々の優しさ照らしてくれた。


(『北海道新聞』夕刊)

第四章　私の子育て

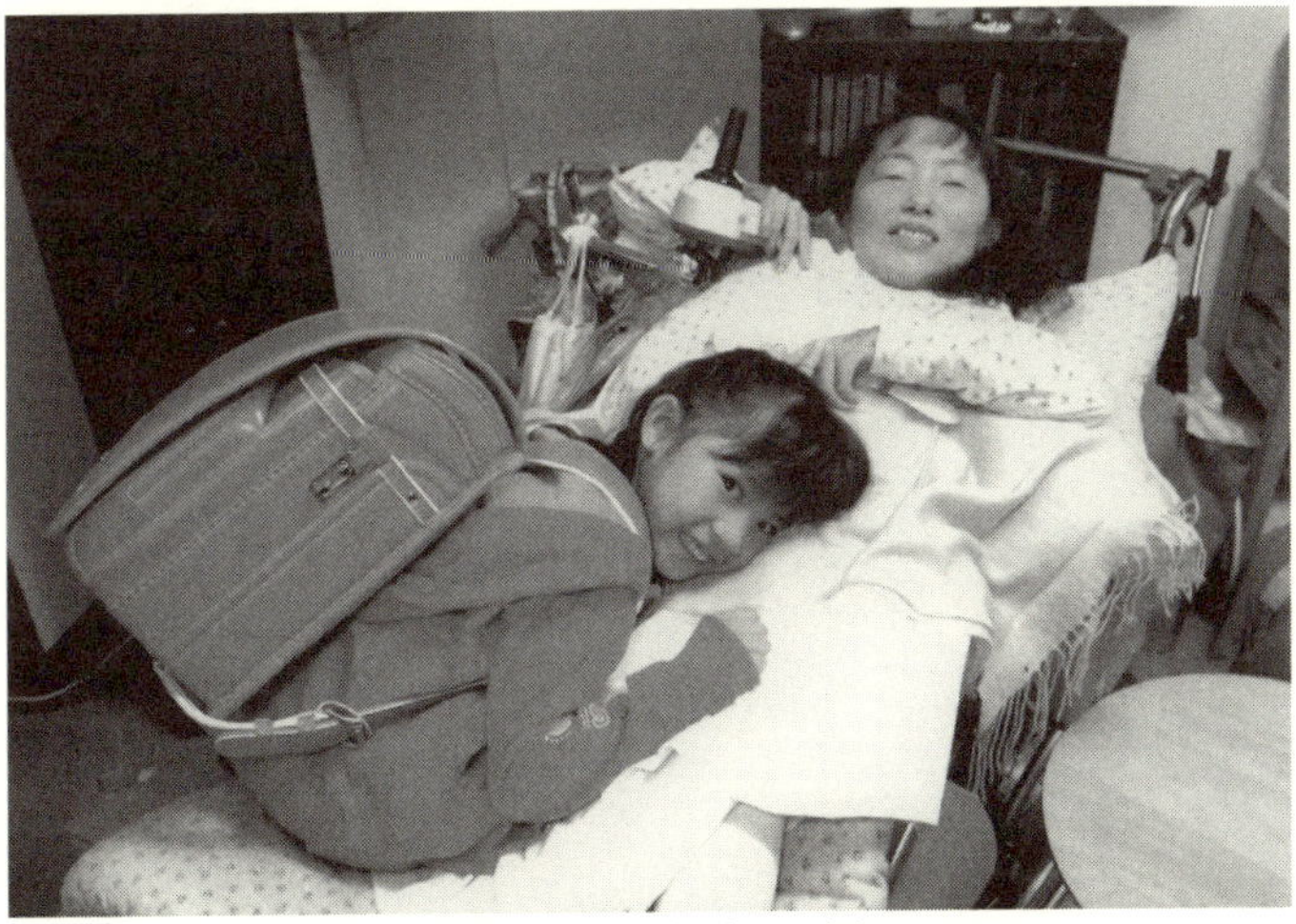

森香、小学校入学（2007年）

縁の糸をたぐりよせ（二〇〇九年五月十五日）

生まれつき障害をもち、子どものころから施設で暮らした私が、崖から飛び降りるような気持ちでベンチレーター（人工呼吸器）をつけて地域に出てきた当時、制度はほとんどなにもない時代で、ヘルパーの派遣は週に二回だけ。一回の滞在時間は二時間のみ。着替え、食事、排泄とすべてに介助が必要な私にとっての一人暮らしは過酷以外の何ものでもなかった。毎日ボランティア探しに追われ、気がつけば疲れと緊張で障害は進行しどんどん重度化していく。それでも「自由」を手に入れた喜びと「自分らしく生きられる」ことの幸せで、私の心は満たされていた。仲間を見つけ障害者運動にありったけの力を注ぎ、恋をし、旅をし、大好きな映画を見て、三日でいいから自分らしく生きたいと願ったこの生活も気が付けば二〇年の月日が流れていた。

そんな私にかけがえのない贈り物が届いたのは二〇〇二年の秋のことである。友人がフィリピンの生まれたばかりの女の子を養女として引き取らないかと紹介してくれたのだ。不安はあったけれど私はパートナーと相談し、一緒に子育てを始めることにした。育児書とにらめっこし、ヘルパーに指示を出しながらミルクを作り、オムツを替え、無我夢中の日々が過ぎていった。

手も足も首も動かせない、動くのは頭と口だけという重度の障害をもつ自分が子育てをするというチャンスに恵まれたのは、奇跡以外の何ものでもない。

けれどつらいこともたくさんたくさんあった。この手で娘を抱っこしてあげられないこと、髪を洗ってあげられないこと、服を着せてあげられないこと、分かりきっていた事実がもどかしくてもどかしくて、泣いてばかりいたあの頃。そんな私の子育ても七回目の春を迎える。たくさんの人に支えられ、私らしい子育てのあり方を探し続けた七年間だった。七歳の娘は元気いっぱい地域の学校へ通い、今日も私のそばで「ママ、おかわり！」と大好きな納豆ごはんをもりもり食べて笑っている。

娘の名前は「森香《もりか》」。森の中でにおい立つ緑の木々のように真っすぐに真っすぐに空へと向かう。自由にのびのびと枝を伸ばし、自分の人生を切り開いていく、そんな想いを込めた。

フィリピンで生まれ日本で生きることになった小さな女の子は、縁《えにし》という糸をたぐり寄せ、海を越えて私の元へとやってきてくれた。

（『ふぇみん』婦人民主クラブ）

宝のリボンをほどく（二〇〇九年六月十五日）

フィリピンから生まれたばかりの子どもを引き取ると周囲に話したときは、誰もが戸惑いと心配の目を私に向けた。「手も足も動かないあなたが子育てを？」そんな声がどこからか聞こえそうな気配さえした。

私が一番に危惧していたのは母の反応だった。障害をもつ子を産み、子育ての苦労を誰よりも味わってきた彼女が私の想いを理解するなんて、無理なこととしか思えなかった。

けれど、母は違った。「誰のものでもない一度しかない人生なんだから、思うように生きなさい」と一言、言ってくれたのだ。あの時の言葉を私は一生忘れないだろう。そして、笑いながらこうも言った。「あなたに子育てをしないかなんて話を持ちかけたその人もすごい人だねぇ」と。

私が子どもを育てるなんてきっと母の想像を超えた出来事だったのだろう。

娘・森香との出逢いの糸を結んでくれたのは、長年の友人の安積遊歩《あさかゆうほ》。彼女も骨形成不全という障害をもち、同じ障害をもつ、宇宙《うみ》ちゃんという女の子を生み育てている。「一緒に子育てする仲間が欲しかったのよ」と、だいぶ後になって遊歩はいたずらした天使のように私に笑った。

娘がやってくることを私は夢のような気持ちでひたすら待った。育児書とにらめっこし、サイズもまだわからないのに子ども服売り場をウロウロし、いったい紙オムツやミルクとはどれくらいの値段がするのだろうと、スーパーのはしごをして研究したりもした。

時々よぎる不安を口にしたのは一度だけ。「顔も知らない子を引き取るなんて無謀なことなのかなぁ」とパートナーに言った。すると彼は「どんな子だって生まれてくるまでは、顔を見ることもできないんだから」と言って笑っていた。そうだ、その通りだ。天からの贈り物であり今授かろうとしている宝物は、箱を開けリボンをほどくその日まで中は分からなくてもいい、心からそう願った。

娘と初めて会ったのは東京のホテルで。くりくり大きなお目々にくるくるカールの髪。まるでキューピーさんのような女の子を、私はただただぼんやりと見つめていた。

夢から覚めたのは札幌への帰りの飛行機に搭乗する瞬間。客室乗務員の女性が傍でパートナーに抱っこされた娘を見て「うわぁ、かわいいお子さんですね、お母さま、赤ちゃんはおいくつですか?」と私の隣にいる介助者に声をかけ始めた。そうなんだ、ベンチレーターをつけ重度の障害をもつ私が、親に見られることなんてこの社会ではありえないことなんだと、私は突然突き付けられた現実に苦笑いするしかなかった。

（『ふぇみん』婦人民主クラブ）

心で抱きしめて（二〇〇九年七月十五日）

娘の森香が生まれた国・フィリピンは海がとても美しい村だ。南の暖かな国から、いきなり寒い風が吹きつける北国へやって来て、環境の変化と疲れのためか、三日後には熱を出し、肺炎で入院してしまった。泣きやまない娘を目の前に、私は途方に暮れた。

病院へ連れて行くと、私が親に見られることはなく、小児科のお医者さんや看護師さんたちはけげんな顔で、寝台式車イスに乗りベンチレーターをつけている私を見つめた。「下痢はしていませんか？」「嘔吐やお熱は？」と次々と看護師さんから娘の体調について質問をされ、しっかりしなきゃと半べソ顔で自分を励ましたあの時を懐かしく思い出す。

病院やデパートなどよく娘と外出をした。どこへ行っても「親御さんは？」と聞かれ、小さく「はい」と返事をすると、まるでエイリアンを見たかのような視線を向けられた。今では笑い話にできるけれど、あのころは本当につらかった。

日本にベンチレーターをつけた人たちの自立生活の道を開きたい。子育てをする前の私は障害者の自立生活運動に没頭していた。介助保障の時間を延ばすため、車イスの仲間と市長室に抗議の座り込みをしたり、自立生活センターを立ち上げるために何度も雪祭りの中街頭に立ち、カンパを集めた。飛行機で寝台式車イスのスペース確保のため二人分の席が必要な私は、航空運賃の値下げの要望書を上げるため国会へも行った。

自分の重い障害をあれほど嫌っていた私が、施設を出て自立生活を送る中で自分らしい人生を歩むことができ、いつの間にか自分の障害を個性と思えていた。

けれど娘がやって来て、私は自分の重い障害に改めて向き合わなければならなかった。どんなに泣いていても娘を抱っこしてあげられないこと、オムツを換えてあげられないことがつらかった。ヨチヨチ歩きのころは、どこへ飛び出して行くかわからない危なっかしい娘を車イスで追いかけることしかできない自分を責めた。障害なんて個性じゃない。だって娘を抱きしめてやれないことは、こんなにつらくて悲しい。そんな思いが日に日に強くなっていった。

障害の重い私が娘にいったい何をしてあげられるのだろう。どんなに育児書を読んでもその答えはどこにも見つけられなかった。


（『ふぇみん』婦人民主クラブ）

同じ障害をもって子育てをしているラッカとの出会い

そんな時期に、私と同じように養子縁組をして海外の子どもをひきとって子育てをしているラッカに私は出会うことができたのだ。アドルフ・D・ラッカは、スウェーデン在住の世界的な自立生活運動のリーダーである。二〇〇四年六月に、ベンチレーター使用者ネットワークで、長年の夢であったベンチレーター使用者のための国際シンポジウムを開催した（第六章参照）。ベンチレーターを使用する当事者を海外から招き、札幌・東京・大阪と全国三都市で開催したのだが、どの会場も多くの議論と熱気に包まれ、全国で千人近い方々に参加していただいた。そのシンポジストに、スウェーデンのパーソナルアシスタンス制度（介助料直接支給制度）を伝えてもらおうと、ラツカを日本に招いたのだ。ラツカが私と同じようにコスタリカの子どもを養子縁組をして子育てをしているなんて、私はラツカが日本に来るまで知るすべもなかった。ラツカに直接会い、子育てをしていることを知ると、機会があれば、同じ障害をもつ親としての悩みを打ち明けたくてうずうずしていたのだ。

ラツカが札幌にやって来て、初日の交流会のときに、私は思い切って打ち明けてみた。私は、「娘が転んで泣いているときや、甘えてすり寄って来たときなど、抱っこしてあげられないのがつらい……」と話すと、彼はニッコリ笑ってこう言ってくれた。「僕の娘は僕の膝に乗って電動車イスで歩くのが大好きだよ。でも、きみよさんの子どもがきみよさんに寄り添って寝台式車イスに寝ながら乗っているのを見て、とてもうらやましがってたよ。私も寝て乗れる車イスが欲しい！　って」。

確かに娘は、私の車イスの足元に座ったり、寝転がるのが大好きで、ときには私の胸のあたりに頭をのっけてスヤスヤと寝息をたてることもあった。

堅いお団子のように絡まっていた私の心の糸は、この彼の言葉でほどけていくようだった。何を悩んでいたのだろう。何をこんなに迷っていたのだろうと。ラツカは障害をもつ自分にしかできない子育てのあり方を、その豊かさと素晴らしさを、まっすぐに私に伝えてくれた。私は、子育ての中で、自分が思うようにいかないことや、できないことの数ばかりかぞえていて、小さな喜びや私にしか感じることのできない幸せに気づき、カウントすることを忘れていたのだ。ラツカとはそれ以外にも子育てや仕事のことなど、いろんなことを語り合うことができた。同じ障害をもつ者同士の体験を分ち合うこと、共有することの大切さを改めて確認することができた出会いだった。

それ以降、私の子育てへの思いは変わったように思う。娘の好きな食べ物を作ってあげたり、歌を歌ってあげたりしたときの喜ぶ姿を見て、私には手足を動かせなくても心は動かせる、彼女を心から愛することができる、これが私の子育ての形なのだと思うようになっていた。

二歳を過ぎた頃、娘はぬいぐるみを相手に吸引の真似をしたり、ベンチレーターにも興味を持ち始めた。小さな頃からベンチレーターをつけているお母さんをもつ彼女にとって、障害やベンチレーターに対する「恐怖」はまったくといっていいほどない。ただただ好奇心のかたまりでそれらを見る。通りすがりの大人や子どもたちが、私の寝台式車イスをみて好奇の目で見たり、危険なものに近寄らないかのように遠巻きによけていく中、今年五歳になる娘は、「抱っこして！」の代わりに、「ママの車イスに乗る！」と言って、私の寝台式電動車イスの足元にちょこんと座る。まるで遊園地の乗り物にでも乗っているみたいに「もっとスピード出して走ってよ！」なんて笑いながら叫んでいるのだ。彼女を見ていると、本当に障害やベンチレーターに対する否定的なイメージは、社会が作り出したオバケのようなものかもしれないとつくづく思う。

幸せはいつもそばに（二〇〇九年九月十五日）

ある晴れた五月の昼下がり。仕事から戻り、ふっと自分がいつも使っているサイドテーブルに目をやると、一本のピンクのチューリップが置かれていた。今朝まで我が家の小さな庭で風に揺れて咲いていたチューリップ。

私はすぐに七歳の娘のいたずらだと思い、夕方公園から帰ってきた娘に「お花を折ったらかわいそうだからもうやらないでね」と話しかけた。その後思ってもいない言葉が返ってきたのだ。「だって、母の日だったから……」と。

おこづかいも何も持っていない娘なりに考えて外の花を選んでくれたのだろう。私は急に胸が一杯になり、涙が出そうなのを必死にこらえて、「そうだったんだー、ありがとう」と言うのが精一杯だった。

「母の日」や、「父の日」なんて性差別の最たるもの。女と男の役割なんてあってはならない！ などと鼻息も荒く言っている私が、この日だけはただただ娘の気持ちが嬉しかった。その優しさが胸にしみた。そして、重度の障害をもつ私にこんな日がやって来るなんて思ってもいなかった遠い日をしみじみと思い出していた。

娘を抱きしめてやれない私は心で抱きしめられる、それは精一杯愛情を注いで育てていくという意味であるのだが、そんなふうに思っていても時々無性につらくなったり、むなしくなったりすることがあった。娘を紹介してくれた安積遊歩という友人にも「遊歩、私もうだめかもしれない！ 子育てなんて私ムリ」と何度か手紙を書いた。けれど手紙は机の引き出しにたまってゆくばかりで、結局は一度も出さずに終わった。

そんな頃だった。私は小さなノートに娘の成長の記録や子育てをしている中でうれしかったことなどを書き留めるようになった。どうしてもつらいことやしんどいことばかりに目が向いてしまいがちな子育て。けれど喜びや笑い、驚きや発見など、私はもしかしたら毎日娘からたくさんのプレゼントをもらっているのかもしれない！　今そばにある小さな幸せを見つめよう、そう、しっかりと二度とない私たちの今という時の煌《きら》めきを。

そんなことを思いながらノートを書き続けた。

「目をぎゅっと閉じてパッと開き、いない、いない、ばあーと私がやると大喜びのモリカ」。「私がトイレをしていると、ヨチヨチ歩きながらティッシュをちぎって差し出してくれたのです」。「今日初めて、私の車イスの足元にモリカを乗せて一緒に外出をしました。空は青く風が気持ちよく、二人で公園のタンポポを摘みました。モリカは私の車イスに乗るのが大好きみたいです」などノートには赤ちゃんのころの娘の笑顔があふれるほどに描かれている。

そう、幸せはこんなにそばにあるということを小さなノートが教えてくれた。

（『ふぇみん』婦人民主クラブ）

学校のやさしい風景（二〇〇九年十月十五日）

この秋（二〇〇九年）八歳になる娘の小学校は、家から歩いて一〇分もかからない場所にある。二年前私も娘もかなり緊張した顔で門をくぐったあの日を懐かしく思い出す。

自分の体より大きな水色のランドセルを背負って、桜の季節がもうすぐというころ娘は一年生になった。入学式が無事終わりホッとしたのもつかの間、一年生の教室は二階にあり、五〇段近くある階段がまるでエベレストのように立ちはだかっているではないか。覚悟はしていたものの、寝台式車イスにベンチレーターを積んでいる私にとって、娘の在学中この階段を六年間上り続けなければいけないのだろうかと思うと気が遠くなりそうだった。もちろん学校にエレベーターなどない。どうして日本の教育現場はこんなにもバリアフリー化が進んでいないのだろうかとため息がもれる。

「さて、二階の教室まで車イスを担いでくれる人たちを集めなきゃね」とパートナーと顔を見合わせたときだった。学校の先生たちがまるでスーパーマンのようにサッと四人も現れてくれたのだ。「どこを持ちますか?」と先生方の声。この時私はそれまで冷たく車イスの人間を拒絶していた学校という大きな建物が、初めて笑顔を見せて私に「ウエルカム」してくれたかのようで涙が出るくらいうれしかったことを覚えている。

そうして私は参観日に運動会、学習発表会と行事があるごとに車イスを担いでもらいながら学校へ通うようになった。車で行く私に、さりげなく駐車場を用意してくれたり、運動会には席を取っておいてもらえたりと学校側の優しさに励まされたりもした。

娘の教室へ車イスの私が入って行くと「あっ森香のママだ!」といって、必ず子どもたちが集まって来てくれる。そして男の子も女の子も目をキラキラさせて私の車イスやベンチレーターに指をさして「これ何?」「これ何?」の質問の嵐が飛び交うのだ。私はそんな瞬間がたまらなくうれしくて「これはねェ、呼吸器っていって自分で息ができない人にポンプみたいに空気を送ってくれるんだよ」と言う。子どもたちは「ポンプなんだって!」と叫んで「じゃあ、これは?」ともう次の興味へと移っている。そんな様子を森香はニコニコしながら見ていて、ちょっと恥ずかしそうに「ママと森香って人気者だね」なんて言っている。

そうなんだ。私は娘の言葉にハッとさせられる。私が街を歩くと大人たちは皆ぼう然と立ちつくし、遠くからオバケを見たかのような目でこちらを見ていることが多い。けれど子どもたちの心はとても柔らかで温かい。人と違うってステキなこと、障害という「個性」はどこまでも私の人生を深め豊かにしてくれる。

障害をもつということを隠したり哀《かな》しんだりすることなく、これからも「人気者」でいようね、森香。

（『ふぇみん』婦人民主クラブ）

ジャムを煮ながら（二〇〇九年十一月十五日）

四〇歳で娘を引き取ったとき、それまで自立生活をしていて本当に良かったと心から思った。自立生活の理念を生活の中で学んでいたからだ。着替えや食事、何もかも自分の手や足を使って自分でやることが大切なのではなく、介助者を上手に使いながら、私らしい色でその日の暮らしに色を付けていく。大切なのは自分で一つひとつの物事を決定し、責任を持つこと。自分で一時間かけて靴下を履くより、もっと人生には大切なことがあると自立生活運動は教えてくれた。

オムツを替えるのも、薬を飲ませるのも、娘に服を着せるのも介助者に指示を出しながらやってきた。手や足が動かなくても、心を一生懸命動かしながら、私は子育てをしてきた。食事を作るのも、メニューを考え野菜の切り方や味付けまで、できるだけ細かく指示を出す。

「チャーハンを作るので、ニンジン、タマネギはみじん切りです。タマネギの量は四分の一位で」などと言う。これを私は、「ボイスクッキング」と呼んでいる。近所の有機野菜のお店へ行き、たっぷりと土の付いたニンジンやジャガイモを手に、「今日は、何を作ろうかなぁ」と考えるのも幸せなひと時だ。

食事はいつもベッドの上でとることが多い。自然と娘も私のベッドの上にお座りし、同じサイドテーブルで食事をする。二人の食事風景はとても賑やかだ。

先日も、こんなことがあった。娘は、よく寝っ転がって食事をする。一口食べてはゴロン、また一口食べてはゴロン。お行儀やしつけなどにはあまり興味のない私だけれど、さすがにある日「喉に物が詰まったりするから危ないよ」と言った。すると娘は、「ママだって寝て食べてるじゃん」と口をとがらせた。そう、座位の取れない私は、少しだけベッドをリクライニングにし、寝ながらご飯を食べる。怒るつもりが思わず二人で笑ってしまった。

赤ちゃんのころは、娘の好きな物を作っても、何をしても娘には届かないとつらくなるときがよくあった。娘は私より直接手をかけてくれるヘルパーさんをよく追っては、泣いていたから。

そんな時よく私は、ジャムを煮た。真っ赤なイチゴがトロトロ溶けていく中に、自分の哀しみや、つらさも溶けてゆくようだった。思い出したかのように、ある日娘が「ママ、またイチゴのジャムを作って」と言った。娘が大きくなるにつれて、あの時のジャム作りのことを忘れていた。私は、とてもビックリし、嬉しさが込み上げてきた。娘は、ジャムのことを覚えていてくれた。まるで迷子になっていたラブレターが彼女の胸にちゃんと届いていたかのような喜びだった。
春がやって来たらまた、ジャムを煮よう。今度は、たっぷりの愛情と愛しさを、イチゴに混ぜて。それが私から娘への心からのラブレターだから。

（『北海道新聞』）

サンタがやってくる（二〇〇九年十二月十五日）

朝日が覚めると街は粉砂糖をふりかけたように真っ白。昨日の景色とは全く違うお菓子の国のような風景が目の前に広がる。雪の季節を何度も迎えているがそれでも胸がときめく。北海道の冬は長い。十一月になると雪が舞い始め、それから、約半年間雪と共に過ごす。

よく「雪の中車イスで歩くのは大変じゃないですか?」と聞かれるが「雪が積もり地面が固まると大丈夫です。逆に春先の雪解けのほうがタイヤが埋まり大変なのです」と言うと、なるほどという感じでうなずいてもらえる。北国の障害者はたくましい。みんな雪の中を電動車イスをビュンビュン飛ばし動き回る。

今年も私と娘の生活にも冬の日々が訪れようとしている。「手袋はしたの？　帽子はかぶってね」。学校へ送り出す前のあわただしいひと時。「ママもう遅れちゃうよ。今日はいい」と急いで出かけて行く娘の背中に「風邪ひいちゃうよー」と大声で叫ぶ。

この頃、娘はサンタさんから何をもらおうかと考えるのに忙しい。「三階建てのお人形のハウスがいいかなぁ」と言うので「エッ、それはちょっと値段が高いと思うけど」と私が言うと、「ママからもらうんじゃないもん、サンタさんは工場で作って持ってくるんだよ」と口をとがらす。

去年のクリスマスの夜、プレゼントを待ちきれない娘は（なぜかわが家に来るサンタは玄関にプレゼントを置いていく）、サンタさんにクッキー入りの皿を置き、お茶の用意をした。「サンタさん食べてくれるかなぁ」とつぶやく娘に「大丈夫、甘いものが好きなんだって」と私が言うと、ニッコリ笑顔でうなずいた。

その後ぐっすり娘が寝た後、私とパートナーの彼は袋からクッキーを取り出し、グラスに入ったお茶をからっぽにした。「ちょっと食べた感じにするために少しくだいた粉を散らしてね」「こんな感じ？」と彼が皿を持ってくる。「うん、いい感じだね」私は娘の喜ぶ顔が楽しみでわくわくした。

次の日の朝、娘の歓声で目が覚めた。「ママー、サンタさんクッキー食べてるよォ！」と。「手紙もあるよ」。それはこっそり彼が書いたサンタさんからの返信だった。「クッキーのお礼が書いてある」と娘は満足そうだ。

娘にはもう一人のお母さんがいることを小さなころから話している。「フィリピンのお母さんといつも側にいるママと、森香は二人もお母さんがいて幸せだねェ」とずっと言ってきた。娘もそれを当たり前のことのように受け止めて暮らしている。子どもにとって自分を愛してくれる人がたくさんいることは幸せなこと……そう信じて教えてきた。

毎年クリスマスには娘のもう一人のフィリピンのお母さんから美しいクリスマスカードが届く。そしてカードには「みんなの幸せを祈っている」と書かれている。私も大切なもう一人のお母さんの幸せを祈ろう。娘と出会わせてくれた奇跡に感謝を込めて。


（『北海道新聞』）

娘のお里帰り（二〇一二年五月二十五日）

　春休み、娘は自分が生まれたフィリピンに、友人に連れられお里帰りをした。一歳で日本へやって来た彼女は、生まれた村を写真集や絵はがきでしか見たことがない。そんな娘に自分のルーツを知ってほしかった。深々とした緑が茂る森の中、果てしないほど美しい海が広がっていること、そしてもう一人のお父さん、お母さんが娘の幸せを願ってくれていることを。

　けれど、スーツケースに荷物を詰めながら、これからこうして大きくなった彼女を見送ることも増えるのだろうと思うと、ちょっぴり切なくて寂しくて涙がこぼれそうだった。子離れ、親離れはもう始まっているのだと感じた。不安や心配は尽きなかったが、彼女には彼女の人生があるのだ、自分で自分の人生の地図を描いていかなければならないのだと、心に言い聞かせた。

　娘が留守にしていた一週間は、あっという間に過ぎた。空港に迎えに行った彼女は、真っ黒に日焼けして元気いっぱいだった。「はい！　ママ、おみやげ」と手渡された小さな包みと娘の笑顔に胸が熱くなった。早速目を輝かせながら、旅の出来事を楽しそうに話してくれた。その時、まだ心がやわらかなうちに行かせて、本当に良かったと心から思った。

　フィリピンで過ごした時間は、これからの彼女の人生を支え励まし続けてくれるだろうか。ふたつの国を生きてゆく娘の人生の地図が、豊かな愛情で描かれることを願いながら、私は温かな娘の手を握りしめた。

（『ふぇみん』婦人民主クラブ）

コラム　こころを記すダイアリー

ようこそ、命（二〇〇七年十月十六日）

もうすぐ六歳になる娘はフィリピンからやって来た。

娘が二歳になろうとする年、彼女を育ててみないかという話が、まるでリボンをかけた贈り物のように私のもとへ届いた。

私は娘が養女であるということをできるだけオープンにしたいと思っている。養女という事実を「いつどんなふうに伝えるの？　不安はないの？」とよく聞かれるが、「アハハ、もう知っているよ」と言って笑うと、周りの人たちはとても驚く。

三歳のときだった。娘は私のおなかをまじまじと見つめ「森香、ママのおなかから生まれたの？」と聞いてきた。いつかそんな日が来るだろうと思っていたけれど、突然の質問にドギマギした。「もう一人のママが森香を産んでくれたんだよ。森香はママが二人いるんだよ。幸せだねェ。森香はいっぱい愛されて生まれてきたんだよ」と言うと、彼女なりに納得したのか「そうなんだぁ」と目をパチクリ。「森香があまりにもかわいくてかわいくて、一緒にいたいと思って引き取ったんだよ」と言うと、彼女は安心してまた遊びに戻っていった。

本当に大切なことは血がつながっている、いないということや、誰のおなかから生まれてきたのかとかそんなことだけじゃないと私は思っている。

大切なのは娘のそばにいつも見守ってくれる温かな愛情があるということ。私の子育ての考えは、それがすべてだと思っている。障害をもって生まれてきた私は、子どものころから手術や入院を繰り返し、自分は生まれてきて良かったのかといつも思っていた。でも、自分の障害を個性と受け止められたとき、世界は輝きだした。彼女もこれからいろいろな悩みを抱える時がくるだろう。

けれど忘れないでほしい。二人のママやたくさんの人たちに愛されて育ったことを。そしてあなたの命を、太陽も花たちも世界中が両手を広げウエルカム！　と言っていることを。

（『北海道新聞』夕刊）

家族（二〇〇七年二月二十七日）

運動会に夏祭り、娘の保育園の行事には、寝台式の車いすで参加するようにしている。

保育園の先生方は私が行くと伝えると、さりげなく駐車場を確保しておいてくださったり、よく見えそうな席をとっておいてくださったりしてくれる。その自然な受け入れ方がとてもうれしい。

娘の成長を心のスケッチブックにしっかりと描きとめておきたいと思いながら、せっせと出向いている。けれど二階で行われる冬の学習発表会だけは、なんだかおっくうで一度も行ったことがなかった。娘も「ママは車いすだから来れないよね」と残念そうに言う。

それが今回は不安もあるが思い切って行ってみることにした。階段も周りの父母の方にお願いすれば、きっとなんとかなるかもしれないと思った。

発表会の朝、娘は「ワーイ、ママも来れるの？」と目を輝かせ、飛び跳ねて喜んだ。

保育園に着いたら、力持ちそうなお父さんたちが快く車いすを担いでくださることになった。中には「慣れていないので、うまくいかないところがあるかもしれません。ごめんなさいね」なんて言ってくださる方もいて、来て良かったと心から思った。

そして、たくさんの人に助けられながら発表会へ行った私の姿を彼女の目に映せたことが、何よりも良かった。これが障害のある私の子育てのあり方だと思った。

始まりのあいさつにわらべ歌、娘は思いっきり笑顔で少し照れながらもこちらへ向けて手を振っている。

「大きくなったもんだ」と思ったら急に涙があふれた。

私たちは血のつながっていない親子だ。けれども、どんな時も、誰よりも「世界で一番の娘の味方」でいてあげようと思いながら必死になって重ねてきた時間が、いつの間にかしっかりと私たちを家族にしてくれていた。

(『北海道新聞』夕刊)

ピンクのサンタ(二〇〇八年十二月十九日)

フィリピンにいる娘のもう一人の「ママ」から、美しいクリスマスカードが届いた。

カードには英語で「みんなの幸せを願っている」と書かれていた。それを見た娘は「モリカにはもうひとりママがいるんだぁ」と笑顔でつぶやきながら、早速色えんぴつを握りしめ、彼女への返事を書いていた。

今春、娘は小学校へ入学した。自分の体より大きなランドセルをしょって「いってきまーす」と家を出る姿に、心配でいっぱいだった私を、昨日のことのように思い出す。

やっと新しい生活にも慣れてきたころ、娘の元気がない。聞くと、いつも通っている児童会館の男の子に彼女が「外国人」と呼ばれていることを知る。いつかはそんな時も来るだろうと覚悟はしていたものの、こんなに早くその時が来るとは考えてもいなかったため、私は大きく動揺した。

「人と違うことは悪いことじゃない、ステキなことなんだよ」。障害をもって生まれ、たくさんの差別を受けてきた私の心からの言葉だ。

もしかしたら、差別という言葉すらまだ知らない小さな子ども同士の無邪気なケンカかもしれない。けれど「嫌なことを言われたら怒っていいからね」と言う私に、娘は心細げにうなずいた。

四歳のとき、彼女はクリスマスにピンクのサンタを描いた。サンタの服は赤と思い込んでいた私にとって、それはそれはステキな絵だった。ねぇモリカ、「差別をする側」よりも「差別を受ける側」から見える心の痛みを大切に抱きしめながら生きていこうね。

もうすぐピンクのサンタがわが家にもやってくる。

(『北海道新聞』夕刊)

やわらかな心(二〇〇九年八月二十五日)

たくさんの子育て仲間の中に、里親をしているすてきな友人がいる。子どもの名前は「たっちゃん」。まあるいお顔に小さなお目々がいつもくるくる動いている三歳の男の子は、好奇心の塊だ。

以前家に遊びに来てくれたときには、私が付けているベンチレーターに目を輝かせ「たっちゃんもこれ付けてみたいなぁ。でも大人になってからだねぇ」とつぶやいた。そうか、たっちゃんにとっては、ベンチレーターも仮面ライダーのマシンのように見えるんだね、なんてステキ！　と私は彼の言葉に感激した。

そういえば、と娘の森香が二歳だったころの出来事を思い出した。なんだか静かにしているなぁと思い、床に座ってなにやらしている彼女をふと見ると、なんとお気に入りのプーさんのぬいぐるみに吸引をするまねをしているではないか！

普段私は一日に何度かチューブを使って自分でたんの吸引をする。そのまねをしていたのだ。私は娘の姿がおかしくて、いとしくて涙が出た。障害のある親をもった娘が、これからどんなふうに私の個性と向き合い受け止め成長していくのだろう、時々ふとそんなことを思う。

人工呼吸器をつけて、ストレッチャー式車いすで動く私を見て、ギョッとして遠巻きに通り過ぎる大人たち。けれど、未来に向かって伸びていく子どもたちの心はやわらかい。障害のある人に対し「かわいそう」や「不幸だ」という誤った偏見がないからだ。

そんな子どもたちの笑顔とやわらかな心が私の人生の宝物だとしみじみ思う。

（『北海道新聞』夕刊）

雪のパソコン（二〇一一年二月十一日）

静かに雪が降る朝、娘は外へ飛び出して家の前で雪遊びを始めた。ほっぺをまっ赤にして、それはそれは楽しそうに、エッサエッサと雪を運んでくる。何やら一生懸命に雪のかたまりを作っている。

聞くとそれは、「パソコン」らしい。「森香のパソコンなの、ステキでしょ」ニコニコ顔で叫んでいる。雪と遊ぶそのことに、こんなに真剣になれるなんて、何ともうらやましい限りだ。「できたよ！　できた！」と、満足そうな声が聞こえた。よっぽどうれしいのだろう、キラキラした目で、こちらに向かって手を振っている。

数時間後、娘の「パソコン」は、雪かきをしたヘルパーさんにあっけなく壊されてしまった。もちろん、ヘルパーさんには少しも悪気はない。その日の夕方、学校から戻った娘は泣きながら部屋に入り、「森香のパソコンが壊れてるう～」とオイオイ泣いた。「そんなに大切なものだったんだ。気がつかずにごめんね」と謝り続けたが、涙はいつまでも止まらない。

娘の宝物だった、雪の「パソコン」。私も子どものころは石ころや鳥の羽、形のきれいな葉っぱなどを集めていたっけ。お金では決して買えない大切な宝物が、私たちの暮らしのそばにはたくさんあふれていることを、娘のやわらかな心が思い出させてくれた。

（『北海道新聞』夕刊）

十円玉の思い出（二〇一一年九月十四日）

何を思ったか、娘が「今日から二階で一人で寝る」と言い出した。タオルケットに枕を抱え、パジャマ姿で階段を上がって行く後ろ姿を見て、「大人になったなあ」とちょっぴり寂しく、そして頼もしく感慨深げに見送った。

三〇分後、階段を下りてくる音。「ママの声がしないと眠れない」と、ドアの前で、普段はやんちゃで元気な娘が泣いていた。その姿を見たとき、自分も母がとても恋しかった少女時代の記憶が心によみがえった。

障害をもって生まれた私は治療と教育を受けるため、九歳のときから家族の許を離れ、山奥の療護施設に二〇年近く入所した。母に会えない寂しさから、消灯後一週間近く私は毎晩布団の中で泣き続けた。

今では考えられないが、ひどいことに私が子どものころの施設は、面会時間が厳しく制限され、家に戻るのも夏休みとお正月の短い期間だけだった。唯一家族とのつながりは十円玉。一週間に一度だけ、十円玉を握りしめ、母に電話をかけることが許されていた。

たったの三分、「あのね……」と言うと涙があふれ、言葉が続かず電話はすぐ切れた。

本当は「早く迎えに来て、お家に帰りたいの……」と、母に言うはずだったのに。

電話を切った後の窓の外には、真っ赤な真っ赤なあかね色の空が私を慰めるように燃えていた。私はあかね色の空を泣きながら見ていた小さな自分と娘を重ね、心でそっと思い出を抱きしめた。

（『北海道新聞』夕刊）

第五章　ベンチレーターと共に旅する

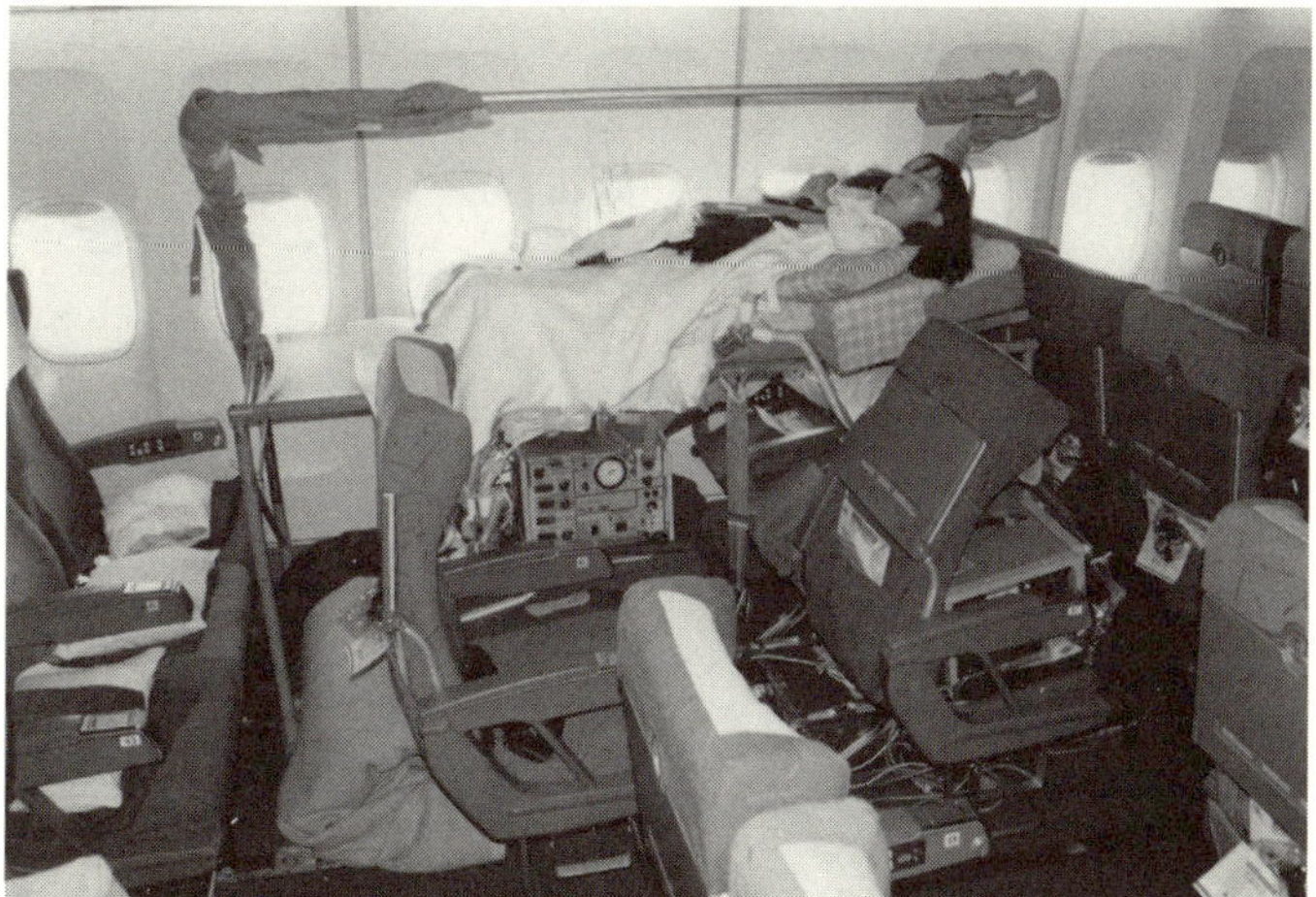

1997年、アメリカ行きの機内

ベンチレーターと共に出歩く旅（一九九四年六月二十五日）

1、小さな旅

私は座位がとれないので、ベッド式の車椅子の下にベンチレーター（人工呼吸器）を積んで歩く。寝たまま歩く（？）ので、かなり目立つし、一般の車椅子よりはサイズも大きい。それでも行動範囲は以前に比べぐんと広がった。

ある映画館へ行ったときのこと。ボーイフレンド二人と一緒に三人で『ジュラシック・パーク』を見に行った。チケットを手にわくわく気分で会場へ入るとき、受付のネクタイをしめた中年の男性が、こちらに近づいてこう言った。「これ（車椅子）から降りれないの？　これじゃあ、邪魔になるなあ。他の人の邪魔にならないように見てもらわないと困る」と言ったのだ。

そこの映画館は市内の中でも唯一階段が少ないということで、車椅子の仲間内では評判がよかったのだ。車椅子はよくても、ベッド式のものとなると別なのだろうか？　係の人の対応はとても気持ちのいいものではなかった。感情がプッツンと切れるとはああいう時のことをいうのだろう。あれほど楽しみにしていた映画も、あと味の悪さしか残らなかった。

障害のない者のためにつくられた社会に、重度な障害者が入っていこうとすると、「邪魔な存在」として切り捨てられてきた。そんな長い長い歴史がかいま見えるような出来事だった。それでもうれしいことが一つだけあった。階段を下りるとき、小学生の女の子を連れた母親らしき女性が「お手伝いしますか?」と手を貸してくれた。ちょうど夏休み期間中で、会場は親子連れでいっぱいだった。車椅子マークがついたエレベーターですら、ベンチレーター使用者のベッド式車椅子には狭過ぎるということが、街を歩いていて時々ある。

やはり私たちが旅や外出をするときに一番大切な駅の段差、エレベーターの広さ、車椅子用トイレのことなどは、もっと障害者自身の声に耳を傾けて作られていくべきだと思う。そうでなければ、車椅子マークがついているのに車椅子が入らないというブラックジョークのような話がますます増えていくだろう。

2、ベンチレーター使用者の空の旅

日常の中の私の旅は、いろいろな人たちとの出会いや、すばらしい時間をもたらしてくれる。まだまだそんなささやかな旅に夢中な私だけれど、いつか空の旅を夢見ている。

アメリカでは、ベンチレーターを使っての空の旅は当たり前のことで、使用者の間ではどの航空会社がどういった対応をし、どんなサービスをしているかなどのリストづくりをしている。例えば、ベンチレーターを座席の足下に置く場所が確保されているかどうか。持ち込むことのできるバッテリーの種類。交流電源や酸素を供給してくれるかどうか。そしてそれらが必要なときの連絡先などが、航空会社名とともに詳しく書かれている。

アメリカ交通局（DOT）では、障害者のための空の旅というブックレットを発行している。八六年にエア・キャリア・アクセス法が改正され、続いて九〇年に障害者差別禁止法（ADA）ができたためである。

日本でも少しずつだが、ベンチレーターをつけている友人たちが飛行機に乗り、旅行を楽しむようになってきた。今年の夏も、五歳の男の子がベンチレーターをつけたまま岐阜から札幌にやって来る。大通公園を一緒に散歩することが、今からとても楽しみだ。

日本でも、ベンチレーター使用者の旅が広がることはうれしいことだが、在宅で生活すること自体にたくさんのエネルギーを必要とするベンチレーター使用者にとって、旅にはまだまだ困難なことが多いのが現実だ。

例えば、座位のとれない私が、空の旅を楽しむ場合の一番の壁となるのは、自分の身長分の座席数を確保しなければならないことだ。その料金は、使用する全席分を支払わなければならず、莫大な金額となる（二〇一六年段階では通常料金の二席分）。一般旅客機には、寝たままの状態でいられるスペースは今のところ作られていない。

また旅の途中や旅先でのベンチレーターの故障に備えて、バックアップはどうするか、緊急時に対応できる医療機関との連携も大きな問題の一つである。

ベッド式車椅子に乗りベンチレーターを使用していても、充分に旅と人生を楽しめることをもっと実現させていきたい。


（『季刊福祉労働』六三号）

ベンチレーターをつけて空の旅（一九九五年七月七日）

1、ベンチレーターは体の一部

ベンチレーターを使いながら飛行機に乗って、旅に出ることになった。生まれて初めての空の旅。わくわく、ドキドキの大冒険の日が、ついにやってきた。

目的は、「輝きながら今を生きるために——人工呼吸器をつけて地域で生きる」という全国集会に参加するためと、私のように座位のとれない障害者の交通・移動について、不便な点を自分自身の目で確かめ、経験したいと思ったことだ。

私は普段、寝台式車椅子にベンチレーターを積んで外出している。飛行機の中でも寝たままの状態で簡易ベッドを利用し、そのために座席九席分を占有する。その内の一席にベンチレーターを積む。従来は、往復で三二万円ほどかかっていたが、今回は「ストレッチャー料金」が新設され、介助者一人を含めて約二二万円となった。

ベンチレーターは私の体の一部であり、視力の弱い人がメガネをかけることと同じだ。座位のとれない障害者も、一般利用者と同じ一人分の料金になり、もっと気軽に旅行を楽しめるようにならないものか、と思いながら新千歳空港へ。

2、平本歩ちゃんとの再会

五月十一日十三時二十五分新千歳発の関西国際空港行きの飛行機で出発。小さな窓の横に簡易ベッドが置かれ、私の席が用意されていたが、一般客と隔てるかのようにつけられていたカーテンは必要ない。

私はいつも周りを見るときには手鏡を使っている。この日も飛行機の窓から、手鏡でふわふわの雲を間近で見たり、雲の隙間から見える小さな家や広がる海を、まるで空飛ぶ魔法使いの気分で楽しんだ。

実際、飛行機の中は揺れも少なく快適だった。関西国際空港に着くと、今回の私の旅をサポートしてくれる平本弘冨美さん（二〇〇六年、逝去）・歩ちゃん家族をはじめ、たくさんの人が出迎えてくれた。歩ちゃん（当時九歳）は、尼崎市でベンチレーターをつけながら普通の小学校に通っている。三年前、北海道旅行に来たときから交流を深めてきた。大きな花束を歩ちゃんから渡され、久しぶりの再会を喜び合った。

ＫＫＲホテルは、大阪城のすぐ近く。大阪市内は緑が濃く、初夏のにおいがするようだ。私が泊まったのは障害者用の部屋で、室内、浴槽、トイレがとても広く車椅子でも使いやすいようになっていた。窓から見える夜景が「ようこそ」というように光り輝いていた。

3、障害者のＱＯＬを話し合う

集会当日は、雨にもかかわらず二五〇人の人たちが集まり、ベンチレーター使用者の在宅医療、教育、自立の問題についての講演や報告などに、熱心に耳を傾けていた。ベンチレーターをつけた子どもたちや障害者の中には、岐阜や徳島から病院の外泊許可を取って参加した人もいた。医療・福祉関係者などの参加も多く、障害者のＱＯＬ（生活の質）への関心の高さがうかがえた。

基調講演では、ピアカウンセラーであり、自身も障害をもつ安積遊歩さんが「重い障害をもっていても、自分を愛して生きよう」「人に助けを求め、支え合いながら生きてゆける人ほど自立している」

とメッセージを送り、会場から大きな共感を呼んでいた。

そして私は、「ベンチレーターはパートナーであり個性。単なる医療機器ではなく、自立のための道具である。この道具を使って豊かな人生を送りたい」と、この五年間の自立生活のレポートをスライドを使って報告した。

平本さんからは、「吸引やベンチレーターの扱いは、医療処置とされているが、歩にとっては日常生活行為である。もっと、簡単な医療的ケアをだれでもできるように、教育の場で認めてほしい」と話した。集会後は、たくさんのベンチレーター使用者との再会を約束して、私は会場をあとにした。

4、温かな思いやりに支えられ

せっかく大阪まで来たのだから観光をと、京都まで足をのばすことにした。私のような寝台式車椅子は、なかなかバスや電車が使えないので事前にリフト車を友人から借り、船で送っておいた。その車で、「哲学の道」や、「嵐山・嵯峨野」などを歩いて回った。途中、車椅子マークがついた市営バスをよくみかけた。京都や大阪では、リフト付きバスが街中で走っている。話には聞いていたが、こんなに数が多いとは驚きだ。札幌でもリフト付き市営バスが走る日を夢見た瞬間だった。

瓦屋根に竹林、優しい京都弁、写真集でしか見たことのなかった風景にひたすら感激した。雨の京都もいい。緑が雨に洗われて鮮やかだ。京都はお豆腐が美味しいと聞いていたので、嵯峨野で「竹村」という豆腐料理専門店へ入った。店の入口は数段の階段で、中は和室で畳の部屋になっている。ＢＧＭはお琴が流れていて、とても京都っぽい。畳なので、車椅子で上がることを一瞬ためらったが、店員の方が快く「おいでやす」と迎えてくれた。そして、なんと畳の上にダンボールの紙を敷いて車椅子でも入れるようにしてくれたのだ。その温かな心遣いは、私に知らない所へ行き、人とふれあうことのできる旅の素晴らしさを教えてくれた。

その後、嵐山や嵯峨野を歩いたが、どこへ行っても見知らぬ人たちが手伝ってくれた。階段や段差のある所では車椅子を持ち上げてくれたり、エレベーターに乗るときはボタンを押して開けておいてもらったり。旅をしながら多くの人の手を借りた。

今までベンチレーター使用者の旅行などは、考えられないこととされていた。けれど、私たちの人生を楽しみたいという熱い思いに限界はない。

これからも私は、ベンチレーターをつけて世界中を旅して歩きたいと思う。旅先で出逢う人たちの温かな手を信じて……。

（『オントナ』）

ベンチレーターをつけて空の旅（一九九六年　東京編）

私たちが住む街札幌に「自立生活センター」を創りたいと、大きな夢を抱えて東京へ行ってきました。出発までにあまり時間がなく、航空会社への予約は二週間前となりました。問題のベンチレーターを使用するための機内電源については、「ギリギリですが準備します」との返答がＪＡＬから入りました。九五年に大阪へ行ったときを想うと、二回目の空の旅のせいか、スムーズに受け入れられた気がします。

それでも、ストレッチャー料金は新千歳―羽田間で一六万円近くかかり、相変わらずの高額な航空運賃にため息がでました。約一週間、新宿の「戸山サンライズ」に宿泊し、たくさんの出会いと、日々新しい発見の連続で、旅の素晴らしさをあらためて実感しました。

八王子の自立生活センター「ヒューマンケア協会」を見学したり、バクバクの会関東支部の方たちと交流も持て、とても楽しいひと時を過ごすことができました。

安田火災美術館ではゴッホの「ひまわり」の絵に感動し、青山の裏参道をサンポして、サンシャインのレストランでは東京の夜景を眺めながら食事をしました。座位のとれない障害者の旅行が「あたりまえのこと」とされる日まで、どんどん出かけて行き、ますます「遊びの達人」になりたいと思いました。

手鏡に映ったアメリカ（一九九七年六月）

1、はじめに

「セントルイスで開かれる国際会議に出席しませんか？」というジョーン〔ジョーン・ヘドリー：ポストポリオの障害をもつ。国際ベンチレーター使用者ネットワーク（IVUN）事務局長〕からの手紙をもらってから出発のこの日まで、資金集めのためマイナスの温度のなか街頭に立ったり、航空会社へ何度も足を運び交渉を重ねたり、ホテルや現地で利用する低床バンを予約したり……と、ほんとうに長い長い道のりだった。

今回、私の旅をサポートしてくれるのは、小林さん、じゅんちゃん、暖子さん、安岡さん、のぶさんの五人である。小林さんはベンチレーターのディーラーの方で、私が使っているPLVやコンパニオンにも詳しい方なので、とても心強い存在。じゅんちゃんは学生で、私のところへケアに入っているメンバーの中では一番長い。その明るさと元気でいつもみんなを笑わせてくれる。暖子さんは私のケアアシスタントになってまだ間もないが、私がアメリカ行きをどうしようか迷っていたときに「きみよさん、一緒に行きましょう！」と言ってくれた。彼女のその一言で私のアメリカ行きの準備はスタートした。ケアに慣れるために一緒に外出をし、車椅子の扱い方を学んだり、体位交換なども何度もやり覚えていってもらった。

友人ののぶさんは、私の飛行機の旅にはいつも同行してくれている。東京に住んでいるが、年に何回か札幌へ来たときに遊んでもらっている。私が会議で発表する原稿を訳してくれたり、通訳を務めてくれた。安岡さんはベンチレーター使用者ネットワークの事務局長。彼がいなければ私はアメリカへ行くんだという強い意志を貫き通せなかったかもしれない。ホテルやレンタカーの予約、航空会社への要望書作り、その他すべてをやってくれた。人は彼を「歩く事務局」と呼ぶ。みんな会社や学校や主婦業を休みボランティアで私の夢を支えてくれた人たちだ。

2、五月二十六日（月）　出発の日、新千歳・関空での見送り

飛行機が好きだ。特に離陸の時、空に浮かんだ瞬間、翼が持てた気がするから。

とうとう出発の日がやってきた。新千歳空港でたくさんの取材を受ける。一生病院の中でしか生きられない……。十代の頃自分でさえそう思っていた私が、パスポートを手にしていた。

機内ではコンパニオンを使用。ストレッチャー席を利用するのは三度目のせいか、JALの方々の対応もずいぶんスムーズになっていた。

見送りにはインターネットのホームページを作ってくれている竹島さん、JTBの伊藤さんの姿も。JTBの伊藤さんは、私のセントルイス行きの担当となり、五月に入ってからは「夜も眠れないくらいです」といいながら、さまざまな手配の窓口になってくれた。

機内に入り、ベンチレーターも無事セッティングされたとき、伊藤さんと目が合った。その時の彼のホッとした顔がとても印象的だった。ああここにも私の旅を祈ってくれていた人がいたんだと思うと胸が熱くなった。

十三時十五分、いよいよ長いフライトの始まりだ……。

飛行機は関西国際空港に到着。バクバクの会の会長の平本さんや〝バクバクっ子〟（人工呼吸器をつけた子のこと）の歩ちゃん、佐藤ゆみえちゃんご家族が見送りに来て下さっていた。束の間の再会を喜び合う。航空会社と航空運賃の問題で交渉を続けているとき、なかなか先が見えなくて疲れきっていた私に、平本さんが電話で「誰かがやらないと道は開けない」と励ましてくれた言葉を思い出す。

離陸から一五時間。もう少しでアメリカだ。特にトラブルもなく、私は飛行機に乗り続けた。

TWAの機内の窓から手鏡で見えたグランドキャニオン。生まれて初めて見る景色に息を飲む。「恐竜が住んでいるみたい！」と思わず叫んでしまった。どこまでも広く大きなアメリカへ、私の翼は向かい続けていた。

セントルイスの街に着いたのはもう真夜中だった。さすがに一八時間近くの飛行機での移動は疲れたが、宿泊先であるホテルマリオットのハンディキャップルームという障害者用の部屋に着いたとたん、疲れも吹きとんだ！　一四階のその部屋は窓からミシシッピー川の橋が見え、夜景がキラキラ輝いていた。さっそくはるばる日本から持って来た愛用のベッドとマットをセッティングする。やっと一息ついた頃、みんなお腹がペコペコであることに気がつく。ルームサービスを取り、お腹いっぱい食べながら私たちは無事セントルイスにたどり着けた乾杯をし、真夜中のパーティをする。

部屋にはジョーンから、大きなバスケットに入った山盛りのフルーツやキャンディのカゴが届けられていた。バスケットについたカードには大きな〝Welcome !〟の文字が……。セントルイスまでやっと来たんだと、胸がいっぱいだった。アメリカのベンチレーター使用者の暮らしをしっかりこの目で見て帰ろう。

3、五月二十七日（火）初めての海外・セントルイス着

午前中、セントルイスでベンチレーターのサポートをしてくれることになっているチャーリー・ホスターさんというRT（Respiratory Therapist：呼吸療法士）と会う。バックアップ用のPLVを一台持ってきてくれる。

バックアップをしてくれるベンチレーターのモードの確認が一番の目的であったが、RTが在宅人工呼吸でどんな役割を果たしているのか、さらにはアメリカのベンチレーター使用者の現状やRTの歴史など、興味深い話をすることができた。

人口五〇万人のセントルイスの在宅ベンチレーター使用者は数千人と言う。「みんな旅行を楽しん

だり、自宅で暮らしている」。「ベンチレーター使用者が希望したことに、私たちは九九％のサポートをするよ」とホスターさんは言う。その言葉に、日本ではまだ始まったばかりのベンチレーター使用者の歴史と、長い歴史をもつアメリカとの違いを感じずにはいられなかった。

午後からは、セントルイスの街へ繰り出そう！　ということに。移動はレンタルした低床バンで、安岡さんと小林さんが運転した。この車、なんと助手席が車椅子スペースになっている。眺めもよくドライブ気分を味わえる。だって、いつも乗っている車はバンの後ろに乗るタイプで、ほんとうにただ運ぶためだけのワゴン車なんだもの。これならセントルイスの街並みを存分に楽しめる。安岡さんと小林さんが迷ったり、逆走したり、ハイウェイをぶっ飛ばしたりと、ハラハラドキドキの連続だった。緑の多い街。それがセントルイスの第一印象だった。

私の旅をする楽しみの一つに、地元のスーパーへ行くというのがある。さっそく市内のスーパーに行き、食料品を調達してきた。知らない果物や野菜に目を丸くし、暖子さんとワックスのボトルに入ったようなピンクや緑色のジュースに驚いた。何もかも量が多くてビッグ！　広いスーパーを探検した私たちは、抱えきれないほどのパンや果物を買い込みホテルへ戻った。

ところで私は英語がまったく話せない。でもスーパーのドアを出るとき、金髪の女性がよけてくれたので勇気を出して「サンキュ」と言ってみた。そうしたらニッコリ笑って「ハーイ」と言ってくれたのだ。これはもうほんとうに嬉しかった。「サンキュー」と「イエス」と「ノー」と「ハロー」。セントルイス滞在中、私はこのわずかな単語で過ごしたのだが、あとはとびきりの笑顔があれば、心は通じることを実感した。

4、五月二十八日（水）　セントルイスの朝

ジョーンとはひょんな場所で偶然会えた。朝出かけるときに乗ったホテルのエレベーターの中で。私たちはやっと会えた喜びに手をつなぎ、感激し合った。ジョーンは会議の準備のために、このホテルへ今日から泊り込んでいた。彼女が私に「この旅行を後悔していない？」と聞いてきたので、私は唯一使える英語で「Ｎｏ！」。後悔していないと、大きな声で返事をした。セントルイスへ来るまでは長い道のりで、しんどいこともたくさんあったが、でも私は後悔はしていなかった。

セントルイスの街で私が何より気に入ったのは緑の多いことだった。特にフォレストパークという公園（セントラルパークより広い）は、何度足を運んでもまわりきれないほど広く、動物園や美術館、博物館などがあちこちにある。この日は動物園を歩く。

この日、印象的だったのは、雨が降ったので近くのベーグル屋さんに入ったことだった。お茶を飲んでひと休みという感じだったのだが、ファーストフードのこんな小さな店内にも広い車椅子用トイレがあることに驚く。ＡＤＡという法律のある国へ、今私は来ているのだとしみじみ思った。

5、五月二十九日（木）　会議後の野球観戦

今日から会議がはじまった。ホテルのロビーで車イスの人をたくさんみかけるようになった。会議に参加する人々だろう。

たくさんの出逢いが毎日のようにあり続けたセントルイスでの日々だったが、その中でも児玉さん

というステキな車イスの友人をつくることができた。彼は九州出身。セントルイスの自立生活センターに一年間研修をしに来ているのだ。この会議に彼も参加していたのだが、一緒に食事をすることができた。私が「地元へ帰ったら東京に出ることは考えているんですか？」と聞くと、彼はニッコリ笑ってこう答えた。「自分が住んでいる街は田舎で、まだまだ障害者が住めるような環境にないので、僕は地元を変えたいと思っているので、九州に帰ります」と。その言葉にとても共感した。そうである。私たちは種をまき、土を耕し、水をやり、作物を育てるように障害者が地域で生きるための社会をつくるのだ。私たち自身の手で、声で。ここにも仲間がいた。

児玉さんは、一時間六ドル程度の時給で一日五時間程アシスタント（介助者）を雇っているとのこと。雇っている介助者は三人。

今日本では、ベンチレーター使用者の自立生活でもっとも大きな問題が、吸引などの医療的ケアをどうするかということ。それをアメリカではどうしているか聞いてみると、児玉さんは、「具体的にベンチレーター使用者の自立生活者は知らないけれども、頸椎損傷者などの導尿カテーテルも雇用したアシスタントがやっているし、契約書に明記した上で雇用者である障害当事者が責任をもっている」と答えてくれた。

実際児玉さんも、日本では医療的ケアと呼ばれ、ヘルパーなどは決してやってはいけないといわれているケアを、自分が指示を出し、介助者がやっていると言う。ケアの内容の決定はすべて障害者自身が行うのだ。その分責任も自分にのしかかってくるのだろう。介助者の能力を見極め、管理をし雇う。私たちが目指しているケアのあり方である。児玉さんとは、今度は日本で会いましょうと言って別れる。

東京大学小児科の榊原さんと合流する。榊原さんは医者で、この会議でベンチレーターを使用する日本の子どもたちについて発表することになっていた。何年か前、セントルイスに住まれていたそうで、「美味しい中華の店を紹介します」と言って「イェンチェン」へ連れていって下さった。期待通りの味でみな大満足。

セントルイスでやってみたいことの中に、初めての野球観戦があった。この旅行中、私は何でも見たりやったりして、あらゆることを自分に吸収してたくさんのおみやげ話を日本に持って帰りたいと思っていた。日本の球場に車椅子用のスペースがあるという話は今まで聞いたことがない。どうやって入るのか、どのように車椅子に乗ったまま観戦が楽しめるのかドキドキワクワクしながら、初めての体験をした。

金髪に青い目で自分たちの野球チームのユニフォームを着た子どもたちや、カップル、ファミリーなどにまじって、チケットを買った。ポップコーンを抱えたり、お目当てのチームの帽子をかぶったり、みんな心から野球を楽しみに集まったという感じだ。

中へ入るとエレベーターに案内されて上へ上がる。大きな球場が目の前に広がる。あるある、車椅子用のスペースが。車椅子に乗ったまま観戦できる広いスペースが用意されていた。すでに何人もの車椅子の人がゲームの始まりを待っていた。

セントルイスの街は、暗くなるのが遅い。夜九時ぐらいにならないと真っ暗にならないので、夕暮れがとても長い。うっすらと赤みを帯びた夕焼けと日差しのまぶしさの中で、私は存分に野球観戦の雰囲気を楽しんだ。

私は特に野球ファンというわけではないが、気が向いたらこんなふうにさりげなくフラッと野球が見にこれるというのはいいなぁ、と思う。何といっても選択できるのがいい。日本では入れる店を必死になって探さなければレジャーを楽しむことはできないから。興奮と熱気に包まれた球場を抜け出して夕暮れのミシシッピー川を散歩する。

ここセントルイスは夜になると人間が一人も歩いていない「コワイ街」だが、うっすらとピンク色の夕日がブルーになり、空が静かに街を包むように暮れていく姿はあまりにも優しくて、もうひとつの顔をしたアメリカがそこにはあった。

6、五月三十日（金）アメリカの様々なベンチレーター使用者

今日は私の発表の日。この日のために私ははるばる日本からやって来たのだ。

私が参加することになっていた分科会では五〇人ほどの障害者、医療・福祉関係者が会場を埋め尽くしていた。驚いたのは私のように重い障害者はいなく、みな障害の軽い人ばかりがベンチレーターを使用していることだった。電動車椅子の後ろに積み、口からくわえている人。歩いている人は夜間だけベンチレーターを使用していると聞き驚いた。障害の軽い人たちが本当に気軽にベンチレーターを使っている。日本のようにベンチレーターは重度の人が死の直前につけるものではないのだ。アメリカでは、例えば、山に携帯用の酸素を持っていくような感覚なのである。

発表が無事終りホッとしていたら、一人の女性が笑顔で近づいてきた。彼女はポリオで夜間だけベ

ンチレーターを使っているという。一五歳の子どもが一人いるという。大学でセラピストをしていたが、今は新聞などの記事を書いているジャーナリストだという。「あなたも社会と闘っているのね。私もよ」と彼女はくったくなく笑った。疲れたときなどは昼間もベンレーターを使用するという。「ベンチレーターを使って体を休ませると、体中の力がみなぎってくれるワ」と話してくれた。

分科会が終りホッとしたところに、ジョーンから明日の全体会議の中でも発表をしてほしいと言われ、明日も会議に出ることになる。日本のベンチレーター使用者の現状への関心がどれほど高いかということを知ることができた。

発表の原稿はセントルイス行き一週間前にやっとできあがり、のぶさんに英訳をしてもらった。私が書き上げるのがあまりにギリギリになってしまったものだから、のぶさんは飛行機の中でもずっと原稿を英訳してくれていた。

7、五月三十一日（土）「私たちは病人でなく障害者」をアメリカでも叫ぶ

今日は昨日よりもっと大きな会場での発表となり緊張する。日本語で私が一言ずつ話し、それをのぶさんに英語で話してもらうというスピーチとなった。

私の話が終ったあと、次に話すことになっていたジャーナリストの女性が、私の今回の航空運賃の改正について、こうコメントしてくれた。「初めは自分のために声を上げたことが一人、二人、百人と、あとに続く人たちの道となる」と。障害者の問題を足元からみつめること、自分たちの暮らしから声を上げてゆくことの大切さをあらためて私は感じた。

スピーチの最後に私は今回の高額すぎる航空運賃についてふれた。「アメリカへくるのに三百万円の運賃が必要だった」と話すと会場内が一気にざわめいた。日本の航空会社と交渉を持ち、多少なりとも改善されたが（それでもまだまだ高すぎる！）ロスから乗ったTWAを変えるには時間がなさすぎた。それにアメリカはADAのある国である。一般利用者の一〇倍以上の料金を払って飛行機に乗るなどという差別はおとぎ話で、とうに改善されているものと思いこんでいた。

何よりもおどろいたのは「ストレッチャー使用者の搭乗予約は、搭乗日の一週間前からしか受け付けない」という規定だった。TWA側の説明によると、「利用者の多くが治療目的で病状次第でキャンセルがあり得るため」だという。しかし、ストレッチャー使用者より一般乗客の予約が優先されているのは明らかだ。つまり出発の一週間前の予約の時点で、もし満席になっていたら、私のセントイス行きは中止になるのだ。

これらのことを会議主催団体のGINIに相談したところ、事務局長のジョーンが現地サイドからTWAに例外として予約を取りつけてくれた。ジョーンは言う。「〝ストレッチャー使用者〟イコール〝病人〟というイメージが、まだまだアメリカにもある。意識改革が必要ね」。

TWAに搭乗したとき担当のチーフパーサーは、「私は一三年間乗務しているけれど、旅行目的のストレッチャー利用者はあなたが二人目。私たちにとってもとても勉強になります」と。「私は病人ではありません。障害者なのです！」ということを、私はアメリカでも叫び続けなければならなかった。

座位のとれない障害者の移動の問題についてはアメリカでもまだ解決はされていないのだ。コラムニストの方が「アメリカはADAができてもまだまだ解決しなければならない問題がたくさんある」

と話していた。

会議が終ったあと、たくさんの人が私のもとへ集まり、話しかけてくれた。ベンチレーターを車イスの後ろに積み、口でマウスピースをくわえながら話す女性は、優しそうなご主人と二人で参加されていた。「私たち二人でアメリカ中を旅行して歩いているのよ」という。子どもは二人でもう成人されたとのこと。毎日家ではパソコンに向かい、看護学生と一緒に暮らしケアアシスタントを雇っているらしい。

会場とは別な部屋ではベンチレーターの展示会や、吸引器などが並べられデモンストレーションが行われていた。

レスピロニクス社ではベンチレーターのPLVシリーズを中心に「鉄の肺（アイロンラング）」も展示していた。エマーソン社では、最新の吸引器「カフマシーン」を展示していた。この吸引器は吸引チューブがいらず急激な吸気の振動により気管内のタンを吸引する。

ひときわ目を引いたのが、ジーンズにスニーカーという女性たちだ。車イスの人たちの質問に答えたり、会場内を走り回って働いてた。RTである。ここでも彼女たちは大活躍のようだ。

金髪に青い目でとてもチャーミングな女性のRTをつかまえて、彼女と少し話してみる。RTになって一三年という。毎月定期的にベンチレーター使用者の家へ訪問しているという。「どんなことをするのか？」と私が質問すると、「機械のフィルターの交換などもあるけれど、シャンプーをしたり、爪の手入れをしたり、時にはシャワーも手伝うわ」とニッコリ笑う。「機械に関する以外のケアもとても大切！」と話した言葉が印象的だった。

ＲＴがベンチレーターのためだけにあるのではなく、利用者の生活そのものをサポートしている姿にとても好感をもった。「この仕事の魅力は？」と尋ねると「たくさんの人との出逢い。個性的な人が大勢いるワ」と目が輝いた。日本にもこういったＲＴがいれば、どれほど在宅への道のりがスムーズになり、安心して暮らせるだろうかと思った。一万五千人はいるというアメリカのベンチレーター使用者。ＲＴの彼女たちが果たしているその役割の大きさを感じずにはいられなかった。

8、六月一日（日）エレベーターもトイレもスロープもなにもかもが広い！

今日はメトロ（地下鉄）に乗ってみよう！　ゆったりとしたスロープ、幅も広く、曲がるときもどこへもぶつからずにカーブが切れる。セントルイス滞在中、ケアアシスタントのじゅんちゃん、暖子さんは「どこへ行っても車イス用トイレもスロープもエレベーターも広くて、本当にケアがしやすい！」と言っていた。障害者にとって使いやすい！　ということはケアするほうも楽なのだということをしみじみ感じる。車イスが壁にぶつかることなくケアができる。

メトロに乗り、ショッピングを楽しみ、夜は念願のジャズの生演奏を聞けるレストラン「タービー」へ連れていってもらう。セントルイスはジャズの街らしく、音楽好きの私にはジャズの生演奏はずっと楽しみにしていたことの一つだった。ここのレストランも車イス用マークの駐車場が何台分もあった。車をとめる場所の心配をしなくてすむのは、外出のストレスが半分なくなる。すっかり私をジャズファンにさせるほどこの日の演奏はステキだった。

9、六月二日（月）アメリカでの病院と在宅事情

セントルイスの滞在も残すところあと二日。

午前中はバーンズ・ジューイッシュという病院を訪問し、午後からはグレッグ・フランゼンさんというベンチレーター使用者の自宅を訪問する。アメリカにはRCU（Respiratory Care Unit）といってベンチレーターをつけた人たちが専門的にケアを受ける病棟がある。日本語でいうと呼吸ケア室とでも呼ぼうか。ベンチレーターに詳しいドクター、看護スタッフ、そしてRTが二四時間交代で勤務する。この病棟のうち八室がRCUとなっていた。

この旅行中悲しい知らせが日本から届いていた。ベンチレーターをつけた知人が病室でベンチレーターの管がはずれてしまい、誰も気付かぬまま亡くなったという知らせだった。またか……、という怒りと哀しみで私の心はいっぱいだった。

日本でのベンチレーター使用者の院内事故は後を絶たない。その数は在宅での事故の何倍にもなる。ベンチレーターの管がはずれて亡くなったり、タンがつまっていたのに誰も気付かず亡くなったなど、病室による事故で私は大切な友人を何人も失っていた。

この日は自然とそういった質問が集中した。「ベンチレーターの管がはずれたとき、機械のアラームだけでは気付かない場合はどうしているのか？」と聞くと、RTの男性が一台の小さな機械を出してきた。これをベンチレーターの回路につけることで、気道のロープレッシャー（低圧力）を感知し、緊急アラームが看護スタッフまで届くことになるという。私自身初めて見るものだった。日本にもあるだろうが、ベンチレーター使用者の安全のために使用している病院は聞いたことがない。これがあ

れば彼も亡くならずにすんだのだと、私は涙があふれそうだった。

吸引についても、ただタンが出るから吸引をするのではなく、タッピング（肺を手の先でたたいたりバイブレーターを使って刺激すること）や体位交換、呼吸リハビリなどを学んだＲＴが、一日三、四回それらのケアを行っているという。寝たままの状態ではタンは肺にたまりとても吸引だけでは取りきれない。放っておくと肺炎になる。タッピングをし体位交換をし、肺についたタンが少しでも出てくるような吸引ケアの必要性は、残念ながら今の日本では一般的にはなっていない。

日本では、ベンチレーター使用者は急性期が過ぎると集中治療室から誰の目も届かない一般病棟に移される。院内事故が起こったとしても不思議なことではないのだ。ベンチレーターが危険なのではない。ベンチレーター使用者の誰にでも起こりうる危険を解決するために、やはりＲＣＵの充実が必要だと強く感じた。細やかなケア、二四時間ていねいなケアをする、これらＲＴの存在、ＲＣＵの必要性を強く確信した。

午後からは、グレッグ・フランゼンさんのお宅へ。

グレッグは、一六歳のときプールへの飛び込みで頸椎損傷になり、それ以来気管切開し、一三年ほどベンチレーターを使っているという。もちろんベンチレーターから送られてくる呼吸に合わせて、スラスラとしゃべっている。

電動車椅子に積んでいるベンチレーターはＬＰ３。ベッドサイドではＰＶＶというベンチレーターを使っていた。どちらも何十年も前のベンチレーターで、使っている吸引器もかなりの年代ものだった。全部拾って来たんだ、という彼の言葉を聞いて、私は耳を疑った。日本でベンチレーターをゴミ捨て場から拾ってくるなんて信じられない！「拾ってきたのだって、結構使えるんだ」とグレッグはあっけらかんと言う。

ベンチレーター使用者同士の合言葉のように「カニューレはどのくらいで交換してるの？」と聞くと、「外側のガードと内側のインナーとが分かれているのを使っていて、外側は六ケ月に一回、内側は一日に二回交換している」と答えてくれた。

彼の場合、中途障害ということもあって、保険（注・アメリカでは公的医療保険制度がないため民間の医療保険で賄う。別途、低所得者層・障害者向けのメディケア・メディケイドがあるが、介助制度で使える範囲はかなり限定されている）でナースを雇っているという。一日午前八時から夕方五時まで、週に七〇時間三人のナースが交代で派遣されているそうだ。年間約一千万円が保険から支払われているという。「僕は今も両親がいてくれるし、介護料も保険でまかなわれるから、ある意味ではラッキーだよ。そうじゃなかったら、ナーシングホームに入れられるところだよ」とグレッグ。「グレッグも自立生活ができるよ。やってみるつもりはないの？」と尋ねると、「いつかはやってみたいんだ」と目を輝かせた。

首から上しか動かないグレッグは、パソコンが趣味。自分がデザインした建物を私にみせてくれた。建築士になりたいという彼のデザインは、さすが素敵だった。

10、六月三日（火）ジョーンに感謝！

セントルイス滞在最後の日になって、会議開催中はずっと忙しそうに走り回っていたジョーンとやっと一緒に食事ができた。ジョーンと出逢ったきっかけは六年前彼女が編集している通信に私が投稿をしたことだった。

さっそくジョーンは日本のベンチレーター使用者たちの現状について聞き、「私たちに何かできることはないか」と言ってくれた。私はすぐに「RTの人たちの必要性を訴えたい」と言った。そのために日本へ彼女たちを呼び会議を開く。日本にもRTの資格制度が最近やっとできたのだが、残念なことに中身はアメリカのRTとはずいぶんかけはなれている。ベンチレーターの管理はもちろん、タッピングのやり方まで四年間大学で学ぶRTのプロフェッショナルな姿に私はすっかり感動していた。いつかアメリカと同じようなRTを養成する流れをつくりたい……。私の心の中ではもう次の夢が広がっていた。ジョーンは、その時は力になってくれると言ってくれた。

食事のとき、ジョーンからステキなプレゼントをもらった。それはセントルイスの街が水彩で描かれた風景画だった。ミシシッピー川が流れ、シンボルのアーチが見える。初めて訪れた外国の街……。この風景も、出逢った人も、私は一生忘れないだろう。そう想うと胸がいっぱいで一瞬その絵が涙でかすんだ。

別れ際、私はジョーンに「アメリカの旅へのチャレンジをするきっかけをつくってくれてほんとうにありがとう。感謝しています」と伝えた。ジョーンの一通の手紙がなければ、私はあのたくさんの想いを体験することはできなかったのだ。「キスしていい?」とジョーンが私のほほにそっとキスをしてくれた。「泣かないで……」と言いながら。私たちはとても静かにさよならをした。

11、六月四日（水）山のような荷物を梱包し、帰路へ

帰りはシカゴから飛行機に乗るために、今日セントルイスをたたねばならない。山のような荷物を朝早くから梱包し、車に積まなくてはならない。

小林さんが日本から持ってきたベッドを分解してくれていた。もうすっかり手慣れている。今回の旅を取材してくれている岡本記者も今ではすっかりケアアシスタントのように、私の身の回りを手伝ってくれている。荷物を積み、さあ出発だ。車の窓からこのセントルイスの風景を心に焼きつけようと思う。

シカゴに向かう車の中、どこまでも広く大きな風景が続いている。ふと、じゅんちゃんが「この風景、持って帰りたいね、きみよさん」と言った。そうだね、この風景をつつんで、持って帰れたらどんなに幸せだろう。

12、六月五日（木）ベンチレーター使用者の空の旅を諦めないために

アメリカ滞在中、これだけハードなスケジュールを続けられたのも、気心の知れた仲間が一緒に居てくれたおかげだと思う。特にケアはふだんから手慣れている人が同行してくれたことで、ずいぶん体力の消耗もなくこれたと思う。

心地よい疲れを感じながら飛行機はシカゴから雨の成田へ到着。

帰ってきたとたん、空港のエレベーターの狭さにガーン！　私の車イスの足を折らないと入れないのである。みんな「アメリカの広いエレベーターが懐かしい。どうしてこんなに狭いの？」と、口々に。

ここでは、のぶさん、岡本さんと別れることに。それぞれが握手やハグをかわしているうちにみんなの目に涙が。暖子さんが「セントルイス会を作って、このメンバーでまた集まりましょう」と素敵な提案をしてくれる。

それから新千歳までの機内でぐっすり眠る。家へ戻ると母からいなり寿司に漬物、そして小さなバラの花束がテーブルの上に届けられていた。セントルイスからかけた国際電話で私が「日本食が恋しい……」と言ったのを覚えていてくれたのだろう。

このセントルイス行きは、私の最初で最後の海外旅行になるかもしれない……。そんな思いを抱きながら出発した旅行も、大きな事故もなく無事帰って来ることができた。たくさんの思い出と嬉しさと一緒に疲れも込み上げてきた。当分はゆっくり休むことにしよう。

最初で最後かもしれないと思っていたことには、二つの理由がある。一つは私の体力的なこと。私の体力では今しかない、という思いがアメリカ行きを決断させたのも事実だった。けれど、実際やり終えてみると、また行けそうな気がしてくる。体力的にはたぶん大丈夫だろう。

もう一つの理由は、やはり高額な航空運賃だ。航空運賃だけで三百万円もかかってしまっては、誰しもが最初で最後の旅行かもしれないと考えてしまうだろう。世界一周旅行だってこれほどのお金はかからない。高級車が一台買える金額だもの。

けれど、このセントルイス行きを最初で最後の海外旅行にしないためにも、私たちストレッチャー使用者はもっともっと声を上げていかなければ。まずは、国内線を下げなければ、国際線は下がらない。手鏡に映ったアメリカの旅は、私にあきらめないで社会を変えてゆくことの大切さを、人と人の豊かなつながりを教えてくれた。

これから私の手鏡はどんな景色や人との出逢いを映していってくれるのだろう。その瞬間瞬間を大切にしたい、と心からそう思う。

(『手鏡に映ったアメリカ――ストレッチャー&ベンチレーターをつけて空の旅』ベンチレーター使用者ネットワーク編、一九九八年二月)

ベンチレーター使用者の旅の準備(二〇〇〇年十月)

重度な障害をもつ私の旅行には、いつもベンチレーターが一緒だ。旅先でのハードなスケジュールをこなしたり、疲れた体にエネルギーを送ってくれるベンチレーターは、私にとっては大切なパートナーである。このベンチレーターを持って、これまで私の旅は北海道旅行から始まり、大阪、京都、東京そしてアメリカへと旅の世界は広がった。

旅を重ねるたびにカバンの中の荷物は少しずつ軽くなり、準備もスムーズに行えるようになってきた。

まず、ベンチレーターに関しては行く先の町の業者に連絡をとり、現地でのサポートを受けられるようにしておく。トラブルが起きたときのために、もう一台バックアップ用のベンチレーターを旅行先のホテルへ届けておいてもらう。その街に業者がない場合は、宅急便でホテル宛で送ってもらう。ベンチレーターのジャバラやフィルター加湿器などは、他のものでは代用がきかないので、ジャバラに穴があいたり、加湿器が割れたりしたときのために、必ず余分に一式を持って行くように。

私は側わんが強く自分の体に合ったマットでないと眠ることができない。旅先でのホテルや民宿でのベッドのマットは、ふかふかで柔らかすぎたり、時には硬すぎたりするので、いつも自分の家で使っている医療用マットを持って行くことにしている。タテ一八〇、横九〇の大きなマットを飛行機や列車に積んで歩くので、周りの人たちからは「まるでカメの甲羅をしょって歩いているようだ」と笑われる。でも、慣れない旅行先で眠れなかったり、体に痛みを感じることくらい辛いことはなく、少しくらい荷物になることがあっても、快適に眠ることを優先している。

二泊三日くらいの旅行では、ホテルのベッドに備え付けてあるマットをはずし、そこへ自分が持ってきた体に馴染んだマットを乗せている。それだけではリクライニングにならないので、起きたり寝たりの高さを調節できるバックレスト（背もたれ）をマットの下にはさみこむ。これで家で使っているリクライニングベッドと同じ状態になる。このバックレストは、自分の使っているマットに合わせて友人が手作りしてくれたもの。長期の旅行の場合は、自宅で使っているリクライニングのギャッジベッドと同じものをレンタルし、ホテルに許可をもらい、それをホテルの室内で使っている。これも業者のほうでベッドをホテルまで運び、組み立てまでやってくれるので、ホテルへ着くと私より早く、ベッドが待っていてくれる。

旅先では、どうしても自分の体に合わないものでもガマンしがちだが、障害のない人たちが使っているものに自分の体を無理して合わせるのではなく、自分に合ったものを使うことで、快適な旅行が味わえると思う。

旅行の楽しみの一つに「食べる」ことがある。知らない街でそこでしか食べられない料理を考えただけで、食いしん坊の私はわくわくしてくる。けれど、どんなご馳走も何日も続けば当然飽きてしまう。レストランで少しオシャレをして食べる食事も大好きだが、外食ばかりだとこれも辛くなってくる。

そこで私はとにかくホテルへ着き、チェックインをしてカバンを置いたらすぐに、近くのスーパーを探す。散歩をしながら、パン屋さんの美味しそうな香りがする方向へ歩いたり、小さな商店街にある八百屋さんを覗いたり、これがとても楽しい。私が住む街では見たことのないようなお魚が並んでいたりして、「へェー」とか「フーン」とか言いながらスーパーの中をめぐり、旅行中に食べる朝ご飯をそこで揃える。パンを買ってチーズを選んで、あとは野菜不足にならないようにレタスやトマトも。忘れてはいけないのが、大好きなハーブティー。

これらをホテルに持ち帰り、朝はベッドの上で食べる。ゆっくりお茶を煎れたり、野菜を切ったりして、なんだかハイキングのよう。だから私の旅行カバンには、必ず小さなまな板とナイフが入っている。地図を広げ、どこか遠くへ行く旅行も好きだが、日常の中にも旅はあると思っている。入ったことのないキッサ店に行き、ケーキを食べながら紅茶を飲んだり、家の近くの公園で散歩をしながら夕日が落ちるのを眺めたり、アジアンムードタップリのお店でバリ料理を食べたり、そんなひとときさえも、私は旅と呼びたいと思っている。

新しいものに出逢うこと、心が豊かになること、胸いっぱいに感動すること、それこそが旅そのものだから。

コラム　こころを記すダイアリー

旅からの贈り物（二〇一〇年五月二日）

仕事で、初夏の風吹く東京に行ってきた。

私は座位がとれず、飛行機にも寝たまま搭乗する。一般の座席を一〇席ほど倒し、その上に簡易ベッドを乗せる。もちろんパートナーの呼吸器もそばに置いて一緒に空の旅を楽しむ。一〇席分の場所を使うので料金は通常の倍かかり、ため息が出る。

それでも「旅」の、あのときめきを味わいたくて、旅行カバンいっぱいに夢を積み込み出かける。旅の間は楽しく忘れられない思い出が心のアルバムにたまってゆくが、傷ついたりしんどかったりすることもたまにある。

今回の機内ではスチュワーデスの方が「ベッドの方が御乗りのため、この飛行機は出発が遅れていま す」を三分ごとに連呼していた。私には「障害をもつ方は社会の迷惑です」と言われているようで結構めげた。めげた気持ちのまま東京へ到着し、いまいち旅の気分も盛り上がらないと思っていたが、次の日思わぬプレゼントを受け取り幸せな気持ちになった。

それは、国立へ仕事の打ち合わせで行った帰りの出来事。

雨は降るし、おなかは空くしで泣きそうになって傘を差して進む私に、見知らぬ五十代くらいの男性が駆け寄って来て「もっと大きな傘があるから」と車に走って取って来てくれたのである。「大丈夫です」と言ったのだが、男性は紺色の傘を残し、スーパーマンのように去ってしまった。

そうなんだ、人の心の温かさに触れられるから私は旅がやめられない。それまで曇っていた私の心に、その時、虹がかかった。（『北海道新聞』夕刊）

花火の思い出（二〇一〇年八月三日）

もう二五年近く前になるだろうか。夏になると思い出す懐かしい出来事がある。

当時私は子どものころからいた施設を出て、病院に入院していた。呼吸器を二四時間つけていた私は、とくに治療の目的もなく、かといって外の世界で生きることもできず、社会的入院を余儀なくされたのだ。けれど「外の世界で自分らしく生きたい」という夢やあこがれはいつも胸の中に抱えていた。

そんな時、私の思いを受け止めてくれていた病院の職員の人たちが私の外出の計画を立ててくれた。

それは「花火が見てみたい」という私のつぶやきから始まった。ちょうど小樽の潮まつりの季節。なんと私は、病院の救急車に乗って、花火大会を見に外出したのだ。病院でいつも救急車を運転する男性、ドクターや看護師さんなど四、五人で行った記憶がある。

たくさんの人ごみの中で、潮風に吹かれながら見上げたあの時の花火の美しさを、私は一生忘れないだろう。まるでオードリー・ヘプバーンの『ローマの休日』の映画のごとく、外での時間は夢のように過ぎ、気がつくと時計は九時を過ぎていた。

「外出許可の時間が過ぎている！」と慌てる私に、運転手さんがウインクをしたような、しなかったような。救急車は勢いよくサイレンを鳴らして人ごみをかきわけ、病院へと一直線に戻っていった。

重い障害をもって生まれた私の人生では、たくさんの差別を受けてきたけれど、それ以上にたくさんの人の温かさに支えられて生きてきた。

この季節になると、あの時の花火の色とともによみがえる夏の思い出だ。

（『北海道新聞』夕刊）

車イスで知床の旅（二〇〇八年十月十日）

初秋の知床へ行ってきた。リフト車に揺られ八時間、どこを見てもブロッコリーのような山々と深々とした緑の木々に圧倒されながら、ぐんぐんと道東へ向かった。

今回の旅は来春完成予定の「車イスで行ける旅」の冊子作りの取材のためだ。

私が活動している「自立生活センターさっぽろ」では、これまで『車イスで入れるお店百五十軒』という冊子を二冊だしており、そのシリーズで三冊目を出すことになった。今回は旅がテーマだ。

なぜ知床かというと、二十年来の友人が知床に住んでいたからだ。彼が語ってくれる知床の話が好きだった。真っ青な空に羽を広げるオジロワシ、人の気配がして、家のドアを開けたら野生のシカがたたずんでいたこと、流氷の季節は海がどこまでも白く続くこと、そんな話を聞くたびに旅へのあこがれは募った。

「車イスでも大丈夫?」と尋ねる私に「行ける所はたくさんあるから案内します」と、ガイドを仕事にしている彼が笑顔で答えてくれた。

そして三泊四日の旅。羅臼岳、オシンコシンの滝、知床五湖、野生のシカに手を振り、こけモモアイスをほおばり、夢のような時間はあっという間に過ぎた。

車イス使っての旅は、準備やら荷物の多さで行く前からエネルギーを使う。けれど、私の好きな赤毛のアンの小説に出てくる「あの角を曲がったら今よりもっとステキな景色が見える」という言葉を胸に、私は旅へ出る。

そう、人生の風景も苦しくても、あの角を曲がったら素晴らしい出会いやいとしい出来事が広がっている。


(『北海道新聞』夕刊)

お出かけ達人(二〇〇九年三月二十七日)

お出かけ達人第三弾『車イスで旅をしよう』の冊子がついに完成した。この冊子は車イスを使っている私や一緒に仕事をしているスタッフが道内を旅し、そこで見つけたバリアフリーな宿やレストラン、観光名所などを紹介している。

これまでに制作した第一弾、第二弾は「車イスで入れるお店」がテーマ。主に札幌市内のバリアフリーなレストランを五百軒近く掲載し、無料で配布してきた。三千部近く印刷した冊子はいつもあっという間になくなり、今でも「第三弾は出ないのですか?」とうれしい問い合わせの電話を頂く。

この冊子は、車イスを使っている人々が少しでも外出や旅をするきっかけをもってほしいという願いを込めて作ってきた。「『お出かけ達人』を見て三〇年ぶりに施設を出て外出を楽しみました」などということを聞くと、私も胸が熱くなり、取材や冊子の編集など一年がかりでやってきた苦労も吹き飛んでゆく。

何年も何年も施設の中で寝たきりだった私にとって、旅へのあこがれは限りないものがある。いつもベッドで手鏡を使い、窓の外の景色を見ていたあの頃。心の中にある旅のアルバムは真っ白で、一枚たりとも写真は貼られていなかった。あの時の自分が冊子を作る原点になっている。

けれど今、私の心のアルバムには、訪れた場所のたくさんの風景や出会った人々の笑顔がページをめくる度あふれ出す。

春は近い。旅行バッグをじゃぶじゃぶ洗い、お日さまで乾かしたら、さあ前を見て私らしい旅へ出よう。

（『北海道新聞』夕刊）

心の旅行かばん（二〇一二年三月七日）

北国の冬は長い。だからだろうか、寝台式車イスに乗っている私にとって、窓からの光がやわらかくなるこの季節になると、無性に旅への思いが募る。「どこか遠くへ行きたいなぁ……」と、春を待つ心は日に日に膨らんでゆく。

そんな旅への憧れを込めた冊子『お出かけ達人パート四』が二年がかりで完成した。私が車イスの仲間たちと運営する、自立生活センターさっぽろで作成した。「車イスでも旅をしよう！」を合言葉に、沖縄、横浜、愛媛に足を運び、札幌市内のバリアフリーなお店も紹介している。

そんな旅先の松山でのこと、中心街のアーケードのお店を車イスで入れるかチェックしていたら、急にお手洗いに行きたくなった。見知らぬ土地で車イス専用のトイレを探すのは、これまた大変なことである。

はっと、時計を見たら午後七時。「わぁ、どうしよう」。目星をつけていたデパートは閉店の時間帯。慌てて駆け込み、思い切って「トイレが他に探せず、なんとかお借りできないですか？」と言う私に、「いいですよ、どうぞどうぞ、お入りください」と店長さんらしき人が笑顔で案内してくれた。閉店時間をとうに過ぎても、帰りは「良い旅をなさってくださいね」とニコニコ手を振り見送ってくれた。

人の優しさに支えられ、助けられ、旅は続く。パンパンになった心の旅行かばんに持ち帰るもの、それはいつも旅先で触れ合った人たちの笑顔と優しさだ。

（『北海道新聞』夕刊）

第六章　ベンチレーター使用者の自立生活運動

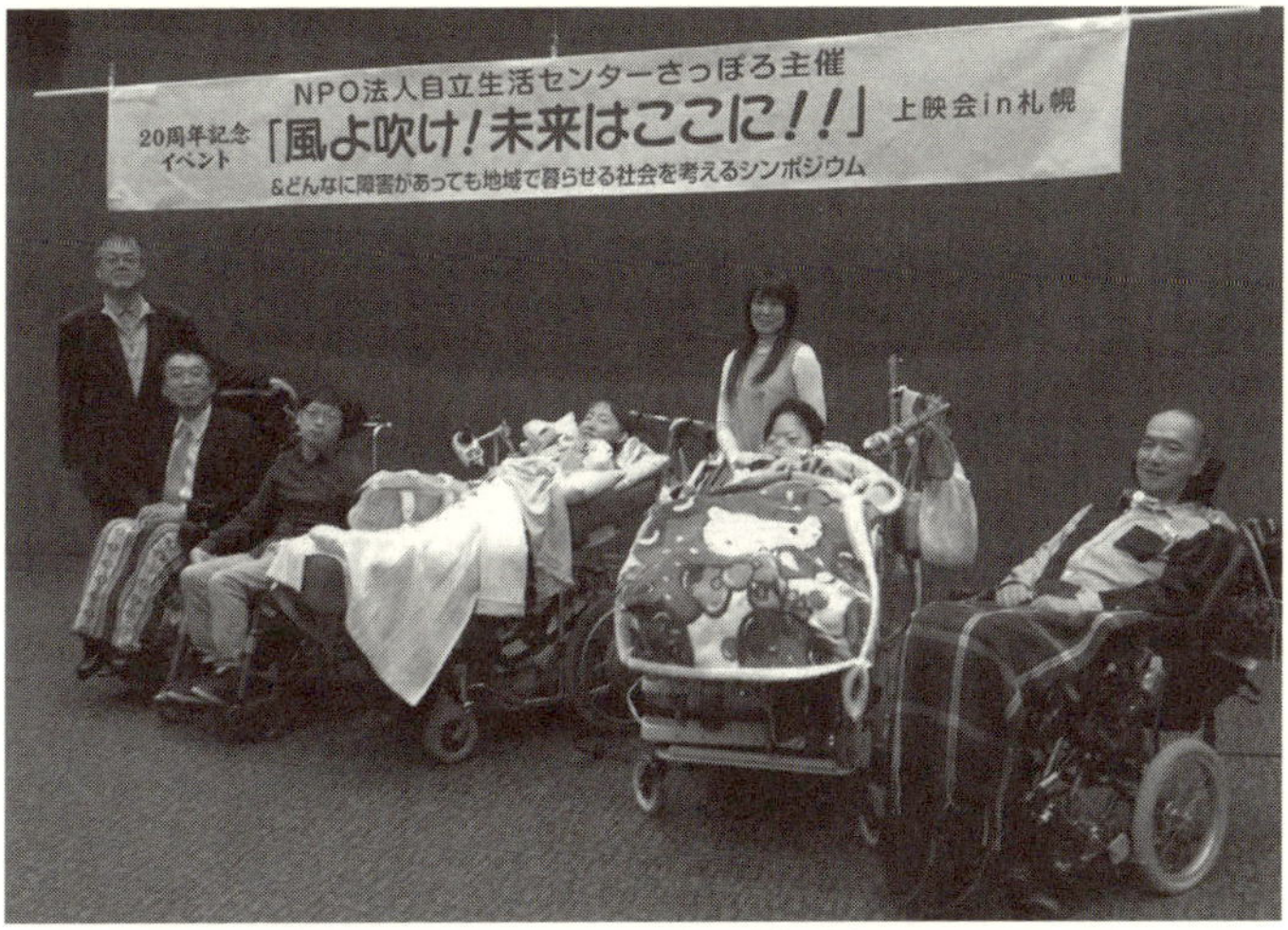

自立生活センターさっぽろ20周年記念イベント

ベンチレーターを地域の中へ（一九九一年三月）

1、ベンチレーター使用者の自立生活

ベンチレーターに対する固定観念

施設で暮らしていた私がいかにして病院を出て、一九九〇年から地域の中で自立生活を始めたかは一章で書いてきました。そのなかで気がついたのは、ベンチレーター（人工呼吸器）使用者の自立生活についてのもっとも大きな問題は、医療・福祉関係者のベンチレーターに対する固定観念だということでした。

ベンチレーターを外に持ち出そうとすると、すぐに「何かあったらどうするのか」、「誰が責任を取るのか」という言葉が返ってきました。社会的な責任の所在が大きな問題となったのです。医療関係者にとっては、やはりベンチレーターは「生命維持装置」であるという考えが根強くありました。しかし私にとっては、歩けない人が電動車椅子に乗るように、目が見えない人がメガネをつけるように、私のからだの一部であり、呼吸する「道具」以外のなにものでもないのです。私の場合、それに依存するためではなく、自分の体力を維持し充実した生活を送るためにベンチレーターがあるのです。そう考えると、ベンチレーターを積極的に使うということは、決してマイナスではなくプラスになるはずです。

ベンチレーターは、ＩＣＵ（集中治療室）に入って、生死をさまよう人のものだけではないという

ことです。「死」と隣り合わせでしか語られないということは、とても貧しいことです。あまりにも社会的な環境が貧しいために、現実にベンチレーターをつけることよりも、死を選んでいる人もたくさんいます。ベンチレーターをつけたら、人生おしまいと多くの人は思うかもしれませんが、それから始まる人生、それから見えてくる世界があります。まず、障害者自身がクォリティ・オブ・ライフのためのベンチレーターであるという心をもつことが、大切なことだと思います。

ベンチレーターを日常生活用具に

ベンチレーター使用者が地域で生活するのに、もっとも大きな壁になっていることは、一台三百万円もするベンチレーターの購入です。私の場合は、幸いに病院から無料で貸出してもらえましたが、多くの人は自己負担になっています。

一九九〇年、在宅人工呼吸指導管理料が医療保険の対象となり、在宅での指導やガーゼなどの医薬品に点数（月一五〇〇〇点）がつくようになりました。しかし、肝心なベンチレーターを購入するための助成は何もないのです。それに、保険点数が低いこの制度を利用している病院は、ほとんど道内にはありません。現実的には意味を持たない制度となっています。莫大な費用をかけて、一人の障害者のためだけにベンチレーターを購入する病院はほとんどありません。

このようなことで、購入費は自己負担となってしまうのですが、それは経済的に恵まれている人にしかできません。仮に自己負担するにしても、医療機器メーカーは個人に販売しないので、今のところ変則的な形として、まず病院にベンチレーター購入費を寄付をして、そして病院がその個人に貸出すという方法が取られています。地域の中でベンチレーターを使用するにはこの方法しかないのが現実です（注・九六年の保険点数の改訂により病院から呼吸器をレンタルできるようになり、在宅生活への道が大きく開ける）。

ベンチレーターを購入するための助成制度は、新潟県（九〇年度より）、東京都（九一年度より）にあります。それらは、ベンチレーターを在宅で使用するために貸出す病院に購入費を行政が補助するものです。

アメリカでは、車椅子と同じように医師の診断書が一枚あれば、国から個人に給付され、どこのメーカーからでも購入することができるし、必要とあれば故障したときのバックアップ、あるいは外出用にベンチレーターを個人で二台持つことができるようになっています。つい二〇年前まで、電動車椅子もとても高価なもので、どこにあったかというと病院や施設にしかありませんでした。地方自治体の制度が、病院に対して助成されるというのは段階的には仕方がないと思いますが、ベンチレーターは電動車椅子と同じように、国の日常生活用具（補装具）に認定し、医療機関ではなく個人に給付できるようにしなければなりません。そして、その障害者個人に対して医療機関がサポートできるシステムをつくることです。

しかし、どうすればこの声が厚生省にまで届き、行政を動かすことができるのでしょうか。それが大きな問題です。

地域医療の現実

障害者が生きていくかぎり最低限必要なことは、「食べる」「眠る」「出す」などの介助ですが、私の場合、それに加えて、日常の中に医療的なケアが入ってきます。特にカニューレ（気管切開部分に挿入する管）交換はとても大切なものです。

何日もオフロに入らずにいるとどんな人でも皮膚が汚れてくるように、カニューレも取り替えずにいると自然に汚れてきます。その汚れは、肺炎、細菌感染などの命取りにつながるので、定期的な交換が必要となります。

入院していた頃は、週に一度ドクターが交換をしていました。退院をしてからは月に一度、病院の外来へ交換にいっていましたが、私の障害が重くなり、外出が困難になってきたことや、病院が自宅から遠すぎることなどから、カニューレ交換を在宅ケアで行えないものかと病院のスタッフと話し合ってきました。何よりも、吹雪の中も、雨の中も通院するということは、私にとってとても大きな体力の消耗でした。

カニューレを抜いて入れる。衛生面さえ気をつけていれば、それは二、三分で終わりますが、それが医療的な処置であるということや、自宅が病院から遠すぎて往診の対象にはならないことなどが問題となりました。カニューレ交換の際に出血したり、痛みがひどいとなると話は別ですが、私の場合、すでに一六年という年月をカニューレと過ごしていて、カニューレ交換自体は、十分な知識と指導を受ければ、介助の分野でやれるのではないかという気持ちもありました。

在宅でのカニューレ交換を考えていく中で、一番のネックとなったのは、私は親との同居ではなく一人暮らしだということでした。何かあったときの責任の所在がないということがその壁をなお厚くしました。通院ができなければ入院しかないと言われ、選択の道は他にないのだろうかと何度も考えました。このアパートで生きのびる方法は、あきらめないで在宅ケアの中でカニューレ交換をできる許可を病院からもらうこと、そして交換をやってくれる人を見つけることの二つでした。どうにかしなければ、また入院になってしまうと思い、院長に直接お願いしました。その結果、私にとって信頼のおける一番ケアになれた介助者が、カニューレ交換の指導をドクターから受けて、何か事故があった時のための念書を病院と交わし、ようやく在宅で行うことができました。

しかし、それから何度か介助者と二人でカニューレ交換を家で行いましたが、出血をしたりカニューレがなかなか入りづらかったりしたこともありました。やはりいくら簡単な行為でも、私たちだけで医療処置を行うということは、不安や緊張がつきまといます。その不安や緊張をなくし、安心してカニューレ交換を行えるように、今は病院の保健婦が来てくれています。介助者がカニューレ交換をして、保健婦には出血はしていないか、傷の様子はどうか、痰は正常かなどを見てもらっています。

まだまだ在宅医療は、障害者が自立生活を送るためのサポートではなく、あくまで家族がいて家族が介護をするという前提があっての在宅医療でしかありません。自立生活を送っていて家族と同居していない私にとって、訪問看護の中に具体的なケアの提供がないということは、とても痛切なことです。私たちがもっとも必要とするケアは、医療的なアドバイスだけではなく、褥瘡の手当てをしたり、ガーゼ交換をしたり、カニューレ交換をしたり、鼻腔チューブの交換をしたりすることです。私たちが日常を繰り返していく中で、もっとも必要な生きていくためのケアこそが、今の地域医療の中に求められています。

ベンチレーターをつけても、学校に行ったり仕事をしたり、旅行をしたりするために、また家族も安心して仕事をしたり、レジャーを楽しむためにも、これからは一日何時間という単位での看護師の派遣制度が必要です。（注・二〇一三年度から文科省は特別支援学校への看護師等配置の補助事業を実施。また二〇〇六年頃、大阪などで自治体単独で独自に小中学校への看護師派遣を開始し、二〇一五年現在、全国の小中学校で八三九人の児童生徒を対象に、三五〇名の看護師が巡回で派遣されている。）

自立生活で大切な「声」

ベッドの上で自立生活を送る私にとって、声と言葉は私の手であり足となっています。毎日のほとんどが寝たきりでも、私はこの声で掃除をして洗濯をして毎日の食事を考えます。介助者にどれだけ自分に近い手になってもらえるか。それは、何をやってほしいかをたくさんの言葉を駆使し、どれだけ相手に的確に伝えるかという作業になります。ベッドにいてもストーブのつけ方、湯沸器の使い方、台所のどこに何があるかなど、すべて自分でわかっていなければ、相手に自分の手になってもらうことはできません。自分の意思とその意思を伝える手段があれば、ベッドの上からでも自分の暮らしをつくっていくことはできるのです。

本来は気管切開をすると、そこから空気が漏れるために声は出せないのですが、私は声帯や気管が成長してしまう以前からベンチレーターを使ってきたからか、カニューレの穴を指で押さえて話すことができます。（気管切開をしなくても、マウスピースを使って口から空気を送りこんだり、陰圧式で肺を広げさせて空気を入れる方法もあります。この場合は声を出すことができます。）

しかし多くの人にとって、ベンチレーターを使用することは、気管切開をするということで、声がでなくなることです。ですから勇気と決断を必要とします。ＡＬＳや筋ジストロフィーなど、いずれベンチレーターが必要となる進行性の障害をもつ人は、呼吸困難になって生きるか死ぬかの状態で切開するよりは、体力の余裕のあるうちに切開するほうが、体力の維持、危険性からいってもメリットは十分あります。もちろん医療者側からの強制であってはならないのですが。気管切開することに絶望するのは、簡単な意思の疎通手段がまだないからだと思います。

物理学者で有名なホーキング博士は、気管切開をして人工音声発生装置（トーキングエイド）を使って講義をしています。その機械がもっと一般的になれば、どんなにいいだろうと思います。ベンチレーターをつけても人工音声発生装置などで話せれば、それぞれが希望を持ち自分の世界を広げられます。ベンチレーターをつけると意思の伝達ができないということが当たり前に思われていますが、もっともっとベンチレーターをつけた人にこそ、語れることがあるはずです。

肺活量が三〇〇ccしかなく、何をするにも介助を必要として、相手に言葉で説明しなければならない私にとって、声を出して話すということが、最近とてもしんどいことになってきています。話をしているうちに酸欠のような状態になり、頭がボーッとしてきたり、ベンチレーターと自分の呼吸が合わなくなったりします。

自立生活を始めた頃は、たくさんの介助者（主婦、学生、友人など）を入れていましたが、たくさんの人に声を出して意思を伝達することに疲れてしまい、それまでは、一日四、五時間ベンチレーターをはずしていられたのが、今では二四時間つけていなければならなくなりました。現在は、特定の介助者二、三人に介助料を支払い、サポート的な形でボランティアを入れて介助スケジュールを組んでいます。

どんなに障害が進んでも、口だけは大丈夫と言われている私ですが、声が出なくなっても、残された機能を使いながら、私は私の言葉を持ち、伝えられる意思をもっていたいと思っています。

2、ベンチレーター使用者のネットワーク

（ベンチレーター使用者のネットワークについて、詳しくは二章で既述。）

バクバクの会のこと

ベンチレーターを病院から外へ持ち出し、地域で暮らすということは思っていた以上に厳しく、つらいことばかりで、何もかも道なき道を作る作業になりました。地域医療、訪問看護、在宅福祉、それらはまだまだ言葉だけのものであって、障害をもった者が地域で暮らせる生活の保障はまだ何もありません。豊かな国であるはずのこの日本の中で、私はたくさんの差別を受けました。住む家を探したときも車椅子ではと断られ、そして今日も明日も、介助者を探すのに命を削るのです。

そんな中で、大きな励ましとなったのは、バクバクの会（人工呼吸器をつけた子の親の会、現在は、当事者と親の会となり、会の名称も「バクバクの会～人工呼吸器とともに生きる～」となっている）や、ベンチレーターをつけて普通の保育園に通っている平本歩ちゃん（尼崎市）の在宅生活でした。歩ちゃんは人工呼吸器をつけながら、地域の保育所へ通っています。今まで病院の中でしか使われなかった

ベンチレーターに泥をつけながら、歩ちゃんは学び、遊び、生活しています。ベンチレーターをつけた手動のワゴン車に乗っている歩ちゃんと、障害のない子どもたちの保育風景は、どんな言葉より、私を励まし、勇気づけてくれます。歩ちゃんたちが実践していること、バクバクの会での活動の一つひとつは、貧しい日本の社会の中で大きな歴史を創っていると思います。

『アナザボイス』の発行

そういうベンチレーターにかかわる多くの人と、ネットワークを広げたり、ベンチレーターを使用している障害者自身の体験や情報を分かち合うために、昨年の十二月から『アナザボイス』という通信を発行しています。私も病院を出て地域の中で暮らしたいと思ったとき、いろいろな人に相談をしましたが、ベンチレーターを病院の外に持ち出して生活している人、しかも一人暮らしの人は日本全国どこにもいませんでした。そんな中で、ひとり手探りの中から始めた自立生活でした。そこでネットワークの大切さを知ったのです。

『アナザボイス（ANOTHER VOICE）』という誌名は、直訳すると「もうひとつの声」ですが、ひいてはもうひとつの価値観という意味です。社会の片隅から叫ぶもうひとつの声が、多くの人に届くことを願ってつけました。現在一〇号まで（二〇一六年八月段階で八九号）発行することができました。まだまだ掲載する記事も情報も、広く深くというわけにはいきませんが、反響も大きいことも確かで、全国レベルでのネットワークも、少しずつですができてきています。

『アナザボイス』には、いろいろな夢があります。今の日本では、ベンチレーターをつけての自立生活、旅行やレジャーはまだまだ考えられないことですが、そういった記事も載せていけたら、ベンチレーターを使用しての地域での生活が、現在どれほど困難なことかということを社会に伝えて、具体的にどういう制度をつくればいいのかを行政に働きかけることができれば、と思っています。「ベンチレーターをつけて地域の中で暮らすということは、まったく普通のことなんだ」、「ベンチレーターは個性なんだ」ということを、肩ひじ張らないで伝えていきたいのです。

とても嬉しかったことがあります。『アナザボイス』を読んで、新潟市の原さんからお手紙をいただきました。原さんは、ベンチレーターをつけて一一年、二九歳の男性です。今は病院に入院しておられますが、将来は病院を出て暮らしたいとおっしゃっています。そのための試験外泊を何度かされています。「私たちが求めているものは、管理ではなく自立です」という彼の言葉に、何度も「そうだ、そうだ!」と心の中で叫びました。

これからも、そういった人達との強くゆるやかなネットワークを、もっともっと広げていけたらと願っています。

(『季刊福祉労働』五三号)

日本のベンチレーター使用者(アメリカ:在宅人工呼吸フォーラム講演　九七年五月)

(以下は、第五章で紹介した、アメリカ・セントルイスでの「在宅人工呼吸フォーラム」での講演内容です。)

今日はこのような場でお話しさせていただけることを光栄に思います。これからスライドを交えながら日本のベンチレーター使用者の現状についてお話ししたいと思います。

私は一九六二年生まれで現在三四歳です。障害名はクーゲルベルグ・ベランダー病です。一二歳のときからベンチレーターを使用しています。このような寝台式車イスにのり、一日フルタイムでベンチレーターを使用しています。私にとって、ここアメリカでこのようなスピーチをするというのには、特別な意味合いがあります。

私がベンチレーターをつけた二二年前には、まだ日本にはポータブルのベンチレーターがなく、病室に備えつけてある大きな冷蔵庫ほどの大きさのベンチレーターしかありませんでした。そのため私は、二四時間ベッドに縛りつけられた生活を余儀なくされました。

その時私は、医師から「あなたは一生病室の中でしか生きられない」と告げられ、将来に絶望していました。（そのドクターがもし、こうしてアメリカまでやってきている今の私をみたら、とても驚くでしょうね。）

しかし、病院の刑務所のような規則ばかりの生活の中で、私は自由に憧れ、外の世界で生きる夢をあきらめることはできませんでした。

そんな暗中模索のなか、「私も病院から出ることができる！」と確信させてくれたのが、アメリカのポータブルのベンチレーターでした。ある日そのパンフレットを手渡され、私は初めてポータブルのベンチレーターの存在を知ったのでした。そこには、障害者がベンチレーターを車イスの後ろに積んでさっそうと動いている写真があったのです。その姿は、時にうちひしがれそうになる私を大きく勇気づけてくれました。

そんなわけで、今、私がこうして日本からはるばるアメリカにやって来ていることを思うと、大きな感動を覚えずにはいられません。

そして私は、二七歳のときに退院をして自立生活を始めました。

社会的な介助制度がないなかで、自立生活は思い描いていたほどラクなものではありませんでしたが、病院から解放された自由は何物にも代えがたいものでした。

夢をかなえるまでの道のりは、とても困難でした。私のまわりには、ベンチレーターをつけて在宅生活をしている人の情報がまったくなく、医者や看護婦などの専門家からは、ベンチレーターを病院の外に持ち出すことは危険だと言われ続けたからです。専門家たちと話し合い、理解をしてもらうまでにとても長い時間がかかりました。

私は、自立生活をはじめて六カ月後に、ベンチレーター使用者ネットワーク（ＪＶＵＮ）を設立しました。私にはベンチレーターをつけた友人がいなかったので、悩みを語り合い、お互いの体験や情報を分かち合うネットワークが必要だと考えたからです。

残念なことに、ＪＶＵＮに対する行政的な財政支援は何もありません。が、八百人の人たちが、私たちの組織を支えてくれています。その中の百人くらいがベンチレーター使用者です。ＪＶＵＮでは、『アナザボイス』というニュースレターを発行したり、ベンチレーター使用者や専門家へさまざまな情報を提供しています。

現在、日本のベンチレーター使用者は約八千人ほどいると言われています。その中で在宅生活をしているのは一％にも届きません。自立生活をしているベンチレーター使用者は、全国で一〇人ほどです。ほとんどのベンチレーター使用者が、いまだに病院に閉じ込められているのです。（注・在宅人工呼吸療法の広がりにより、二〇一五年度現在の在宅人工呼吸器利用者の数は二万二千人と推計されている（矢野経済研究所「在宅医療市場の現状と展望」）。）

その最も大きな理由は、少数の先駆的な専門家をのぞき、日本のほとんどの専門家たちが、いまだにベンチレーターは生命維持装置（延命装置）であるという考え方をしているからです。

私たちは、重い障害をもちベンチレーターをつけた生命なんて価値がない、と言われ続けてきました。しかし、私たち当事者にとっては、ベンチレーターは車イスや松葉づえと同じであり、気管カニューレはピアスなのです。ベンチレーターは、私たちの自立をサポートしてくれるための道具なのだということを、粘り強く訴えてきました。

日本のベンチレーター使用者とその家族の運動が実り、一九九〇年に国民健康保険に気管切開した人を対象に在宅人工呼吸療法が認められ、九六年からベンチレーターをレンタルできるようになりました。それまでは、在宅生活を希望しても、高額なベンチレーターは、個人で購入しなければならずそれが在宅生活へのもっとも大きな壁となっていたのです。

健康保険の診療報酬がアップされレンタルが可能になってからは、ベンチレーター使用者の在宅生活への道は大きく開かれました。しかし、一台しかレンタルできず、故障のときのバックアップ用にもう一台必要です。また蛇腹管や人工鼻などの消耗品なども自己負担になっています。

今、ベンチレーター使用者の在宅生活を支える上でもっとも大きな問題は、ケアの問題です。

ベンチレーター使用者のための二四時間のケアサービスが行政的に保障されていないために、多くのベンチレーター使用者の在宅生活は家族の献身的な努力によって支えられているのが現実です。特にその中でも、吸引などの医療的ケアをどう解決するかという問題は深刻です。

日本では、ベンチレーター使用者の在宅生活を支えるサービスとして、ホームヘルパーの派遣と、訪問看護婦（現・看護師）の派遣があります。が、吸引は医師か看護婦の有資格者しか行えない法律があり、ホームヘルパーは吸引などの医療的ケアをしてはいけないことになっています。目薬をすることも禁止されています。

訪問看護婦の派遣は一週間に一〜三回、一回につき二時間程度の派遣で、これではとうてい二四時間必要な医療的ケアを保障することはできません。また、学校の教師も医療的ケアはできません。このようなことから、多くのベンチレーター使用者・子どもの行動範囲はとても制限されています。吸引ケアがあるから、病院から出られない、学校に通えない、旅行や外出ができない、自立生活ができない、などです。

それはどういうことかというと、例えば養護学校（現・特別支援学校）や普通学校に通っているベンチレーター使用の子どもたちは、吸引の度に病院に駆けつけることになっています。また、それができないなら、訪問教育にするか、親の付き添いを義務づけられたりしているのです。

私は、吸引ケアはある程度研修を受けた人であれば、誰にでもできるケアであると考えます。私は、自分で吸引をするのでそのことがよくわかります。高度な技術を必要とする手術や薬物の注射、検査は別としても、ベンチレーター使用者にとって、吸引ケアは、食事をしたり、体位交換をするのと同じく日常的なケアだからです。

現在日本では、こうした現状を変えようと、吸引や導尿カテーテルや鼻腔チューブの交換等のケアを医療的ケアとしてではなく日常生活ケアとしてとらえ、一定の研修を行えば、当事者の家族やホームヘルパー、学校の教師でもケアが行えるよう、法律を改正しようという声が高まってきています。〔注・二〇〇五年より、体温測定、血圧測定、ひげそり、散髪、爪切りなど刃物を使う行為、褥瘡（床ずれ）患部のガーゼの取り換えや座薬の挿入、目薬の点眼など薬剤に関する行為は医療職の指導に従って行うことを条件に解禁されました。また、二〇一二年から、指定研修および実地研修を修了した介護職に限り、痰の吸引（口腔内、鼻腔内、気管カニューレ内部）と経管栄養（胃ろうまたは腸ろう、経鼻経管栄養）のケアもできるようになりました。〕

私は、この問題がクリアされれば、ベンチレーター使用者の在宅・自立生活はもっと豊かに広がるはずだと確信しています。

解決しなければならない問題は、たくさんあります。しかし、そのような中でも、今、日本では、ベンチレーターをつけて、たとえどんなに障害が重くとも、一人の人間として、社会の中で地域の中で生きることを目指す仲間たちが増えてきています。

特に、ウェルドニッヒ・ホフマンなどの重度の障害をもつベンチレーターをつけた子どもたちが、分離された養護学校ではなく、地域の普通小学校に通い、障害のない子どもたちと一緒に学んでいる姿は、私たちの誇りです。

私たちベンチレーター使用者は、人間の生命の輝きとすばらしさ、そして生命の大切さを世界中に伝えていくことができるメッセンジャーなのです。

（『手鏡に映ったアメリカ』）

自立生活センターさっぽろ（二〇〇一年五月）

一年の半分は雪の季節が続くといわれるここ札幌に、車いすの障害当事者三人の仲間と自立生活センターさっぽろ（旧称：自立生活サポートネットワーク）を立ち上げたのは、九六年の十一月一日でした。

それまで私は、ベンチレーターを付けた人たちの情報や体験を分かち合うために、「ベンチレーター使用者ネットワーク（以下、ＪＶＵＮ）」という組織を九〇年の十二月に設立し、さまざまな活動を行っていました。

その活動のなかで、（私自身もベンチレーターをつけて自立生活をしているため）ベンチレーターをつけて病院に入院していたり、施設に入所している、または親許で生活する友人たちから、「自立生活をしたいけれど介助制度についてわからないから教えてほしい」「介助者をどうやってみつけていったらいいの？」という相談や、「親が自立生活することに反対しているんだけど……」という不安や悩みを聞くようになりました。そんな仲間たちに出会うなかで、具体的なサービスや情報を提供していく自立生活センターの必要性を痛感したのです。

また私たちは九五年に、市内の全身性障害者の仲間たちと「札幌市公的介助保障を求める会」を組織し、一日二四時間の介助保障を求めて、市役所と交渉を進めてきていました。

当時札幌で自立生活をしている障害者は、まだまだボランティア中心で介助体制を組んでいたのですが、私のようなベンチレーターを使う最重度の障害者にとっては、ベンチレーターの管理や吸引ケアひとつをとっても多数のボランティアで介助を補うのは不可能なことでした。どうしても、介助保障を充実させ、介助に手慣れた少人数の専従介助者で介助を埋めていかなければ、生命を守ることはできません。有給の責任をもった介助者を派遣する自立生活センターがどうしても必要でした。

そして、設立へのもう一つの大きなきっかけは、医療的ケアの問題でした。

自立生活を始めたばかりの人たちの間から、ヘルパーが目薬をさしたり薬を飲ませるのさえ医療行為だと言って、介助をしてもらえないという声が上がりました。現に、これまでのJVUNの活動のなかでも、吸引などの医療的ケアは自立生活やベンチレーターをつけた子どもたちの就学の夢を阻む大きな壁になっていたのです。ベンチレーター使用者にとって、気管にたまる痰を吸引することは、日常生活のなかの大切なケアです。しかし、それさえも医療的ケアとみなされて、ヘルパーがすることはできなくなっています。吸引のようなケアは、ドクターから正しく指導を受ければ誰にでもできるケアです。ましてや、目薬をさしたり薬を飲ませることなどは、どこの家でも日常のなかで行っていることです。看護職や医者しか吸引ができないのであれば、ベンチレーター使用者は一生病院から出ることはできません。

そこで、センターさっぽろでは研修会を開き、私たち当事者の手で吸引などの医療的ケアのできるアシスタント（介助者）を育てていこうと考えました。医療的ケアが誰もが行える「生活ケア」になる日を待っていては、私たちの自立生活はいつ実現するのかさえわかりません。それなら、自分たちの手で自分たちに合った介助サービスを提供していこうと考えたのです。

センターを立ち上げてからの一番の苦労は財政的なことです。行政からの公的な補助金がないために、運営費はすべて寄付金や街頭カンパなどでまかなっています。

設立当初の二〜三年は、センターの障害当事者スタッフが年六〇回以上もの街頭カンパを行っていました。もっともつらいのは「雪祭りカンパ」です。真冬の二月、気温はマイナス五〜六度のなか、ダウンジャケットにホッカイロを体中に巻き付けて、朝から六時間ほど吹雪のなかにも立ち続けます。雪祭りは観光客も多いせいか、カンパの集まりもよく、この時期にがんばっておけば、センターの年間運営費の半分はなんとかなります。

「がんばってくださいね」と声援を送ってくださることもあり、そんなときは心も温まるという感じです。今も、センターさっぽろにとっては、街頭カンパは大切な資金源なのです。

もっと財政面を安定させるために、障害者生活支援事業の委託を受けるという方法もあります。いくどとなく役員会議で委託に向けての方向性をみんなで議論しました。けれども、かたや一日二四時間の公的介助保障を求めて（札幌市ではまだ一日一三時間分の介助保障しか実現できていません）、市障害福祉部とあの手この手を使っての厳しい行政交渉をやりながら、一方では支援事業の委託をとるというのはとても現実的ではありません。また、私たちセンターさっぽろの限られた力量では難しいものがあります。介助保障と生活支援事業のどちらかを秤《はかり》にかけるとしたら、やっぱり介助保障を優先させようということになりました。

街頭カンパと合わせて、センターさっぽろの大きな資金源は、介助者派遣による事業収入です。時間数アップや自選登録ヘルパー制度の実現などの介助保障が充実されるにつれて、月あたりの派遣時間も増えていき、現在（二〇〇一年）では月五千時間を超えるようになってきました。その事務費も、センターさっぽろの運営を大きく支えてくれています。

事務局スタッフは障害者スタッフ七名、健常者スタッフ四名の計一一名です。そのなかで有給のスタッフは三名です。他のスタッフは、みんな手弁当で毎日事務所に通っています。障害当事者スタッフはみんな一日二四時間の介助が必要な全身性重度障害者です。〔注・二〇一六年現在、障害者スタッフ六名（常勤四名）、健常者スタッフ二三名（介助者含む）。〕所長の私がベンチレーターをつけている最重度障害者だからでしょうか。類は友を呼ぶんだなあ、などと思っています。

センターさっぽろのユニークなところは、在宅人工呼吸部門（ベンチレーション部門）をもっていることです。二〇〇〇年の四月から正式に発足させました。私がベンチレーターを使っていますし、JVUNの活動を通じて様々な情報を自立生活センターとして提供できます。これまで、ベンチレーターに関することは、医療の分野とされてきていましたが、決してそうではありません。電動車いすを使用する障害者が多いように、頸椎損傷、筋ジス、脳性マヒなど、ベンチレーターを使用する障害者の幅はとても広いのです。

今後、ベンチレーター使用者の自立生活を広めていくためには、一にも二にも介助保障の充実につきます。さらにはその地域、地域に密着した自立生活センターが情報の蓄積とともに、ベンチレーターについての正しい情報を提供していく必要があると思います。ベンチレーターは病院の中だけで使われるものではなく、車いすや松葉杖と同じように、障害者にとっては「日常生活の道具」なのです。

事務所のすぐ近く、歩いて一分のところに地下鉄の「南郷一三丁目駅」があります。この地下鉄には九九年の十二月にエレベーターがつきました。エレベーターをつけるために署名運動を行ったり、交通局へ要望をしたりと、長い道のりでしたが、私たちの願いがやっと届いたのです。

ともすると、事務局の仕事は単調になりがちです。書類を作ったり、障害福祉部と交渉をしたり、介助派遣のコーディネイトをしたりと、みんな日々の業務にひたすら追われるという現実があります。自立生活センターの事業、サービス提供を重視するあまり、本来の運動体としての自立生活センターをついつい忘れがちにもなってしまいます。

しかし、バリアフリーの社会を目指して、「いつも通っているスーパーマーケットの段差をなくしたい」「よく行くレストランの階段をスロープにしたい」という運動の原点は、いつも大切にしたいと思っています。私たち障害当事者自身が動いた分だけ、街が社会が変わっていくことの喜びはとても大きく、障害当事者が社会を変えているという大切な役割をどれだけ担っているのかということを、心から感じることができるからです。その喜びを事務局のスタッフ、そしてより多くの障害当事者と共有し、また私たちのパワーに変えていけるのが、バリアフリーの運動だと考えています。

「南郷一三丁目駅」にエレベーターがつく前に、ある事件がありました。センターのスタッフの花田さんが駅を利用したとき、駅員の操作ミスで階段昇降機から車いすごと転倒しケガをしてしまったのです。幸い軽いケガですみましたが、一歩間違えると生命の危険にさえおよぶ事件でした。この事件がエレベーター設置へ向けてのさらなる説得材料になったのでした。まさに彼が命をかけてつけたエレベーターなのです。今では「南郷一三丁目駅」のエレベーターは「花田エレベーター」と呼ばれて、このエピソードが事務所の中で語り継がれています。今だから、笑い話にもなりますが、あのときは筋ジストロフィーの障害で顔を地面に強く打ちつけボッコリ顔を腫れ上がらせていた花田さんを見て、障害者が地域で暮らすにはまだまだ命がけなのだということを感じずにはいられませんでした。

このようにバリアフリー部門では、「一年に一カ所でもいいから、一カ所を何年かかってもいいから、街を変えていこう！」を合言葉に活動しています。

センターさっぽろは設立以来、一年に二人くらいの割合で毎年コンスタントに、自立生活をしたいと願う人たちを地域の中へ送り出すサポートをしてきました。アパートを探したり、ケアプランを作成したり、専従アシスタントの募集から採用まで、すべてセンターのスタッフがかかわります。自立生活がスタートしてからも、専従アシスタントの勤務シフトの作り方、制度利用表の書き方、各制度の申請手続きなど、障害当事者スタッフが自分の体験をもとに、本人がセルフマネジメントできるようサポートします。

だいたい一人の障害者に、専従アシスタント三名程度で勤務シフトを組みます。センターさっぽろで契約している専従アシスタント（事務局スタッフ以外）は、全部で二五名ほどになります。センターさっぽろで専従アシスタントを導入したのは、自選登録ヘルパーが「特例的に」認められるようになった九七年十月からです。

地域で暮らす障害者をサポートしていくうえで、スタッフも成長していかなければなりません。そしてスタッフ自身も一日二四時間介助が必要で、専従アシスタントをマネジメントしていかなければならないからです。

そこでスタッフを対象に月一度、介助者管理プログラムを行っています。アシスタントとの関係性をどのようにしていけばよい関係性が築けるのか。お互いの悩みを共有しながらプログラムを行っています。プログラムの中のロールプレイやディスカッションは、自分自身のためにもなり、他の利用者をサポートするうえでも役立ちます。

障害当事者が介助者のマネジメントを学び、雇用者としてレベルアップしていくことは、とても重要なことだと考えています。なぜなら、障害者は生涯、自分の障害とそれについてくる介助を得て生きていかなければならず、セルフマネジメントは必要不可欠だからです。

センターさっぽろが発足した当初は、むしろ介助者の教育や養成に力をいれていたのですが、一人の介助者が自分の手や足として働く時間は長くて数年、短い人では数カ月でやめていきます。すると、今までこの人に費やしてきた時間はいったいなんだったのだろうか……と。また新しい介助者を一から教育して、自分の手足として働いてもらわなければなりません。そう考えると、介助者を養成していくよりも（もちろん医療的ケアなどの介助者の教育・養成も大切なのですが）まず、障害当事者が様々な性格、技術、価値観をもった介助者とどうやって上手に関係性をつくり、セルフマネジメントできるようにするかを追求していくほうがいい、と考え方を変えたのです。

介助者管理プログラムを始めてから、「他の仲間の情報や体験を分かち合うことができてうれしい」「アシスタントとのトラブルにも冷静に対処できるようになった」「自分のセルフマネジメントを振り返るいい機会になっている」という感想が出てきています。今はまだ、このプログラムはスタッフ内でやっていますが、近い将来、一般の介助派遣サービス利用者の方にも参加してもらうようにしようと考えています。

センターさっぽろは、介助保障運動とともに成長してきたと言っても過言ではありません。もっとも重点をおいている運動です。

二〇〇〇年現在、札幌市内で使える介助保障制度は、ガイドヘルプ制度が月六〇時間。札幌市の単独事業である、全身性重度障害者介護料助成制度が月九〇時間。ホームヘルプ制度が週二八時間。それと生活保護他人介護加算（大臣承認額）です。札幌市ではこれらの制度をフル活用しても、まだ一日一三時間分の介助保障しかありません。それ以外の時間は、専従介助者に無給で働いてもらうしかありませんので、活動報酬も十分なものではありません。

自選登録ヘルパーの実現と一日二四時間の介助保障を求めて、二年ほど前からは、週に平均一～二回は市役所に足を運んでいます。ポイント、ポイントでは、市議会に陳情を上げたりし、必ず採択できるように各政党にも足を運びます。みんなで、「市役所は私たちの第二の事務所だね」と冗談を言ったりしています。

その甲斐あって、二〇〇〇年四月には念願であった自選登録ヘルパーが正式に実現しました。九七年の十月から、「特例的に」現行のヘルパー制度の枠組みの中で認められていたのですが、きちんと「自選登録ヘルパー取扱基準」ができたのです。正式に明文化されたおかげで、今まで「特例」という手かせ足かせのなかでの自選登録が、よりスムーズに、誰に対しても認められるようになりました。「取扱基準」では、ヘルパーの資格要件（二級）は問わないことになっており、ほんとうに大きな成果でした。大詰めの昨年二〜三月には、スタッフ全員で代わりばんこに毎日のように市役所に足を運んだのですから、実現したときの喜びはスタッフみんなでかみしめました。

しかし、運動を本格的に始めた九五年から換算すると、年平均一日あたり一・三時間ほどの伸びで、このペースでは残りの一日一〇時間余りを保障するためには、あと一〇年かかってしまいます。

全国的に見ても政令指定都市の介助保障は、他の自治体と比べると低いようです。ガイドヘルプやホームヘルプの費用の自治体負担が二分の一であることや、大きな自治体であればあるほど、決裁する役人の数も増えてしまって、大胆な決裁ができにくいことが要因として挙げられる気がします。それでもここ数年には二四時間保障を実現するよう、粘り強くあきらめないで、運動していこうとみんなで決意を新たにしています。

札幌は人口が一八〇万都市、行政区も一〇区あるという大都市であるのに、自立生活センターはまだ二カ所（二〇一六年現在、三カ所）しかありません。各区に一カ所ずつあるべきだと思います。センターさっぽろでは四年間で一〇人以上の障害者の自立生活をサポートしてきましたが、各区にセンターがないために、サポートを受けるためにはどうしても事務所の近くにアパートを借りなければならないのです。誰もが住みたいところに住める、そんな社会をつくるためにも、各区に自立生活センターができることを夢見ています。センターさっぽろで実力をつけたスタッフが次々と巣立っていき、新しい自立生活センターをつくっていってほしいと思っています。

札幌はまだ一日二四時間の介助保障ができていないとはいっても、全道的にはもっとも自立生活の環境が整っているところです。ちなみに、全身性重度障害者のためのガイドヘルプ制度は全道二一二市町村のなかで札幌市しかありません〔注・二〇一〇年現在、障害者自立支援法の移動支援（地域生活支援事業）を実施しているのは一七九自治体中百前後と思われる（『地域生活支援事業における地域間の差異に関する調査』二〇一一年三月、厚生労働省）より〕。言ってみれば、北海道の東京みたいなところがあって、自立生活をしたいと願って全道から仲間たちが、札幌に出てきています。

さらに北海道は、全国的に見ても東京都に次いで障害者の収容施設が多いところです。人口比では、たぶん全国のワースト一位です。いつの日か、全道二一二市町村に一日二四時間の介助保障制度が実現され、全道に自立生活センターができて、いつの日か施設が閉鎖される日を夢見ています。

（全国自立生活センター協議会編『自立生活運動と障害文化』、現代書館）

支援費制度が始まって

二〇〇三年四月一日、「措置から契約へ」を謳う支援費制度が始まりました。自分たちに必要なサービスは自分たちの手で創る活動をしてきた私たちは、それまでボランティアで行ってきた自立生活サポートネットワークを閉じ、二〇〇一年七月にＮＰＯ法人自立生活センターさっぽろを立ち上げ、支援費制度スタートに備えました。

支援費制度が始まり、私たちは慣れない事務作業や事業運営というものに忙殺されました。そんな日々の中、二〇〇六年四月一日にとうとう二四時間の介助保障が札幌に実現されることになりました。何度も何度も福祉課と交渉を重ねても、介助の時間数は一年に一～二時間程度しか上がっていかず、焦る気持ちと苛立ちだけがいつも頭を駆け巡る。そんな中、市長が替わったことにより、私たちは夢にまで見ていた二四時間の介助保障を二〇〇六年に手にしたのです。二四時間人工呼吸器をつけていること、そして重い言語障害をもつ者というように対象は限定はされましたが、大きな前進に仲間たちと心から喜びを分かち合いました。

自立生活センターさっぽろを設立して一五年になります。二〇〇三年から始まった介護派遣事業パーソナルケアさっぽろ、ピアカウンセリング、自立生活への相談受付などはフル回転で今も行われています。

二〇一〇年四月には、札幌市独自の事業で障害者自身がセルフマネジメントを行うパーソナルアシスタンス（ＰＡ）制度が発足し、当センターは制度の利用を支援する「ＰＡサポートセンター」事業を受託しました。ＰＡ制度は、重度の障害をもつ当事者に市が直接介助料を支給し、利用者が介助者と直接契約を結び、自ら介助をマネジメントする制度です。ヘルパー資格の有無にかかわらず介助者（パーソナルアシスタント）を選べるため、多くの障害者がこの制度を使い自立生活の道へとつながっています。

ベンチレーターをつけてDPI世界会議に参加する（二〇〇二年十月）

二〇〇二年十月、秋深い札幌でDPI（障害者インターナショナル）世界会議が開かれました。テーマは「全ての障壁を取り除き、違いと権利を祝おう」で世界各国から三五〇〇人以上の方々が集まり、四日間の国際会議は大成功で終了しました。各分科会では活発な意見や情報の交換がなされていました。私にとっては世界中の障害者が置かれている状況、それぞれの国が取り組むべき問題などを知ることができ、有意義な時を過ごすことができました。また障害種別、国の文化の違いなどを超えた、ネットワークづくりの必要性を実感しました。そして何より、心に残ったのはDPIの会議を通し、たくさんの方々と出会ったことです。

1、キョンキョラさんに会いに行く

カッレ・キョンキョラさん、障害者運動をしていて彼の名前を知らない方はいないかもしれません。ベンチレーターを三〇年使用し、フィンランドに自立生活センターをつくり、ベンチレーター使用者へのサポートを積極的に行っている障害者です。DPI世界会議議長を務めたこともあります。DPIの会議でキョンキョラさんが札幌に来られると知った私は、すぐに知人を通して彼に「ぜひお会いしたい」とメッセージを送りました。するとキョンキョラさんからOKのお返事をいただくことができたのです。

日本で「ベンチレーター使用者ネットワーク」を立ち上げて一二年になる私にとって、キョンキョ

ラさんの存在は、時には私に勇気を与え、時には心の支えとなり、とても尊敬する方の一人でした。

ＤＰＩ世界会議の前々日、通訳をお願いした友人と車イスの仲間数名とで、彼が宿泊しているホテルへ訪ねていきました。実は私のベンチレーター使用歴はかれこれ二八年を迎えていました。これはきっと『ギネスブック』に載せられるぐらいの長さかもしれないとひそかに思っていたので、キョンキョラさんのも聞いてみました。「ベンチレーターをつけて何年ですか？」すると彼はニッコリ笑って「三〇年です」と言われたのです。これで私のギネスへの夢が、あっけなく破れたのは言うまでもありませんでした。

私が、キョンキョラさんと一番お話したかったことは、フィンランドのベンチレーター使用者の現状でした。「何人くらいのベンチレーター使用者がいますか？」と聞くと、「私の会では六〇名です」と言われ「こんなタイプの寝台式車イスは初めて見ました」と、私の車イスをめずらしそうに見ていました。

そういえばＤＰＩの会議でも寝台式車イスの障害者は他に一名くらいしか見かけませんでした。私が五年前に行ったアメリカでもこの車イスが珍しいらしく、多くの道行く人にジロジロ見られ、中には写真まで撮る人もいて、ここは障害者差別禁止法をもつアメリカなのか！　と疑いたくなるような光景をいくつも見かけました。寝台式車イスに乗って寝たまま移動する障害者は、まだまだ少数派なのです。

それからとても興味深かったのは、フィンランドと札幌の冬の気候がとても似ていることでした。キョンキョラさんのベンチレーターのホースには布で作ったおしゃれなカバーがかけてあったのです。

「これは?」と聞くと、「ホースにカバーをかけるとベンチレーターから入ってくる空気が暖まるのです。フィンランドの冬はマイナス三〇度にもなるのですから」と言われました。「それはいいアイディアですね！　私もやってみます」と思わず言った私でした。本当に札幌の冬もベンチレーター使用者にとっては、気管にマイナス一〇度近くの空気が入り、それがとっても辛いのです。今まではベンチレーターについている加温加湿器にホッカイロをベタベタ貼って外出していましたが、あまり効果もなく、他にアイディアがないものかと思っていたところでした。キョンキョラさんはニッコリ笑って加温加湿器にホッカイロをつけて工夫しています」と言うと、キョンキョラさんはニッコリ笑っていました。フィンランドと札幌のベンチレーター使用者同士の素敵な情報交換でした。

キョンキョラさんの仕事の内容についてお聞きしていたら、こんなことを言われました。「私の仕事の中には、ベンチレーター使用者が病院を出るとき、反対されること（プレッシャーをかけられると言われていた）があるので、病院側を説得しに交渉に行くこともあります」。たくさんのベンチレーター使用者が自立生活をしているフィンランドでもそんなことがあるのかと、驚きでした。日本でもベンチレーターをつけている障害者が地域で自立したいと言うと、多くの医療・福祉関係者は大反対をします。「何かあったら誰が責任をとるのか」「何かあったらどうするのか」と、病院の中にいるほうが安全だと多くの医者たちが口をそろえます。

先日もこんな話を聞きました。ベンチレーターをつけて在宅生活を希望される方の家族へ、医者が「ベンチレーターをつけたのですから、もう終わりだと思ってください。残りの人生はおまけの人生です」と言ったというのです。この言葉こそが、今の私たちの現実です。変えていかなければならない現実です。このような言葉に対する怒りをパワーに変えて、今こそ社会変革をしなければなりません。フィンランドと日本、こんなに離れた国が、同じ悩みや苦しみを抱えていることを感じました。

2、寝台式車イスとベンチレーターと差別

たくさんの方との出逢いの中で、もう一人知り合えたことに感謝でいっぱいになるような出逢いがありました。島根県松江の女性です。ベンチレーターを使用していない方で寝台式車イスを使っている方と初めて知り合いました。彼女は自立生活をしていて、一カ月前に自立生活センターを立ち上げたばかりでした。

二人で寝台式車イスを使っての旅行や外出先での出来事を話し合い、とても楽しいひと時を過ごしました。なんと言っても、寝台式車イスという個性はとても珍しいものですから、お互いに共通した、笑わずにはいられないエピソードがあるのです。例えば寝たまま歩いていると「重病人」というイメージがあるのか、遊びに行く先々で、彼女は「どちらの病院から来たんですか?」とよく聞かれるというのです。私もよく同じ経験をして、以前夜遅く居酒屋へ行ったら、そこのマスターらしき方に「外泊してきたんですか?」と聞かれたり、友人のお見舞いに病院へ行ったら入院患者と間違えられて、看護師から「もうすぐゴハンだよ」なんて言われたりするのです。それから、彼女も私も座位がとれないために、飛行機に乗るための料金を四席分払わなければ乗れないことなど、話は尽きませんでした。

日本にもアメリカのＡＤＡ（障害をもつアメリカ人法）のような差別禁止法を！　という運動が広

がってきています。今回のＤＰＩの会議でも、障害者権利条約の制定を求める「札幌宣言」の中に、全ての国に差別禁止法を採択し実施することという文言が盛り込まれました。基調講演の中で、ジュディ・ヒューマンが全ての障害者に教育を、機会均等をと話していました。ベンチレーターをつけた弁護士、教師、医師、そんな障害者が社会で活躍する日が来るのも夢ではないのだ、私たち自身の手でその夢を掴むのだと、ジュディは教えてくれたように思います。

差別禁止法が日本に実現したら、私はまず座位のとれない障害者が飛行機を利用するときの高額な航空運賃の問題を取り上げたいと思うのです。それは、あまりにも障害を理由とした差別だからです。未だに、航空会社は、機内がどんなに空いていても、障害のない人が空いた席に横になって二席や三席の席を使っていても何も言わず、私たち座位の取れない障害者からは、高額な料金をとっているのです。

差別禁止法があればどんなに素晴らしいだろうと、日常の中でも私はよく仲間と話しています。いまだに、私は飲食店で当たり前のように「他のお客様の迷惑になりますので、入店はできません」と時々拒否されます。「他のお客様の迷惑」とは何なのでしょうか。私の大きな車イスのことでしょうか？ベンチレーターをつけている私の姿のことでしょうか？　以前、ベンチレーターをつけた友人が、レストランで吸引をしていたら「そのようなことが必要な方はレストランから出て行ってほしい」と言われ、食事の途中で追い出されたという話もありました。差別禁止法が人の心を変えることはできないとしても、私たちの日常の中にある人々の意識を変えるきっかけに、そして差別をなくす社会の大きな前進になるのではないでしょうか。

3、ベンチレーターショールーム

今回のDPI世界会議札幌大会にぶつけて、ベンチレーター使用者ネットワークではベンチレーターやその周辺機器にまつわるショールームを開きました。ショールームでは、様々なベンチレーターの機種を置き、吸引器も小型のものから、電動のものなどをたくさんの方に見て、手で触っていただきました。電動ベッドやポータブルのトイレなど、福祉機器に関する展示会はよく見かけますが、ベンチレーターに関する展示会は少ないのです。多くの方々に、ベンチレーターをもっと身近に感じてほしい、情報をつかんでほしいという思いで行いました。これからベンチレーターが必要な方、家族の方が使い始めて、もっといい機器がないかと探しに来られた方、ショールームは、毎日全国からベンチレーターに興味をもってくださる方でいっぱいでした。

DPIの会議で知り合った全国の障害者の方々の中には、「友人が呼吸が苦しいと言っているけれど、気管切開をしたら声が出なくなるから、呼吸器をつけないと言っている」などと言っている方もいて、間違った情報がどれだけ障害者を苦しめているかを痛感する場面がいくつもありました。

4、新しい出会い

ショールームも最終日を迎える日に、一人の筋ジスの車イスの男性が会場へやってきてくれました。話をすると、彼はこのごろ呼吸が苦しく、鼻マスクをつけているが苦しさが改善されず、医者に気管切開をして呼吸器をつけることを希望しているが、本人の意志が尊重されずに、医者から反対されているとのことでした。

私たちの会では、本人の意志で計画的に気管切開をし、ベンチレーターをつけた男性がいます。彼も鼻マスクを試みましたが、呼吸は鼻マスクをつけた夜間だけ楽になるけれど、つけていない昼間は苦しく、体力も落ちる一方だったのです。それで彼は悩んだ末、ベンチレーターをつけることを決心しました。初めは彼の希望に医者も戸惑っていましたが、体力のあるうちに気管切開をすることです ぐに自立生活に戻れること、ベンチレーターに早くなれることができることなどを説明するうちに理解を示してくれるようになったのです。

私たちベンチレーター使用者は医者の選択を押し付けられるのではなく、自分たちで自分の生き方を選びたいと思っているのです。今の自分の身体の状態はどうなのか、鼻マスクに気管切開、どんなベンチレーターの機種があるのだろうか、たくさんの情報の中から私たちは自分で決め、選びとりたいのです。自分の意志で気管切開をし、ベンチレーターをつけた彼は、その後とても体調もよく、元気に生活をエンジョイしています。

私たちは、障害が重度になってゆく自分と生きていかなければならないことが不幸なのではありません。自分の身体のことを、自分の生き方を自分で決められない環境にいることが本当に不幸なことなのだということを、多くの医療関係者に知ってほしいと思います。

ショールームを訪ねてくれた彼は、その後話をするうちに、札幌で自立生活を始めることを決めました。「呼吸器をつけてくれるドクターがいるなら、僕はどこに住んでもいい」。それが彼の気持ちでした。二日目、彼はご両親とＣＩＬさっぽろを訪問し、冬が来る前に札幌へ来て自立生活を始め、気管切開をすることが決まりました。私たちは彼をサポートすることに決め、再会を約束したのです。

私が代表を務めるCILさっぽろでは、障害者の自立のためのさまざまなサービスを行っています。介助者派遣サービスや送迎サービス事業、またはピアカウンセリングやILP（自立生活プログラム）づくり、自立に向けての相談も受け付けています。

そして、この頃は、ベンチレーターについてのプログラムも行っています。障害が重くなってゆくことの精神的不安を少しでもやわらげるカウンセリング。ベンチレーターの管理方法や機械の仕組み、気管切開をしたばかりの頃は声が出ないので、文字盤の使い方などを利用者に学んでもらうプログラムです。このときに大切なことは、利用者を支える介助者も一緒に学び合うことです。ベンチレーターの操作の仕方、アラームが鳴ったときの対応、そして吸引ケアの技術などを身につけてもらい、ベンチレーター使用者に対してケアができる介助者を育てていきます。みな最初は、不安でいっぱいという顔ですが、プログラムが終わるのに近づき吸引ケアをする手つきもうまくなり、仕事への自信が感じられるくらい変化します。このようなサポートが、ベンチレーター使用者へも介助者へも必要であるのです。全国のすべてのCILが、ベンチレーター使用者へのサポートができるノウハウを持てるよう期待し、ネットワークを広げたいと思います。

5、つながり

四日間のDPI世界会議を通して私が確信したことは、障害者一人ひとりの存在が世界中で意味があり、価値ある存在だということでした。私は生命倫理の分科会に参加したのですが、出生前診断をし、障害のある胎児を中絶できるという法律や、遺伝子解析をして、障害の原因をつきとめ、障害というものをこの世界から抹殺していくという、とても恐ろしい考えがあることが分科会では、話し合われていました。その中で安積遊歩さんが、自らも骨形成不全の障害をもち、同じ障害をもつ子どもをあえて出産したという話が印象的でした。彼女は「障害のある子どもが生まれてきても、人と人が助け合う社会こそあれば、育ててゆける」と話していました。

人と人が助け合う豊かな社会、そんな社会を創ってゆけるのは、やはり私たち障害者なのです。そして、障害ゆえに受ける差別や抑圧に対する怒りをパワーに変えてこそ、さらに世界は豊かになるのです。そんな思いをこれからも、世界中の障害者とつながり合い、育ててゆきたいと思うのです。

（『季刊福祉労働』九七号）

ベンチレーター国際シンポジウム（札幌・東京・大阪、二〇〇四年）

私がベンチレーターと友達になったのは一二歳のときでした。体調が悪く呼吸困難となりベンチレーターを必要としていました。それ以来、この機械は自分の人生にとってかけがえの無い大切なパートナーになったのです。

人生に悩んだり、恋をしたり、旅をしたり、仕事をしたりと私のそばにいつもいてくれて、カタンコトンと静かに呼吸をさせてくれるベンチレーター。シーンとした映画館でピーッと急にアラームが鳴り、「こんな時に鳴らないでよ」と怒ったり、デートの最中にギーギーとヘンな音がすると思ったらバッテリーが外れていて、「ねェ、今ちょっといい所だったんだから〜しっかりして」なんてケンカをしながら、私たちはもう三十年近く共に過ごしてきました。

ベンチレーターとは人工呼吸器のことをいいます。世の中では人工呼吸器と聞けば生命維持装置、重症の人がつけているものというイメージが強いのですが、そんな機械をずっと私は親友と呼んできました。ベンチレーターをつけていることは罪なこと、悪なこと。「少しでも自分で呼吸ができるようになりなさい」と、施設や病院にいた十代、二十代前半の頃は、医療関係者のその呪縛から解き放たれることはできませんでした。リハビリに明け暮れ、「今日は五分長くベンチレーターをはずせたね」と、毎日看護師が私の枕元に来ては言いました。「ベンチレーターを外せなければ、家に帰ることも外へ出ることもできないよ」と言われ、機械をつけて生きることは、人間として医療の世界での敗北者なのだと教え込まされました。

リハビリの甲斐があってか、日中だけベンチレーターを外すようになった私ですが、いつも呼吸が苦しいという感覚が頭から離れず、一分一秒と肩で息をし、まるで一日中マラソンをして走っているような呼吸の苦しさでした。

そんな環境の中でなぜ呼吸器をここまでして外さなければならないのか、呼吸器をつけながら生きることは不可能なのかと、悩み苦しんだ施設時代でした。「ベンチレーターは日常生活の道具。メガネや車イスと同じ、自分の世界を広げるものなんだ」と心から思えるようになったのは、障害者運動と出逢い、「障害は個性」という言葉に出逢ってから。二五歳のときでした。ベンチレーターをつけた私の身体も個性ととらえていいんだと思ったのです。その後二六歳で自立生活を始め、ベンチレーター使用者ネットワークという会を立ち上げました。病院を出たとたん、私は自分の意志でベンチレーターを外すリハビリをやめました。機械をつけていても自分らしく生きることを選択したのです。リハビリをやめた私は呼吸が一気に楽になり、自分の身体中にパワーがあふれるのを感じるようになっていきました。

国際シンポジウムの開催は、長年の夢でした。いまだベンチレーターに対する情報が乏しく、施設や病院でなければ生きていけないという誤解や恐怖感からベンチレーターの使用を選択しない人も多くいます。一人でも多くの人にベンチレーターに関する正しい情報と自立生活ができることを伝えたいと願ってきました。そして昨年の十一月から準備を進めてきました。お呼びする講師としてまっさきに思い浮かんだのがジョーン・ヘドリー（アメリカ、国際ベンチレーター使用者ネットワーク事務局長）です。彼女から九七年にアメリカ・セントルイスで行われる「第七回国際ポスト・ポリオ&自立生活会議」の中で日本の現状について報告してほしいと依頼があり、会議でお会いしました。この会議が日本で国際シンポジウムの開催をしたいと思うようになったきっかけとなりました。

ジョーンを通して自立生活運動のリーダーとして有名なアドルフ・ラツカ（スウェーデン、自立生活研究所）、ベンチレーターを使用しながら世界を飛び回るオードリー・キング（カナダ、トロント自立生活センター）に講師依頼の連絡をとりました。私はお二人が書いた文章や発言などを見聞きしてきましたが、尊敬し憧れてやまぬ運動家であり世界のトップリーダーたちでした。彼らは快く引き受けてくれました。

そして今回のシンポジウムにはドクターにも正しい認識をもってほしいという思いから、ベンチレーターに詳しいドクターを呼ぶことになり、オードリーと面識のある在宅ベンチレーターを専門としてきたエドワード・オッペンハイマー医師（アメリカ）に決まりました。

国際シンポジウムにはベンチレーター使用者、障害当事者をはじめ福祉関係者、医師の方にも参加いただきました。参加者の方とお話しする機会があり、「とても貴重な情報を得ることができた」との感想を聞き、開催までの苦労が報われました。

ベンチレーター使用者ネットワーク（ＪＶＵＮ）は、今年（二〇〇四年）で十五周年を迎えます。様々な活動の中で、この一五年間私の一番の願いだったことは「ベンチレーターをつけてまで生きたくはない。生きる意味さえない」と言う人たちをこの社会から少しでもなくしたいという想いでした。それは重度の障害者が生きいきと生きられる社会こそ豊かな社会であり、私が何よりも夢見るものだからです。一五年間のＪＶＵＮの活動が多くの人たちの協力のもと、国際シンポジウムという形で実を結んだのだと想います。

また新しい次の実を付けるまでに、社会変革という名の樹は雨にうたれ、風に吹かれ、太陽の光に焼かれ育ってゆくのでしょう。私たちの願いが込められたその樹が天を突きぬけていくほど大きく育ちゆくことを心から祈りたいのです。

私たちは全国の自立生活センターでベンチレーターに関する支援が行われ、何の不安も無くベンチレーターが導入でき、ベンチレーター使用者の自立生活が広がっていくことを願っています。そのための第一歩としてふさわしい国際シンポジウムだったと思います。

これからもベンチレーター使用者のためにサポートを続けていきたいと思います。
最後に、今回、三都市にわたる国際シンポジウムを開催し成功できたのは、はるか遠く海外から来ていただいた講師の方々、全国の障害をもつ仲間たちの協力、そして参加していただいたすべての皆様のおかげです。心から感謝します。

〔「はじめに」（ベンチレーター使用者ネットワーク編『ベンチレーターは自立の翼』現代書館）〕

JAL・ストレッチャー席利用にあたっての旅客業務担当者の差別発言について

（二〇〇一年六月一日）

私は、一九九五年以降、何度もＪＡＬのストレッチャー席を利用しています。しかし、二〇〇一年六月一日の搭乗のときほど差別的な対応をされたことはありませんでした。私が、ストレッチャー席にあるカーテンが垂れ下がっていて頭にあたったりして邪魔だったり、視界を妨げるので取り外してほしいと求めたことから、当日の旅客業務担当であった渡辺さんとの押し問答が始まりました。（以下に発言のやりとりを書きます。発言は要旨のみとなります。）

佐藤：このカーテンが頭の上に垂れ下がってとても不快だし、視界が妨げられるので、カーテンを取り外してほしい。

渡辺：このストレッチャー席はカーテンも含めてワンセットで航空局から安全基準の認可をうけてい

ますし、他のお客様の客室環境に配慮するために、開閉自体は自由ですが、カーテンそのものを取り外すことはできません。
佐藤：航空局に問い合わせをしたら、カーテンの取り外しについては、なんら安全上の支障をきたさないことを確認してあります。
渡辺：ですから、ＪＡＬとしては他のお客様の客室環境に配慮するために、取り外しはできないということです。
安岡：では、あなたの言う他のお客様の客室環境に配慮するとは、具体的にどういうことを言うのですか。
渡辺：例えば、他のお客様からストレッチャー席に対する何らかのリクエストなり、指摘、要望があった場合には、カーテンを閉めることにご協力いただくこともあるということです。
安岡：では、具体的に、他のお客様からの指摘やリクエストとはどういうものなのですか。もっと具体的に言ってください。
渡辺：そうですね。具体的には他のお客様が食事をされている際だとか……。
佐藤：それはどういうことですか！　この私の座位のとれない姿勢が、他のお客さんの不快になるということですか！　私の存在が他のお客さんが食事をする際の目障りとなるということですか。これはひどい問題発言ですよ。
安岡：それじゃ、ＪＡＬは他のお客さんからそういうリクエストがあった場合、佐藤さんにカーテンを閉めていただくよう協力を求めるということですか！　そんなの協力なんかじゃなく、差別以外の何ものでもないじゃないですか！　そのお客さんの差別的な感覚こそが問題なのに、具体的な場面で、ストレッチャー使用者が食事の際の目障りになるようなことを、公共交通をつかさどるＪＡＬがそういう対応をするのは、ほんとにひどい人権侵害です！

　というやりとりが続き「じゃあ差別発言じゃないということなら、他にどんな状況で他のお客さんからの指摘がくるというのか」と安岡さんが問いただすと、

渡辺：他にはストレッチャー席は他のお客様よりも視線が高いですから、他のお客様にとってはストレッチャー席からのぞかれているような感覚になることもあり、お客様のほうからカーテンを閉めてほしいというリクエストがあった場合なども考えての、配慮ということです。

佐藤：それだって、明らかな差別じゃないですか！　なぜ、そのお客さんに私の身体的状況の理解を求めようとしないで、私の存在が悪いかのようにこのカーテンをひかれて隠れなきゃならないんですか。介助者と遮断されて、一般の乗客から遮断されるということは、ストレッチャー使用者の明らかな隔離につながります！　介助者とのコミュニケーションはどうやってとれというんですか！

　私は怒りでいっぱいになりました。何度も何度も、「私のこの背骨が曲がった側わんの体が他のお客さんの目障りになるから、視線が高いからカーテンを閉めてほしいというリクエストにＪＡＬは応えるんですか！」と、それは差別発言じゃないかと訴えました。

渡辺：いえ、私はまったく皆様を差別しているつもりはありません。他のお客様やストレッチャー使用のお客様への配慮から、このような具体例を出したまでのことです。

佐藤：けれど、他のお客さんが食事中のときにはカーテンを閉めてほしいだなんて、差別発言と受け取られても仕方ないことですよね！

安岡：あなたは今、実際に差別発言をしたんです。他のお客さんが食事中にはカーテンを閉めてもらうこともあるというのが差別だと感じていないところが問題だ。自分が差別発言をしたことを認めて、きちんと佐藤さんに謝罪すべきだ。

渡辺：いえ、私は差別発言をしたわけでもなく、JALも障害者の方々を差別するような会社ではありません。私が言葉足らずで皆様に誤解を与えてしまったことには謝りますが、ストレッチャーを使用する方々を差別するつもりなど毛頭ありません。

と、最後まで自分の発言を差別だと認めようとはしませんでした。

スレッチャー席について、かれこれもう三〇分以上もこのやりとりが続いており、出発の時間を大幅に遅らせていました。他の乗務員から、「とにかく、もう出発の時間をずいぶん過ぎておりますので、今日はこのへんにしていただいて後日ということで……」と何度も言われました。このやりとりの途中、客室チーフパーサーの勝俣さんが、私たちと渡辺さんの仲介をしていました。私たちも後日きちんとこのことで話し合おうと思い、怒りのうちにそのやりとりを終えました。

渡辺さんとのやりとりを終えたのち、勝俣さんは「今日は出発の際に、佐藤さんにはとても不快な思いをさせてしまい、本当に申し訳ありませんでした。同じJALの者といたしましても、先ほどの（渡辺さんの）発言には同意しかねるもので、たいへん申し訳ありませんでした。私のほうからも深くお詫びいたします。この件についてはきちんと上の者にもレポートという形で伝え、後日必ずこちらのほうからご連絡いたします」という約束の下、こちらの連絡先をメモに書いて手渡したのでした。

しかし、待てども待てどもJALからの連絡はついにくることなく、とうとう六月十五日に安岡さんのほうから、CS推進部の伊藤課長と渡辺さんの上司であるJAL新千歳空港の中野さんに連絡をとってもらうことにしました。

残念なことにあれほど後日連絡をいれるといっていた渡辺さん本人は、この差別発言事件の四日後の六月五日にシンガポール支店に転勤になっていて、本人と直接お話しすることはできませんでした。

CS推進部の伊藤課長さんは、渡辺さんが差別的な発言をしたことについて、きちんとした指導がなされていなかったことと、佐藤さんにたいへん申し訳なかったという謝罪を口頭でしていただきました。それと、六月六日の羽田から帰る際に手渡された文書に、

「二：カーテンの取り外しについて……カーテンの布自体の取り外しについては、安全上問題はない旨航空局から連絡を受けております。ストレッチャーをご利用されるお客様のプライバシーの観点から、当カーテンについての運行時における開閉についてはご利用されるお客様の判断にお任せしております。ただし、公共交通機関としてご搭乗いただいております他の多くのお客様からのご指摘な

らびに配慮を含め、また不測の事態が生じた際、すぐに対応させていただけるようカーテンそのものの取り外しはご遠慮いただきます。」

という文言があり、「他の多くのお客様からのご指摘ならびに配慮」と「不測の事態」とは、具体的にどういうことを指すのか、電子メールで返答してほしいことを申し入れました。この具体例の内容によっては、JALのカーテン開閉においての考え方がストレッチャー使用者への差別につながらないとは言い切れません。

上司の新千歳空港の中野さんは、「もし渡辺がそのようなことを実際に発言していたとしたら明らかに差別発言であるので、それについてはお詫びしたい」とのこと。さらに、渡辺発言についてJALからの後日連絡が何一つなかったことについて、何の誠意も感じ取れないことを伝え、今回の渡辺発言について文書による謝罪をしてほしいと申し入れました。すると中野さんは、「渡辺の発言について事実関係を詳細に調べた上で対処したい」と答えていました。

中野さんからは、後日（六月十八日）謝罪の文書をいただきました。

ベンチレーター使用者ネットワーク十六周年によせて（二〇〇六年十二月）

ベンチレーター使用者ネットワークは、十二月で十六周年を迎えました。これも沢山の方たちの励ましと支援のおかげと心より感謝いたします。バクバクの会事務局長の折田みどりさんからは、十六周年に寄せて温かなメッセージをよせていただきました。心からのお礼をお伝えしたいと思います。

一六年間の活動を振り返り、あの頃では考えられないくらいベンチレーターをつけている障害者が、自立生活や地域での暮らしを始めていることは夢のように思います。しかし、まだまだベンチレーター使用者が当たり前にどんなに障害が重くても社会の中で自分らしく生きたいと願っても、地域の中での受け皿があまりにも貧しすぎることも確かです。

先日も自立生活をしているベンチレーター使用者の方が、介助者がいない間にベンチレーターの管が外れ、亡くなられてしまったというお話をお聞きしました。そこの町はまだまだ介助時間数が少なく、二四時間の介助体制を組むことが大変だったということです。こういった話を耳にするたび、私は自分の力の無さに打ちのめされ、無気力感に包まれてしまいます。

バクバクの会の会長であった故人の平本弘冨美さんはよく口をすっぱくして私たちに語ってくれました。「在宅を無謀にする人たちが増えている。ベンチレーターをつけても地域で暮らせる、できるんだということを実証していくことも大切や。だけど安全にということが抜けてる。危機管理をきちんとしていくこと、それをみんなで考えなければ」と。今私はあの時の平本さんの言葉をかみしめています。吸引介助ができ、ベンチレーターの知識も身につけているヘルパーを育てていくこともちろん大切なことだと思います。

けれど、障害当事者こそが自分の体を守り、危機管理をしてゆくこと、エンパワードされることこそもっとも必要なことではないかと思うのです。ベンチレーターのアラームがなったときの対応の仕方、吸引介助の技術を伝えられる指導力、ベンチレーターについての管理方法。これらのことをしっかりと学び、仲間に伝えてゆけるベンチレーター使用者が社会の中で輝き始めてほしいと本当に願わずにはいられません。どれだけ輝きを放つ宝石のような障害者と出会えるか、そしてその石に光を宿すことができるのかが、これからの私の大切な仕事だと思っています。

友人は、障害をもちつつも税理士として働いていますが、身体が辛くなり始めたので退職し、その後、マレーシアにも本当のCIL（自立生活センター）を設立したいとのこと。それでも、自分と同じものを目指していける仲間が少ないことが一番の障害だ、と言っていました。

日本でCILのことを勉強し、実際に自分の国でCILを設立し、活動が成功している事例は少ないかもしれません。しかし見えないところで、彼女のように、まだ行動には移っていなくても、その芯は揺るがず、機会をうかがって次のステップへつなげていこうとする人もいるのですね。国は違っても、同じものを目指す仲間として心はいつも近くにいたいな、と思いました。

障害者自立支援法を乗り切るために、頑張るぞー！

ベンチレーターをつけて私らしく生きる（二〇〇六年六月）

1、自立生活

二四時間ベンチレーターをつけながらの自立生活を始めて一六年が過ぎた。始めの頃は、週に三回、一回二時間くらいだったヘルパー派遣も長年の運動の成果で、今年とうとう最重度の障害者のみだが一日二四時間の介助保障が札幌市にも実現した。どんなにこの日を夢みていただろう。それなのに、その喜びも、津波のように押し寄せてくる障害者自立支援法への不安と怒りでかき消されそうになる。

子どもの頃から施設にいた私は二十代前半の頃、「ベンチレーターをつけているのだから、一生病院で寝たきりのまま生きるしかない」と医師から告げられた。自分の障害を呪い、未来に絶望しか持てずにいたあの頃の自分。先輩の脳性麻痺の人たちが地域で差別と闘いながら暮らす姿を見て、自分も外の世界で生きたいと胸を熱くした。

当時ベンチレーターをつけながら地域で在宅をするなど、誰もが考えられないことであり、ベンチレーターは病院内で重病の人がつけるものとされていた。「病院を出て自立したい」という私に施設の職員や医師たちはみんな、「あなたの言っていることは現実から離れすぎている。夢のようなこと」と半ば呆れられ、笑われたあの頃が懐かしい。

「三日でいいから、死んでもいいから」と言いながらスタートした自立生活だった。それが、一六年も続くなど当の私自身が一番驚いている。私にとって地域の中でベンチレーターをつけて生きるとは、例えばこういうことだ。介助者と夕飯の支度をしていて、卵焼きを作るとする。料理をするとき、私はできるだけ細かく指示を出し、自分の好みの野菜の切り方、味付けなどをする。その日は、にもかかわらず卵焼きが焦げてしまった。「あ〜どうしよう、失敗しちゃった」と思い、焦げた卵焼きを見て、我慢して食べようかそれとも捨ててしまおうかと考え、結局食べることに決める。

一六年という時間を地域の中で生きた今、ベンチレーターをつけて暮らすということは、私にとって焦げた卵焼きをどうするかという選択と決定、自己責任と同じくらい日常のごくあたり前のことである。それくらい私にとっては自然なことなのだけれども、今でもよく周りの人々から「ベンチレーターをつけていて自立生活をするなんて不安ではないですか?」と聞かれる。そして、「何かあったときの責任は自分がとるという覚悟なんでしょうか?」とも言われる。そんな時私は、あまりにもその大げさな質問に笑ってしまう。私にとってベンチレーターは、眼鏡や補聴器と同じように、体の一部であり生活の道具なのである。いつも死の恐怖を突きつけてくる機械では決してない。料理からベンチレーターの操作まで、自分自身が自分の生活を管理していく、それこそが、「自立生活」そのものであると思う。

2、「尊厳死」について

医師であり日本ホスピスケア緩和協会会長でもある山崎章郎氏が、新聞紙上で先月興味深い文章を発表されていた。それは尊厳死に対する意見であったが、障害者運動にも共鳴できる部分が多く深く心に残った。

山崎氏は、「患者さんたちがもはや人間としての尊厳が失われたと感じ、これ以上生きる意味がないと考えるようになるのは、死までの時間の長短よりも病状進行の結果として排泄、入浴、食事などの基本的な日常生活が自力ではできなくなり、いやおうなしに他者に依存せざるをえなくなった時が多い」と語る。「そしてこの時期に適切な心身のケアがなされなければ、多くの人々は尊厳を感じることのない絶望的な想いの中で生き死を迎えることになる。しかし、その人を主人公とした心身のケアがなされれば尊厳を感じながら生きることも可能になる。その身体状況にかかわらず自分の苦悩や苦痛を本気で受け止めようとし、心のこもった適切なケアを提供する人々との出会いによって再び生きる意味を見出すことが可能になるからである」と。

私は、この「心のこもったケアを提供する人々との出会いによって」を、「いきいきと地域の中で暮らしている障害をもつ当事者との出会いによって」と書き換えることも可能だ、と思う。どんなに重い障害をもっていても、私たちが地域の中で楽しく輝いて生きて、その姿をよきロールモデルとして、社会や病気の人たち、中途障害者の人たちに見せていく。そのことが、障害の自己受容に大きな影響を与えることを私たちはよく知っているからだ。

残念なことに、未だに「ベンチレーターをつけてまで生きたくはない」と死を選ぶ人たちは後をたたない。もちろんケアの体制がない、または家族に多くの負担や犠牲を強いてしまうなど、未だ解決されていない問題のせいもあるだろう。しかし、「ベンチレーターをつけてまで生きることにためらいがある」という彼らの言葉の中には、「そんな人は生きていていいのだろうか?」という差別が、障害をもつ人自身の心の中にもあるのではないだろうか。重度な障害をもつ者は社会の役に立てない。そんな自分を受け入れられない。そういった優生思想的な考え方が、どれほど私たちの人生を不幸にしているのかを、ベンチレーターをつけるか、つけないかという「尊厳死」の議論の前に、もう一度考えたいと思う。

例えばベンチレーターをつけている人たちが仕事をもち、子育てをし、レジャーを楽しむ。そんなことがあたり前の社会であれば、ベンチレーターをつける、つけないということが、これほどまでに苦しい選択を迫ることはないだろう。「尊厳死」という言葉を最近よく耳にするようになったが、必ずそこにはベンチレーターをつけるかつけないか、つけた場合外すか、外さないかということばかりがセンセーショナルに描かれる。けれどベンチレーターをつけても自分らしく生きることができ、社会もまたベンチレーター使用者をウェルカムしてくれるならば、「尊厳死」と言う言葉は死語になることだろう。

ベンチレーターをつけて生きる姿は、あわれで哀しみに満ち、生きるに値しないイメージしかないのだろうか。決してそうではない。ベンチレーターをよきパートナーとして生き、そして私らしく生きている私は、どんなに障害が重くとも、人生は輝きに満ちた生命であることを確信している。

（『季刊福祉労働』一一一号）

北海道障害者条例

自立生活を始めて二六年になる。その間、沢山旅行もしたし、色々なレストランやお店などにも出かけて行った。ランチ時、ご飯を食べようとやっとの思いで段差の少ないレストランを見つけ、お腹がグーグーなる中でお店に入ろうとしたら、「寝台式の車いすの方はちょっと無理です」とよく、入店拒否をされた。特に店が混んでいるわけでもなく、狭い店でもないのにあからさまに断られるという経験を何度もしてきた。

自立生活を始めた頃は夜の遅い時間に居酒屋などに行くと、「どこの病院から来たの？　外出の門限は大丈夫？」などと真顔で、店長さんらしき人に帰宅を勧められたりもした。旅行で飛行機に乗ろうと思えば、座位の取れない私は沢山の座席にストレッチャーを載せて乗らなければならない。そのストレッチャーの料金も未だに驚くほど高額である。

一八年前には私の住む街には地下鉄のエレベーターもなく、階段を担ぐお手伝いをしてほしいと駅長さんに頼めば「腰が悪くなるから」と嫌な顔をされたりもした。当時私はそんななか、障害をもつ仲間たちと声を上げ、少しでも自分たちが住みやすい街づくりをしていこうと活動をしていた。入店拒否をしたお店に対しては話し合いを申し入れ、障害をもつ私たちもレストランを当たり前に使えるように理解を求めたり、地下鉄にエレベーターを付けるため署名活動をし、交通局と何度も話し合いを重ねたりもしてきた。

それから一年後の一九九九年十二月、私たちの活動が実りエレベーターが設置された。札幌市内の地下鉄のエレベーターはどこも真四角で、狭く入りづらいが、私の住む駅だけは寝台式車いすに乗る障害者が利用しやすいように要望し、縦長の寝台式車いすの私でも入りやすいエレベーターが付けられた。どんなに交渉を繰り返しても理解をしてもらえないお店や企業も沢山あった。「障害をもった人たちのためだけに予算を使うことはできない」と何度も繰り返し言う企業には、とても憤りを感じていた。

そんななか、二〇一〇年に北海道障害者条例ができた。障害者に対する差別や偏見を少しでもなくすためには、私たちにとって条例ができたことは画期的なことだった。これまで、障害をもつことは社会に迷惑をかけることだと社会の片隅でひっそりと暮らしていた人たちも、声を上げる権利があるのだということが、少しでも広がれば良いと願った。

私が自立生活を始めた頃と比べ、街は随分とバリアフリー化されてきたように思う。地下鉄の各駅にはエレベーターがほとんど付き、車いす用のお手洗いもあちこちで見かけるようになった。ただ残念なのは、新しいビルなどが建ち、車いす用のお手洗いがあったとしても、利用者である私たちの使い勝手が良いとは限らないことも多い。例えば、入り口がとても狭かったり、手すりが可動式ではなかったりなど不便な点が沢山ある。利用者がもっともっと社会に出て、新しい建築物の設計から立ち合い、利用のしやすさを伝えられる機会があればどんなに良いだろうかと考える。

少しずつではあるが、確かにバリアフリー化が進みそれなりに街を車いすで歩くことができるようになってきた気はする。しかし、人々の意識はどうだろうか。社会の中の障害者に対する差別的な感情がなくなり、理解のある眼差しが向けられているのだろうか。

先日も、外出をしたときにエレベーターが混んでいて、何度待っても乗ることができなかった。しびれを切らし「急いでいるので乗せて頂けませんか?」と言うと、「次に来るエレベーターまで待つことはできないの?」と中年の女性の方に顔をしかめて言われた。近所のサイクリングロードを寝台式車いすで歩いていると後ろからやってきた自転車に乗った男性に「車いすは邪魔くさいんだよ」と怒鳴られた。

なんだか、障害は不幸なもの、社会から排除すべきものという価値観がますます社会を暗く覆っているような気がする。障害は、あってはならないものとして、人々の心の中にある氷のような塊はなかなか溶けてはいかない。だからこそ私たちは街に出てこれからも声を上げていこう。

残念ながら北海道障害者条例には企業やお店など、あらゆる差別に対しての罰則は設けていない。けれど、自分たちが街へ出て輝いて暮らす姿こそ、社会を変える瞬間となるだろう。

■コラム　こころを記すダイアリー

一九九六年〇月×日

長い長い時間をかけ、たくさんの交渉を札幌市の障害者福祉課と行い、とうとうこうの春、介護料が月四八時間から六〇時間へとアップした。

求める会のメンバーご苦労様！　まだまだ介護料は足りないけれど、一二時間のアップは一人ひとりの手でつかんだ「生きるための権利」。手を開いてしまったら、つかんだものがこぼれ落ちてしまいそうな気がして、今夜は握りしめたままの手で眠りにつこう。

東京報告（一九九九年十二月）

まっ白な札幌の冬景色から紅葉の終わりかけた季節の東京へと着いたのは、十二月になったばかりの頃でした。今回の東京行きは、障害者政策研究会という集会の自立支援という分科会でパネラーとして参加すること、そして「吸引ケア」をめぐって厚生省との交渉を行うことが大きな目的でした。

それ以外では、「ＣＩＬホッとPeer'sあだち」の主催でベンチレーター研修会を開催したり、東京に住む友人たちと食事をしたりと、充実した旅でした。

東京都内のＣＩＬ（自立生活センター）では、ベンチレーターを使用している方がセンターを利用し、介助者派遣サービスを受ける方が増えてきているとのことで、ベンチレーター研修会には、ベンチレーターについての知識やケアの技術を学ぼうと五〇人近くの方が参加されました。研修の内容としては、私の生活の様子をスライドを使って紹介したり、アンビューバッグの使い方、ベンチレーター周辺機器の説明、携帯用の吸引器についてなどを勉強し合いました。皆さんとても熱心に耳を傾けてくださり、これまでベンチレーターの問題は「医療側の問題」という傾向が強かった気がしますが、自立生活運動の中にも語り合いの場ができ、ベンチレーターについての情報が障害当事者の視点で必要とされていることを感じ、とても嬉しく思いました。私自身これまで「医療」に奪われてきたベンチレーターについての問題や情報を、自分たちの手に少しずつ取り戻していくことの大切さを改めて確認することができました。研修会の後、あるＣＩＬのスタッフの方が、「これからは積極的にベンチレーター使用者への介助派遣サービスを行いたい」と語ってくださったのが印象的でした。

○月×日

みんなと「違う」ことが「悪いこと」としてとらえられてしまうなら、それは障害をもつ私にとっても生きづらいこと。

そんな想いで第一回レズ・ゲイ・プライドマーチに参加した。「生きる形はひとつじゃない」「社会にあわせて私は変えられない」などのプラカードの言葉に共感しながら、同性愛者の人たち、障害者、市民運動のグループなどと一緒に札幌の街を歩いた。

十代の頃の私は、車イスに乗って、障害により曲がっている自分の体がとても嫌いだった。胸まですっぽりとかくれるような大きなひざかけに隠れるように生きていたっけ。「障害をもって生まれた私の体はかけがえのない素晴らしい存在だよ」。気がつくと私は、あの頃のひざかけの下にいた自分に語りかけていた。

プライドマーチは、これからを生きる私自身への「いやし」であった。

社会という名のスクリーン（二〇〇二年十二月）

自立生活をしている私は、ベンチレーターを寝台車いすに載せて、週三、四回の外出をする。レストランで友人と美味しいものを食べたり、ショッピングをしたり、映画を観たり。映画は大好きで月三、四本くらい観ている。

数年前までの札幌の映画館は、まだどこもバリアフリーになっていなくて、長い長い階段を通行人や映画館の店員に担いでもらい観ていた。担がれている最中、この急な階段でもしだれかが足を踏み外したら……と、ドキドキしながら、それでも命懸けで映画を観ていた。映画を観たいというそれだけの願いが、私にとってはエベレストの山を登るように長くて苦しい道のりだった。

この頃はバリアフリーの映画館がちらほらできてきている。いつも私が行っている映画館は一階と二階にスクリーンが一〇くらいずつあり、それぞれの部屋にスロープが付いている。スクリーンの中でこれから起こる恋の物語やサクセスストーリー、さまざまな人生の事件を主人公たちがどう乗り越え生きていくのかと、考えるだけでわくわくする。

新作のポスターが貼られている壁の前で次はこれを観ようなんて物思いにふけっていると、どこからかいい香りが……やっぱり映画を観る時は、片手にポップコーンがなきゃ始まらない！　と、いそいそと売店へ行く。と、ここまではいつものコースであるが、その日は観たい映画が二階で上映中だった。

ここの映画館は二階に行く場合、必ず裏口にある通路を通ってエレベーターに乗らなければならない。この裏口通路はいつ行っても汚い、暗い、臭い。他の客の飲んだコーラの空きカップやポップコーンの入れ物が入った袋がいくつも並んでエレベーターの前に置いてある。中には袋からはみ出て、カップに残ったコーラが床にベチャベチャこぼれている。正直言ってこれから映画を観るんだ！　というわくわく気分がいつもここでしらけてしまう。なんで車いすだからってそれだけで、こんなところを通らないと観られないの？　あんまりだよ、だって表はあんなにきらびやかなんだよ、このギャップは何？　思わず私は店員に言った。「責任者と話をさせてください！」と。

そして店長と話す日はやってきた。相手側はひたすら謝り続け、もう裏口の通路にゴミ袋をけっして置かないことを約束して帰っていった。

まだ造られて新しいこの映画館にこんなことを言っても無駄かもしれないが、言わずにはいられなかった。「私たち車いすと他の客を分けないでください！」と。これは社会のあらゆる場面で見られる風景ではないだろうか。車いすの方のためといって、分けられ、特別にされ、私は差別を受けてきた。「裏口人生もうやめたい」何度つぶやいてきただろう。

社会という名の大きなスクリーンに描きたいと思う。どんなに障害が重くても自分らしく生きられる姿を、差別のない世界を。

（『ノーマライゼーション』十二月　日本リハビリテーション協会）

社会という海へ（二〇一二年七月四日）

二〇〇二年、障害者インターナショナル（DPI）世界会議が北海道で開かれた。ジュディと出会ったのはその時だった。

アメリカで「自立生活運動の母」と呼ばれる彼女、ジュディ・ヒューマンは伝説であり、その存在は障害者運動を続けてきた私の憧れで、尊敬してやまない女性の一人だった。あれから、彼女と並んだツーショットの写真を支えに、こんな時ジュディだったらどう考えるだろうといつも思いながら、私も社会の差別に声をあげてきた。

米国務省特別顧問官を務める彼女は、障害者の完全なる社会参加を求めて、世界中を車イスで飛び回っている。そんな彼女を呼び、講演会を開きたいとの思いを一〇年間温めてきた。先日、その思いが実現した。

大好きなおにぎりを片手に、講演会や表敬訪問、大学での講義などパワフルに時間を惜しんで動く彼女と行動を共にし、夢のような時間はあっという間に過ぎた。

彼女の言葉で何よりも心に強く残ったのは、「福祉はチャリティーの対象ではない。人権問題なのだ」と言われたことだった。この言葉の中に、それまで彼女が社会と闘い、自分への誇りを取り戻そうと生きてきた歴史を感じ、私は涙があふれた。

ジュディが残していってくれた言葉を胸に抱きしめ、これからも私は社会という海へ声をあげ、石を投げ続けるだろう。そして、石は波紋を広げ大きな流れにたどり着くことを願って。

（『北海道新聞』夕刊）

ようこそ！（二〇一二年十二月）

一冊の小さな本を閉じるように一年が過ぎてゆく。今年一年の思い出は？　と聞かれたら、次々と浮かんでくる。中でも、娘の小学校の「共に生きる」という授業に参加できたことは良い思い出で、子どもたちの笑顔が忘れられない。

娘の学校では、五年生を対象に車椅子に乗っている人たちを迎え「障害」について考える時間をもっている。自分たちの住む街は、どれぐらいバリアフリーになっているのか、障害をもつ人はどんなことで困っていて、どんなふうに暮らしているのかを考える時間だ。毎年招いていただき、仲間と授業をさせていただいている。

最も盛り上がるのが、子どもたちの車椅子体験だ。交代で車椅子に乗ってみる。みんな目をキラキラさせて押したり、こいだりして、部屋いっぱいに笑い声がはじける。

そういえば、娘が今よりずっと小さかった頃、買い物で一緒に歩き回って疲れてきた彼女はよくこうつぶやいた。「ママは歩けなくていいなぁ、私も車椅子に乗りたいなぁ」と。娘にとって、私が歩けないことはひとつの個性なのだろう。

たくさんのうれしい質問を浴びながら、子どもたちは私の周りを囲みはじめた。こんな風景を、これからもつくってゆきたいと心から思う。

あと数日で新年。障害のある生命の誕生も「ようこそ！」と迎えられるような、そんな社会をこれからも創ってゆきたい。

（『北海道新聞』夕刊）

終　章　あたり前の幸せを求めて

メイと桜

出会い

二五年共に生きてきたパートナーとは、私が自立生活を始める前に出会った。彼は自立生活運動を行っていた団体の中心メンバーのスタッフとして働いていた。一九八八年のあの頃、私は地域で自立生活をすることを夢見、道なき道を前にして時には絶望的な気持ちになり、時には前を向いて生きていくことを自分に言い聞かせながら、在宅用のポータブルのベンチレーターと一緒に病院からの週末試験外泊を繰り返していた（第一章コラム参照）。あの頃は、重度障害者がアパートを借りるのはとても難しい時代だったけれど、母が見つけてくれた六畳一間のお風呂のない小さな部屋は、私にとっては自分らしい時間を過ごすことができるしあわせな空間だった。試験外泊は当時、周りの友人や施設にいた頃に親しくしていた職員たちがボランティアで泊まり込み、ボランティアが見つからない日は母もよくご飯を作りに来てくれたりしていた。

「三日でいいから、死んでもいいから」と始めた試験外泊だった。けれど本当に何か事故が起こった場合は「やっぱりベンチレーターをつけた人の自立生活は無理だよね」と言われ、後に続くベンチレーター使用者の運動は一〇年も二〇年も遅れてしまう。とにかく自分が前例として道を開くのだと、崖から飛び降りるような気持ちで病院を出てきた自分が懐かしい。そんな想いの中で彼と出会った。

当時、外泊をするにあたりどうしてもリフトの付いた福祉車両が必要だったため、市内にあった障害者団体の送迎サービスを利用させていただいていた。その時の運転を担当してくれていたのが彼だった。第一印象は「無口で笑わない、ちょっと暗めの男の人」だと思った。それまで私の周りにはいないタイプの男性で、車の中では特に会話もなくいつもシーンとした空気が流れていた。

そんなある日、リフト車で病院へ戻り荷物を降ろしてもらった後だった。いつものように「ありがとうございました」とお礼を言う私に、彼が一言「佐藤さんはどうしてそんなに『すいません』とか、『ありがとうございます』ばかり言っているんですか？　そんなに言わなくてもいいですから」と怒った顔で病室を出て行った。ショックだった。とてもとてもショックだった。そんなこと今まで誰からも言われたこともなく、まっすぐに目をみて言ってくれる人もいなかったからだ。

それから私は、あの時の彼の言葉の意味をよく考えるようになった。幼い頃から施設や病院で育ってきた私は「ごめんなさい」「ありがとう」を繰り返し言うことで自分を守り生きてきた。それが自分でも無意識のうちに心の中にしみついていたのだ。自分は社会にとっては迷惑な存在で、こんな自分が生きてていいのかといつも心のどこかで思っている、自己否定感でいっぱいの私がそこにはいたのだ。そんな自分に気づかせてくれたのが彼との出会いだった。

鍵事件

それからちょっとした事件が起こった。十二月も末、友人たちと外泊のときに忘年会をしようと街へ出た。外は真っ白な雪景色、冬本番のさなかの出来事だった。街へ出かけるために私は少しお化粧をしてお気に入りのニットのセーターを着て、いつものように送迎サービスを使って出かけた。まだお酒を覚えたばかりでカクテルの名前を知ったり「ワインは白より赤のほうが好き」なんていかにも知っているかのようにワイワイ遊びに出かけるのが楽しかった。（あの頃は少しだけお酒が飲めたのです。）夜のキラキラした街中を歩き、ストローでお酒を飲み、夜も更ける頃夢の時間は終わっていく。帰りはいつも朝方なのでタクシーで帰ってきていた。ウィーニング（呼吸器を外して自分で呼吸をする訓練）の成果なのか、ベンチレーターは外出時はつけていなかった。あの頃は半日くらいはベンチレーターを外していられたのだ。よく吸引機のバッテリーがなくなり、すすきののラーメン横丁のラーメン屋さんの看板の横についている電源をちょっとお借りし、吸引をしたりもしていた（笑）。当時二七歳の私は、まさに失った青春を取り戻すかのごとくよく飲みに出かけていた。

そんなある日、小さな事件が起こった。リフト車で、家に迎えに来てくれた彼が私の住んでいたアパートに出掛ける前に鍵をかけてくれたのだった。そして街で別れるとき、私はすっかりその鍵を受け取るのを忘れたのである。気づいた彼が私と連絡を取る術もなく追いかけてくれたそうだが、もうすでに遅く、私は浮かれて街中に消えていた。そのあと私がもし呼吸器が必要になり慌てて家に戻ったら「鍵がない！」ということになる。彼はもしそうなったら大変だと思い、アパートの前で夜が白々と明けるまで待っていてくれたのだ。

「飲みすぎたよー、目が回るぅ」なんて能天気なことを言いながらタクシーを降りた私は、もうずっと待っていてくれた彼に心臓がひっくり返るほど驚いた。穴があったら入りたいとはこのことだろう。「すいません。本当にごめんなさい……。鍵を受け取るのを忘れるなんて」と私は申し訳なさいっぱいに謝った。「いえ、いいんですよ。何も起こらなくてよかった」と彼は言い、夜が明ける頃だからと少しだけ頭を下げて笑顔で帰って行った。その日の午前中、二日酔いでガンガンする頭でもう一度改めてお詫びの電話を入れた。すると彼は「大丈夫でよかったです。もし佐藤さんが呼吸が苦しくなって家に戻ったとき（ベンチレーターは家に置いてきていた）、家に入れなかったら大変なことになると思って待っていたほうがいいと思ってたんです」と優しく言ってくれた。あの時感じていた彼に対する「怖い人」というイメージが一気に消えていった。そしてこの「鍵事件」が二人にとって何年もあとで大笑いするような大切な思い出話になるなんて夢にも思わず、寝不足の私はまたそれから深い眠りについた。

桜の季節

あの出来事をきっかけに、気がつくと私は将来の自立生活の不安や相談を彼によくするようになっていた。当時はまだ入院中の私の病院へも彼はよく足を運んでくれるようになり、親身に相談にのってくれた。「青い芝の会」（七〇年代に活躍していた脳性マヒの障害者団体）の資料をどっさり持って来てくれて、まだ「障害者運動」の「し」の字も知らない私に知らない世界を教えてくれた。「ごめんなさい」「ありがとうございます」しか言えなかった私は、障害があっても自分たちで声を上げ、社会を変えていけることを知った。彼の「自立生活を諦めなければやれるよ」の言葉に、私は迷わず自分の心の声に従って生きていいのだということを確信した。「夢を見てはいけない。ベンチレーターをつけながら寝たきりの生活を楽しむことを覚えなさい」とドクターから言われていた私にとって、青い芝の会の人たちは雲の上のような存在で、憧れと共に障害をパワーに変えて自分らしく生きることを学んだ。施設にいる私にとって、彼が聞かせてくれる話はいつも外の世界の香りがした。

いつの間にか私は彼が面会に来てくれる日を心待ちにしていたのだ。病室は八人部屋でお隣のベッドとはカーテン一枚でしか仕切られていない。なのでもちろん二人だけで話せるプライベートな空間もない。だから診察が終了した後の真っ暗な病院ロビーの自販機の薄明りの影になって、公衆電話ボックスの真横で誰もいないすきをぬってこっそり恋をした。あの頃の私は、外にもあまり出れず、手鏡を使ってよく窓から外を見ていた。春夏秋冬病室での楽しみは、空の色や雲の形が変わってゆくことを眺めることとくらいだった。

そんな春がまだ浅い雨の日だった。面会に来てくれた彼が手に持っていた傘は雨に濡れ、雫がたくさん付いていた。そして笑顔で「今日はおみやげがあるんです」と言った。手には傘しかないのに私は不思議な気持ちでその姿を病室のベッドの上から眺めた。まるで魔法のように傘から出てきたのは薄いピンクの桜の花の一枝だった。キラキラと雫で光るその花に思わず「わぁ　キレイ！」と感激する私に、「あまりに美しいから、ちょっとだけ頂いてきました」と彼も笑顔になった。

今でも桜の季節が来ると思い出す。あの時の私たちを。そしてあんなに美しい桜を見たのはあれが生まれて初めてだったことも。

あれから二六年がたつ。あっという間に月日は流れた。今でも彼は季節の野原に咲く小さな花を少しだけ摘んで来てくれる。あの頃と変わらない花の贈り物は毎日のように届けられ、今日も私を笑顔にしてくれる。

おわりに

ようやくここまでたどり着いたという想いでまずは安堵しています。

自立生活を始めて二六年、人工呼吸器（ベンチレーター）は単なる生命維持装置という機械ではなく、人工呼吸器を使用する私たち障害者にとっては人生の大切なパートナーであるということを伝えてゆきたいと思い、様々な活動をしてきました。

最近の私はますます障害が重くなり、今までできていたことができないという現実と向き合う日々を送っています。これまで自分で食べていた食事も、文字を書くということも、新聞を読むということも、介助が必要となり、もどかしさを感じながら暮らしています。

それでも重くなってゆく障害を受け止めたり、受け止めきれずにケンカをしたりしながら、日常の中の小さな幸せを見つけ、嬉しいときも悲しいときもいつもそばにいてくれる人工呼吸器をパートナーとして自分の人生を輝かせ、生きてゆくことができればと心から思っています。


自立生活を始めて一一年がたった頃、生後一歳にも満たない女の子を養女として迎えることになりました。この出来事は、それまで精一杯手探りで生きてきた自分への天からの「贈り物」だと素直に思えました。そして笑ったり泣いたりしながらの忙しい子育てが始まったのです。娘は、くまのプーさんのぬいぐるみに吸引の真似をしたり、背中にガーゼを押し当てたり、私の日常に使う医療道具もおもちゃに変えて育っていきました。

今、彼女は一五歳になり、多感な季節を迎えています。子育てもずいぶん難しい時期に入り、すぐ娘に手や口を出したがる私にとって、子どもを黙って見守り続けることの大変さを実感しています。それでも私にとって、娘は世界でたった一人の大切なかけがえのない宝物であるということを、これからもずっと伝え続けてゆきたいと思っています。


施設にいた頃、寝たきりの生活の中で手鏡を使うことを覚え、食事をするときも物を取るときも手鏡を使う生活でした。単調な施設での生活の中での何よりの楽しみは、病室の窓から手鏡で移り変わる季節を見ること。青い空に浮かぶ白い雲、昨日までつぼみだったのに一面に咲くたんぽぽの黄色い花、空からハラハラと粉砂糖のように降ってくるまっ白な雪、いくら眺めていても飽きることはありませんでした。

特に好きなのは雨の日。あの雨の中を歩いてみたい、濡れてみたい……。外の世界で生きることを強く願った瞬間だったような気がします。

今ではすっかり地域で当たり前に暮らし、「エーッ！　今日は雨なの？　外出大変だなぁ」なんて言っている自分に笑ってしまいます。それでも、時々雨にうたれて生きられることの幸せをかみしめる瞬間が今でもあるのです。

地域で暮らすことができたからこそ、雨にうたれて歩いたあと、空には大きな美しい虹がかかることを知ることもできました。その喜びを胸に、これからも人工呼吸器をつけながら自分らしく生きたいと願っている仲間たちに希望を届けられるような仕事をしてゆきたいと思っています。

最後になってしまいましたが、現代書館の小林律子さんとはずいぶん長いお付き合いになります。私が自立生活を始め、ベンチレーター使用者の体験や情報を分かち合うために発行している『アナザボイス』について、『季刊福祉労働』で紹介していただきたいと手紙を出したことがきっかけでした。「いつか本を出せたらいいですね」とお話をしてきたのですが、今回やっと長年の夢を叶えることができました。自立生活をしてから二六年間書き続けてきた沢山のエッセイや原稿をまとめて下さり、小林さんのあたたかな励ましで、出版にこぎつけることができました。感謝でいっぱいです。

そして、これまで出会ってきた私の人生を支えて下さった多くの方々や友人たち、いつも側で見守ってくれている母、彼と娘にもたくさんの感謝を伝えたいと思います。

ありがとうございました。そしてこれからもよろしく。

佐藤きみよ

二〇一六年十一月　雪の札幌にて

佐藤きみよ（さとう・きみよ）

一九六二年、札幌市生まれ。

一二歳のときに人工呼吸器をつける。

二〇歳で進行性脊髄性筋萎縮症（ＳＭＡ２型）と診断される。

九〇年、自立生活を始める。

同年、ベンチレーター使用者ネットワークを発足。

九六年、自立生活センター（ＣＩＬ）さっぽろを設立し、障害者の自立支援を本格的に始める（現在、同法人理事長）。

九七年、アメリカ・セントルイスで開催された「国際自立生活会議」に参加。日本のベンチレーター使用者の現状を発表する。

二〇〇一年～〇四年、全国自立生活センター協議会（ＪＩＬ）副代表。

二〇一六年、ＣＩＬさっぽろの二十周年記念イベントを開催する。

　猫が大好きで、自立生活を始めてからはずっと猫と一緒に暮らしている。

雨《あめ》にうたれてみたくて
——愛《いと》しの人工呼吸器《じんこうこきゅうき》をパートナーに自立生活《じりつせいかつ》

二〇一六年十二月二十日　第一版第一刷発行

著　者　佐藤きみよ
発行者　菊地泰博
発行所　株式会社現代書館
東京都千代田区飯田橋三—二—五
郵便番号　102-0072
電　話　03（3221）1321
ＦＡＸ　03（3262）5906
振　替　00120-3-83725
組　版　プロ・アート
印刷所　平河工業社（本文）
東光印刷所（カバー）
製本所　越後堂製本
装　幀　渡辺将史

校正協力・渡邊　潤子

活字で利用できない方のための
テキストデータ請求券
『雨にうたれてみたくて』